KB071228

인생 2막을 위한 나의 쉼터, 바르셀로나

김상종

청어 도서출판

인생 2막을 위한 나의 쉼터, 바르셀로나

김상종

Contents

Prologue ─〈달지기〉와 달에 있는 호텔 (Cienfuegos, Cuba)

쿠바 Cienfuegos에서 첫 문장을 쓴다.

내가 머무는 호텔의 이름은 「Hotel Faro Luna」다. 직역하면 〈달 등대호텔〉이고, 의역하면 〈달에 있는 등대 옆 호텔〉이다. 이렇게 낭만적이고 미래지향적인 이름을 가진 호텔을 본 적이 없다. 그래서 휴직 후 8개월 동안 내가 느낀 이야기를 시작하기에 최적의 장소다.

오늘은 2023년 6월 15일이다.

Recepcionista의 이름은 Sixceli 다. 그녀는 친절하며 금발미인이다. 한국어로 표현하면 그녀는 〈달지기〉 인 셈이다. 한국의 고전 설화엔 달에 서 떡방아를 찧는 토끼가 나온다. 그러니 비유적으로 말하면 그녀는 달을 지키는 금발을 가진 아주 매력적인 토끼인 셈이다.

Sixceli es un conejo que tiene pelo lubio en la Luna.

창문 밖으로 망망대해 대서양이 보이고 그 대서양을 배경으로 호텔 수영장이 있다. 수영장에는 캐나다에서 왔다는 여자가 대서양을 향해 혼자 수영하고 있다. 이 호텔에 손님은 나와 그녀, 단 둘뿐이다.

Tie-break (Barcelona, Spain)

우리가 잘 아는 영어단어인 〈**Break**〉는 쓰임이 다양하다. 사전적인 의미는 균형을 깨는, 혹은 안정된 상태를 불안정하게 만드는 행위가 Break이다. Break-out, 혹은 Outbreak는 안정된 상태에서 무슨 일이 벌어진 상황을 말한다. Breakdown은 안정된 상태가 불안정해진 상태로 변한, **고장**을 의미하거나 큰 값의 데이터를 잘게 쪼개는 일, 즉 **세분화**하는 걸 의미한다.

모두가 아는 Break란 영어단어를 길게 설명한 이유는 〈**Tie-break**〉에 대해 말하기 위해서다. 테니스에는 승부를 가르기 위한 특별한 룰(Rule)이 있는데 그것이 Tie-Break다. 1970년 US OPEN에서 처음 채택된 제도이다. 비슷한 예로 축구에서는 승부차기가 있다. 야구에서도 최근 승부치기란 방식이 도입됐다고 한다.

난 6개월간 스페인 바르셀로나에 있는 EF(Education First) 어학원에서 스페인어 교재 3권을 공부했다. 교재 A-1, A-2, B-1이 그것들이다. 각 구분은 스페인어의 수준이다. A-1이 가장 낮고 C-2가 가장 높다. C-2 과정은 거의 원어민 수준이다. 그러니 난 딱 중간쯤 공부한 셈이다. 교과서 한 권이 8단원으로 구성되어 있으니 총 24단원을 공부했다.

6개월 동안 24단원을 공부하면서 가장 많이 등장하는 문장을 찾으라면 당연히 〈**A mi, me Gusta+동사원형(나는 ~을 하는 걸 좋아해)**〉 구문이다. 또한 6개월간의 수업 중 내가 가장 많이 말한 문장은 "Me gusta jugar al tenis^{난 테니스 치는 걸 좋아해}."이다.

언어란 의사소통을 위한 도구이다. 그리고 정보를 전달한다. 누군가를 처음 만난다면 제일 먼저 자신을 소개한 뒤엔 내가 무엇을 좋아하고 무엇을 좋아하지 않는지(No me gusta) 정보를 전달해야 충돌을 피하고 관계가 좋아질 수 있다. 내가 좋아하는 것을 상대가 싫어한다면 그 관계는 처음부터 암초를 만난 셈이다. 사회적인 동물인 우리 인간은 기본적으로 비슷한 사람들과 어울려 살 때 만족하며 행복해진다. 그래서 좋아하는 것과 싫어하는 것을 표시함으로써 같은 패거리가 될지 아니면 거리를 둘지(심한 경우엔 적이 되기도 한다) 선택할 수 있다.

선택지에 있는 항목들을 싫어하지 않는다면 다음 질문은 어떤 것을 선호하느냐는 질문이다. "¿Que prefieres 무엇을 더 좋아하세요?"이다. 〈**¿Te gusta?**〉와 〈**¿Que prefieres?**〉. 이 두 가지 질문은 상대의 기호를 알 수 있는 기본 질문이다. 그래서 중요하고 아주 많이 사용한다.

다시 테니스로 돌아가자. 한국에서 짐을 쌀 때 테니스 라켓을 가져갈지 말지 한참을 망설이다 결국 가장 큰 슈트케이스에 대각선으로 힘겹게 밀어 넣었다. 테니스라켓은 보통 길이가 82㎝ 정도여서 대형 슈트케이스에만 넣을 수 있다.

바르셀로나에 도착해 테니스를 치기 위해 테니스장을 알아봤다.

하지만 외국인인 내가 테니스를 칠 수 있는 코트를 찾지 못했다. 일반에 공개된 테니스장이 있지만 외국인에겐 예약할 수 있는 자격이 없었다.

내가 머물던 레지던스에는 세계에서 모인 테니스 꿈나무들도 머물고 있었다. 세계적인 테니스 아카데미 중 하나인「바르셀로나 테니스 아카데미」가 근처에 있기 때문이다. 아침마다 난 그들과 함께 아침을 먹었다. 가장 어린 친구는 8살 여자아이였고 가장 나이가 많은 친구는 16살 남자였다. 모두 **라파엘 나달**과 **카를로스 알카라스** 혹은 **이가 시비옹텍**이나 **엘레나 리바키나** 같은 세계적인 선수를 꿈꾸며 이국땅에서 매일 힘든 훈련을 소화하고 있었다. 난 혹시나 그들이 알지도 모른다고 생각해서 '나처럼 취미로 테니스를 치는 사람이 갈 수 있는 테니스장을 아느냐?'고 물었지만 모른다는 답뿐이었다. 하기야 아카데미에서 훈련하는데 다른 테니스장에 갈 필요가 없었고 모르는 게 당연했다.

그렇게 한 달쯤 지났을 때였다. 내가 테니스를 좋아하지만 즐기지 못한다는 걸 안 교수 한 명이 내게 '교장에게 가보면 답이 있을 거'라고 말해줬다. 난 교장을 찾아가 테니스를 칠 수 없냐고 물었다. 그리고 마침내 난 테니스를 칠 수 있게 됐다. 교장 역시 나만큼 테니스를 좋아했지만, 그 즈음엔 파트너가 없어 테니스를 치지 못하고 있었는데, 나와 같이 운동할 수 있어 오히려 내게 고맙다고 말했다. 교장이 바르셀로나 시민에게 개방된 유료 코트를 예약하면 비용은 함께 내는 방식으로 테니스를 즐길 수 있게 됐다.

내가 머물던 곳과 가까운 바르셀로나 상트역(Barcelona Sants-Sants Estacio)에서 지하철 5호선과 3호선을 갈아타고 20분쯤 가면 1992년 바르셀로나 월드컵 때 사용했던 테니스장이 있다. 바르셀로나 올림 픽은 황영조 선수가 마라톤에서 금메달을 딴 올림픽으로 우리에겐 기억된다. 몬주익언덕을 힘차게 달려가는 모습이 아직도 생생하다.

바르셀로나 테니스장

교장과 난 매주 일요일 오전에 만나 테니스를 즐겼다. 우리 둘은 실력이 비슷했다. 그래서 자주 게임스코어 6-6 상황에서 Tie-break 로 승부를 겨뤄만 했다.

6-6이란 균형을 무너뜨리고 승자를 결정하는 것이 바로 Tie-break다. 테니스를 즐기는 사람들은 모두 알듯이 한 세트는 6게임을 먼저 가져가면 승자가 된다. 그런데 게임스코어가 5-5가 되면 두 게임의 차를 만들어야만 승자가 된다. 즉 7-5로 승부가 나지 않고 게임 스코어 6-6이 되면 게임의 방식이 아닌 포인트의 방식으로 전환된

다. 그때 적용되는 룰이 Tie-break다.

Tie-Break는 보통 7포인트를 먼저 얻으면 세트를 가져간다. 승자독식(Winner takes all)인 셈이다. 그 세트에서 아무리 많은 포인트를 얻었다 해도 타이브레이크에서 지면 그 세트를 고스란히 잃는다. 하기야 모든 승부는 기본적으로 Winner takes all이다. 승자와 패자는 **종이 한 장 차이**란 말은 그래서 맞다.

우리 삶도 어쩌면 비슷하다. 살면서 득점할 때도 있고 실점할 때도 있다. 그리고 어느 시점이 되면 얻은 것과 잃은 것의 산술적 계산으로 삶을 판단한다. 내가 얻은 점수와 타인의 점수를 비교하며 승패를 따지기 마련이다.

내 삶을 타인과 비교할 필요가 없다고 말한다. 하지만 우리는 어쩔 수 없이 자주 남과 비교하며 산다. 같은 학교를 나온 동창생을 만나면 각자의 지위를 비교하고 명절에 사촌을 만나면 다니는 대학을 비교한다. 어쩔 수 없다. 타인이 나와 삶의 승패를 겨루지 않아도 우린 어쩔 수 없이 타인의 삶에 내 삶을 비출 수밖에 없다. 그것이 우리 삶이다.

비교가 꼭 나쁜 것만도 아니다. 비교가 없으면 경쟁이 없다. 경쟁이 없으면 발전도 없다. 그러니 필요악인 셈이다. 긍정적으로 생각하면 비교를 통해 동기부여가 일어나고 우리를 분발하게 하며 목표를 갖게 한다.

사는 동안 우린 많은 목표를 세운다. 그리고 목표를 향해 열심히 달려간다. 하지만 나이가 들어 인생을 결산해보면 안타깝게도 성공에 대한 기억보다 실패에 대한 기억이 더 많다.

내가 목표를 세우고 최선을 다했지만 실패한 일들을 기억해본다. 금연이나 절주, 다이어트처럼 외부의 개입 없이 혼자만의 의지와 노력으로 달성할 수 있는 목표가 아닌, 내가 사는 세상의 많은 것들과 얽혀있는 목표가 있다. 일테면 내 젊은 날 목표였던, 우리나라에 〈공공노총〉을 설립하겠다는 목표는 나 혼자 열심히 한다고 달성되는 일이 아니었다. 실패했던 이유를 간단히 정리할 수도 없다. 워낙 복잡하고 다양하기 때문이다.

내가 실패했던 일들을 천천히 복기해보면 '세상의 거대한 간섭'이 아니라도 어느 날 비가 왔거나 날이 너무 맑아서 실패한 일도 있다는 걸 발견한다. 오죽했으면 조세희는 『난장이가 쏘아올린 작은 공』에서 '죄는 하나님에게도 있다'고 외쳤겠는가. 분명한 건 우리가 세운 목표에 다가가는 과정에는 내가 도저히 어찌 해볼 수 없는 외부 환경이 존재하며 그것이 일의 성패를 결정하는 중요한 요인이 된다.

이제 난 가능하면 그런 목표를 세우지 않는다. 내가 세워야 할 목표는 그런 외부 환경의 개입을 최소화할 수 있는 것이다. 그게 행복해지는 길이다. 오로지 나만이 운전대를 잡을 수 있는 목표를 세우려고 노력했다. 그래서 난 히말라야를 올랐고 파푸아로 날아갔으며 또 바르셀로나로 향했다. 그 목표가 대단한 가치가 없어도 혹은 세상을 이롭게 하지 않더라도 성공했을 때 내가 행복한 목표를 세웠고 실행했고 나름 성공했다. 그리고 당연히 행복해졌다.

젊은 날엔 세상을 구할 목표를 세워야 한다. 하지만 나이가 들면 자신이 행복해지는, 실패의 확률이 적은 목표를 세워 그 목표를 달성하면서 자신에게 기쁨을 줘야 한다. 또한 나이가 들수록 비교하는 일은 자제해야 한다. 왜냐하면 젊은 날의 비교는 동기를 부여하지만 나이 들어서 하는 비교는 자책을 유발한다. 세상의 개입이 없는 소소한 목표(버킷리스트일 수도 있겠다)를 달성해서 그 뒤에 따라오는 달콤한 행복을, Winner take all로 누구와도 나누지 말고 오롯이 혼자서 즐겨야 한다.

어느 나이쯤 되면 이제까지와는 다른 방식으로 내 삶을 기획하고 또 선택하고 마지막엔 판단해야만 할 때가 반드시 온다. 나이가 들면 지위가 높은 것보다 건강한 사람이 이긴다. 돈을 많이 가지는 것도 중요하지만 지식을 많이 가지는 것도 중요하다. 가족에 대해 잘

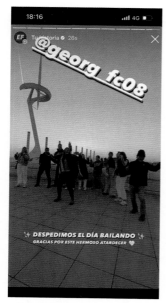

몬주익 석양을 배경으로 떼춤 시연

모르는 삶을 살았다면 이제 내가 가까이 있는 사람들에 대해 더 잘 알려고 노력해야 한다.

내가 바르셀로나에 간 이유도 결국 그것이었다. 난 내 친구들에 비해 어쩌면 사회적인 지위가 더 높지 않았을지도 모르고 비슷한 나이의 누군가에 비해 재산이 더 적을지도 모른다. 하지만 난 그들이 하지 못한 경험을 하고 싶었다. 유럽에 살면서 세계의 젊은이들과 함께 내가 배우길 원하던 스페인어를 공부하며 매일 행복했다. 그리고 내가 가장 좋아하는 운동인 테니스를 나달과 알카라스의 나라 스페인 바르셀로나에서 즐겼다.

게임은 팽팽한 긴장감이 있을 때, 상대가 결코 만만한 상대가 아닐 때, 질 수도 있는 게임에서 마침내 어렵게 이길 때 승리의 기쁨이 커진다. 테니스에서는 바로 Tie-break에서 승리할 때 바로 그 기쁨이 폭발하는 순간이다.

클라라는 생맥주에 레몬즙을 섞은, 바르셀로나 시민들이 즐기는 술이다. 찬 맥주에 상큼한 레몬즙이 섞인 클라라는 미세한 신맛과 옅은 단맛이 난다. 테니스장에서 실컷 땀을 흘린 뒤 테니스장 안에 있는 클럽에서 마시는 클라라는 정말 특별한 맛이다. 잔을 들어 맥주를 입으로 가져가 혀끝에서 한 번 느끼고 목으로 넘기면서 두 번째로 그 맛을 느낀다. 그 순간은 세상 무엇도 걱정되지 않고 세상 누구도 부럽지 않다. 당연히 나른하게 행복해진다.

그 기분을 품고 숙소로 돌아와 온몸에 소름이 돋을 때까지 찬물에 샤워하고 침대에 누워 잠이 든다. 그리고 뉘엿뉘엿 석양이 물들고 그 빛이 창문을 통해 온방을 비출 때 눈을 뜨면 천국에 있는 느낌이다.

바르셀로나 항구

영원한 건 없지만 (Segovia, Spain)

1

내 18번지 중에 한 곡은 로이킴의 《영원한 건 없지만》이다. 내가 그의 노래를 좋아하고 즐겨 듣고 또 부르는 이유는 그의 노랫말에 동의하기 때문이다.

로이킴은 모두가 사랑이 영원하다고 말할 때 주저 없이 사랑은 세상 모든 일들처럼 **'영원하지 않다'**고 선언한다. 맞다. 가슴설레며 시작한 사랑도 시간이 지나면 감정이 흐려지고 마침내 특별한 감정이 아닌 순간이 오기 마련이다. 그러니 뜨거웠던 사랑도 시간이 흐르면 함께 봤던 영화처럼 혹은 주고받았던 선물들처럼, 어디론가 함께 떠나기 위해 구했던 기차표처럼, 추억이 되고 그 추억으로 영원하길, 아름답게 기억되길 바란다.

> 영원한 건 없지만 내 사람은 항상 아름답길
> 영원한 건 없지만 나 또한 누구에겐 소중하길
> 영원한 건 없지만 내 마음의 목소리는 영원하길
> 지금 곁에 없다해도 다 지난 뒤에는 그늘 없는 이야기로
> 추억되길 영원하길 다 지난 뒤에는 사랑만이 가득하길

위 가사는 사랑이 끝난 후 스스로 하는 다짐이다. 이별 후의 날들을 어떻게 정의할지는 오롯이 나의 몫이다. 지나간 사랑을 어떻게 갈무리할지, 어떻게 기억할지, 어떤 의미를 부여할지는 오로지 나의 판단이기 때문이다. 그래서, 영원할 수 없는 사랑에 대한 그의 주장은, 나무가 때가 되면 파랗던 잎들을 울긋불긋한 단풍으로 물들이듯 이별 후엔 〈추억〉이란 이름의 새 옷으로 갈아입히면 영원할 수 있다고 말한다.

이별 이후가 서로에게 아름답게 기억되려면 무엇보다 **〈관계의 끝〉**이 아름다워야 한다. 사랑을 시작할 때 들였던 정성만큼 사랑을 끝낼 때도 그만큼의 정성을 들여야 한다. 아니, 어쩌면 시작할 때 들였던 시간과 돈과 열정보다 훨씬 더 많은 에너지가 필요한 일이 **〈잘 헤어지는 일〉**이다.

가장 조심해야 할 일은 서로 상처를 주지 말아야 한다. 분노와 원망의 말은 아껴야 하며 상대의 슬픔과 아픔을 공감하려고 노력해야 한다. 노력하고 있다는 걸 상대가 알 만큼 노력해야만 한다. 이별의 시간이 왔음은 사랑했던 사람들이라면 서로 말하지 않아도 저절로 안다. 〈이별의 시간〉은 왔지만 〈이별의 말〉은 최대한 아껴야만 한다.

마지막까지 관계를 회복하기 위해 노력한다는 걸 서로 보여줄 때 덜 상처받는다. 그게 그동안 사랑했던 관계에 대한 예의이다. 그렇게 헤어져야만 〈추억〉이란 은밀하고 따뜻한 자신만의 '방'에 지난 시간을 갈무리할 수 있기 때문이다.

그렇게 저장된 추억은 우리에게 살아갈 힘을 준다. 추억의 정의가 **〈관계가 남긴 행복한 기억〉**이라면 우린 그 행복했던 기억을 다시 누리고 싶고 그래서 다시 새로운 관계를 시작하고 또 노력한다.

가끔 이런 질문을 한다. 우리 삶에서 추억은 얼마의 무게일까. 또 우리는 얼마쯤 추억에 기대며 살까. 그리고 마지막 질문, 어떤 관계의 끝 언저리에서 만약 추억으로 남길 수도 관계를 연장할 수도 있는 선택이 가능하다면 어떤 선택을 할 것인가. 답이 정해지지 않은 질문이기에 답할 수 없다.

그의 또 다른 바램에도 동의한다.

영원한 건 없지만 이 세상은 따뜻하게 변해가길
영원한 건 없지만 익숙함에 소중함을 잃진 않길
지금 곁에 없다 해도 다 지난 뒤에는 그늘 없는 이야기로
추억되길 영원하길 다 지난 뒤에는 사랑만이 가득하길

세상엔 영원한 사랑이 없듯이 영원한 권력 또한 없다. 그리스와 로마가 망하고 칭기즈 칸이 죽었다. 지금 영국이 쇠락의 길을 향해 가는 것도 사실이다. 단지 영국만이 아니다. 한때 세계를 식민지로 지배했던 유럽의 미래가 암울하다. 그래도 그 변화들이 따뜻한 세상으로 나아가는, 진보의 길이길 바란다.

2
마드리드에서 버스를 타고 한 시간쯤 가면 세고비아에 갈 수 있다. 그리고 세고비아엔 완전한 형태를 보존하고 있는 로마수도교가

있다. 로마는 망했지만 로마의 세력권에 있던, 지금은 스페인 땅인 세고비아에 있는 로마수도교는 아직도 빛나는 존재로 남아 있다. 서기 100년경에 건설되었으니 거의 2,000년을 견딘 셈이다. 인간의 수명이 길어졌어도 100년인데 2,000년이라면 '영원하다'고 말해도 지나치지 않은 표현이다.

세고비아의 수도교는 전체길이 813m, 최고 높이 30m로 약 2만 개의 화강암을 접착제 없이 오로지 겹겹이 쌓기만 하여 2단 아치 형태로 완성했는데 아치의 개수만 166개라 한다.

많은 관광객이 로마수도교를 보기 위해 세고비아를 찾는다. 연인들은 그 앞에서 서로의 사랑을 확인하며 2,000년이 흘렀어도 변함 없는 수도교처럼 그들의 사랑도 영원하길 빈다.

세고비아 부활절 축제

세계의 많은 곳에는 '뒤를 돌아보지 말라'는 금기사항을 어겨서 벌을 받은 얘기들이 있다. 그리스신화에는 저승에서 아내 에우리디케를 구한 오르페우스가 궁금함을 참지 못하고 뒤를 돌아본 탓에 어렵게 구한 아내가 사라져버린다. 충남 연기에 있는 **장자못 설화** 역시 돌아보지 말라는 스님의 경고를 무시하고 돌아본 며느리가 돌이 됐다는 전설이다. 또한 성경에도 '돌아보지 말 것'을 어겨서 벌어진 이야기가 있다. 창세기 소돔과 고모라에 나오는 얘기이다. 소돔과 고모라를 멸하기로 결심한 하나님이 롯과 그의 아내, 딸들만은 살려주기로 하고 금기사항을 전한다. '뒤돌아보지 말고 달려서 산으로 피할 것'. 그것이 금기사항이었다. 하지만 롯의 아내는 그 금기를 어기고 뒤를 돌아보다가 그만 소금기둥으로 변하고 만다.

우리에게 유명한 수필, 피천득의 《인연》도 사실은 '뒤를 돌아보지 말 것'이란 금기사항을 어기고 뒤를 돌아본 후에 밀려오는 회한과 후회를 쓴 거라 믿는다.

피천득은 미국에 가는 길에 굳이 동경을 경유했다. 바로 아사코를 보기 위해서였다. 아사코를 만난 후 그는 이렇게 썼다.

【그리워하는데도 한 번 만나고는 못 만나게 되기도 하고 일생을 못 잊으면서도 아니 만나고 살기도 한다. 아사코와 나는 세 번 만났다. 세 번째는 아니 만났어야 좋았을 것이다.】

모든 것은 순환하는 것이 우리가 사는 세상의 이치이다. 또한 그것은 부처의 깨달음이기도 하다. 하지만 지나간 것을 다시 끌어와 지금의 이야기로 만들지는 말아야 한다. 전인권의 노래처럼 '지나간 것은 지나간 대로 어떤 의미가 있다'. 하지만 그 의미는 지나간 그 시절에 적합한 의미이지 지금은 아니다. 피천득의 아사코가 미군 장교와 결혼한 후 변했듯, 지금 내가 보고 있는 강은 지난 시간에 봤던 강이 결코 아니다. 영화감독인 홍상수식으로 말하면《그땐 맞았고 지금은 틀리다》. 그러니 추억은 그냥 추억으로 간직해야 한다. 추억을 현재로 돌리면 대부분 실망한다. 그리고 아름다운 추억마저 잃는다.

우린 자주 뒤를 돌아본다. 아니, 뒤를 돌아보라고 배웠다. 초등학교 선생님이 가장 강조했던 과제가 '일기 쓰기'였다. 매일 특별한 일이 없는 나른한 삶을 살았던 내게 일기 쓰기란 보통 고역이 아니었다. 어제가 오늘이고 오늘이 내일인 시골 생활에서 바뀌는 거라곤 달력의 날짜뿐이라고 생각했던 내게 일기 쓰기란 비현실적인 주문이었다. 내가 할 수 있는 건 Contorl C, Control V뿐이었다. 하지만 호랑이 같은 선생님이 검사하고 내용이 같으면 종아리에 빨간 줄 몇 개는 각오해야 했기에 일기를 쓰기 위해 새로운 것들을 찾아다녀야만 했다. 선생님의 의도는 분명했다. 일기를 쓰고 그날 내가 잘못한 것을 고백하고 반성하란 주문이었다. '일기 쓰기'란 일종의 고해성사인 셈이었다. 그렇게 강요된 〈뒤돌아보기〉는 우리에겐 습관이 되어 몸에 각인됐다. 그러니 내 몸이 돌기둥이 된다는 말을 들었어도 뒤돌아보는 것을 포기하지 못한 셈이다.

3

나이가 들어서 하지 말아야 할 일도 역시 '뒤돌아보기'이다. 스페인어 수업시간 중, 대부분 18살에서 20살 사이인 학급 친구들에게서 내가 여러 번 받았던 질문이 "다시 젊어지고 싶냐?"는 질문과 "다시 젊어지면 어떤 삶을 살고 싶어?"는 두 가지 질문이었다.

그런 질문이 많았던 건 두 가지 이유 때문이다. 첫째는 스페인어를 배우면서 중요한 테마가 '시간'에 관한 것들이기 때문이다. 한국어에 얼마나 많은 과거시제가 있는지는 모른다. 모국어이기 때문이다. 굳이 모국어는 문법으로 시제를 공부하지 않아도 저절로 배우고 자연스럽게 사용한다. 하지만 외국어를 배우면서 가장 어려운 단원이 바로 시제이며 스페인어에서는 특히 '과거시제'이다. 강의 첫 단원에서 '현재시제'로 시작한 뒤 한 달쯤 지나면 과거시제와 만나게 된다. 그리고 영어와는 다르게 많은 과거시제를 공부해야만 한다. 단순과거 시제, 과거완료 시제, 불완료과거 시제, 현재완료 시제, 심지어 과거미래 시제도 있다.

두 번째 이유는 앞서 언급한 것처럼 나와 함께 수업을 듣는 대부분의 학생들은 18살에서 20살 사이인 유럽의 젊은이들이었다. 그들은 내 나이쯤 돼서 다시 자신들처럼 젊어지고 싶은지 알고 싶어 했다. 일테면 내가 자신들의 미래의 모습이며 그들은 내 과거인 셈이다. 거창하게 말하면 난 그들에게 마치 **시간여행자** 같은 느낌이었을 터이다. 먼 미래의 자신이 시간여행을 해서 다시 과거의 교실에 앉아 있는 셈이다. 그러니 당연히 궁금한 게 많을 수밖에 없을 터였다.

그들은 내게 물었다.

"¿Quieres volver a jovenes 젊은시절로 돌아가고 싶어?"

내 대답은 항상 같았다.

"No, nunca quiero nada 아니, 전혀."

"¿Por que no 왜?"

난 다시 돌아가서 다시 지금의 내 모습으로 살 자신이 없다. 생각해 보면 내겐 수많은 위태로운 시간들이 있었다. 자칫 한 발을 잘못 딛었다면 천 길 낭떠러지로 추락했을 순간들이 많았다는 뜻이다. 난 지금의 삶에 감사한다.

"Hace Mucho tiempo, tenia algunas cosas que podia caer a profundo." 한글로 번역하면 〈아주 오래전에, 수렁에 빠질 뻔한 일들이 있었지〉이다.

나이가 들어가면서 잃거나 약해지는 것들이 자연스럽게 늘어난다. 아무리 노력해도 어쩔 수 없이 머리카락을 잃고, 체력이 약해지고, 시력을 잃고, 순발력이 떨어지며 심지어 어떤 일이나 행위에서 오는 쾌감을 느끼는 강도가 저하되기도 한다. 거부하고 싶어도 받아들여야만 하는 노화현상이다.

또 하나 잃는 것이 타인과의 관계다. 서로 싫어서가 아니라 머리카락이 빠지듯 자연스럽게 내가 알던 사람들과 하나둘 연락이 끊긴다. 원인은 다양하겠지만 가장 근본적인 이유는 서로 챙겨야 할 이유가 사라지기 때문이다. 같은 직장에서 만난 동료, 같은 동호회에서 활동했던 회원들, 이런저런 이유로 아주 가깝지는 않지만 일 년에 몇 번, 명절에는 안부를 묻던 사람들에게 더 이상 연락하지 않게 된다. 각종 소셜미디어 친구목록에는 수백 명에서 수천 명의 이름이 저장되어 있지만 대화를 이어가는 사람의 숫자는 채 10%도 되지 않는다. 어쩌다 친구목록에 있는 사람들의 생일을 알리는 알람이 떠도 별다른 감흥 없이 창을 닫는다. 그 친구가 새로운 이야기를 소셜미디어에 올려도 관심이 없어 챙겨 읽지 않는다.

그러다 갑자기 불안해진다. 모두 떠나고 혼자만 고립되고 있는 것 같은 불안이 엄습해 오기 때문이다. 하지만 불안하다고 다시 관계의 끈을 이어 붙일만한 열정도 동기도 없다. 더욱이 내가 연락하면 상대가 불편해할까 봐 안부를 묻는 일도 망설여지고 끝내 포기하게 된다.

이제까지 쌓아놓은 모든 관계망이 끈적이지 않는 거미줄처럼 쓸모없어진다. 영원한 건 없기 때문이다. 그러니 이제 그것들과 이별해야만 한다. 그리고 다른 거미줄을 준비해야 한다. 먹잇감을 잡기 위한 거미줄이 아닌 꼭 필요한 사람들과의 소통을 위한 네트워크로서의 거미줄을 준비해야만 한다. 사냥이나 사랑이 아닌 교우를 위한 거미줄이 필요하다.

오래전부터 준비해 온 일 (Montseratt, Spain)

1

등산(하이킹)을 좋아하는 내가 바르셀로나에 살면서 등산을 즐긴 곳은 수많은 관광객이 몰려드는 몬세라트(Montserrat)이다. 등산을 위해 몬세라트를 찾는 내겐 산 정상이 목적지이지만 몬세라트를 찾는 관광객 대부분은 수도원이 최종 목적지이다. 몬세라트에 있는 수도원은 세계 3대 수도원 중 한 곳으로 바르셀로나 사람들(까딸란, Catalan)에겐 정신적 지주 역할을 하는 곳이다.

몬세라트 베네딕토 수도원

카탈로니아어로 '톱니 모양의 산'을 뜻하는 〈몬세라트〉(Mont는 '산', Serrat는 '톱니 모양의'란 뜻이다)는 그 이름처럼 첨봉(尖峰)들이 연이어 있으며(봉우리가 6만 개나 된단다) 첨봉들 사이에 깊은 협곡들이 있다. 바르셀로나 시내에서 북서쪽으로 약 50㎞ 떨어져 있다.

멀리서 보면 우리나라 영암에 있는 월출산이나 설악산의 울산바위 혹은 공룡능선에 삐죽이 솟아 있는 수많은 봉우리와 비슷하다. 하지만 산으로 들어가면 차이가 있다. 앞서 말한 우리나라 산은 단단한 화강암으로 된 산이라서 침식작용에 덜 노출되어 위쪽은 떨어져 있어도 허리 아래부터는 한 몸통으로 이어졌다. 하지만 몬세라트는 침식작용의 속도가 빨리 진행되는 사암과 역암으로 되어 있다. 따라서 모든 봉우리가 아래부터 위까지 완전히 독립적으로 떨어져 있다는 차이가 있다. 그러니 형상으로만 본다면 우리나라 산이 더 톱니에 가깝다. 내가 느낀 몬세라트의 형상은 극단적으로 늘인 스머프들의 집이나 다 자란 느타리버섯에 가깝다. 정상은 산헤로니모산으로 해발 1,236m이다.

카탈루냐의 수호성인인 나무로 만들어진 〈**검은 마리아상**〉을 보관하고 있는 베네딕토 수도회의 수도원은 해발 725m 위치에 자리하고 있다. 수도원에는 미켈란젤로, E.그레코를 비롯하여 에스파냐·이탈리아 화가들의 컬렉션이 있으며, 그 밖에 성서·고고학 박물관도 있다. 스페인 가톨릭교회의 최고의 성지인 만큼 전 세계에서 몰려드는 신도들의 발길이 끊이지 않는다. 천재 건축가 가우디가 사그라다 파밀리아(Sagrada Familia)를 설계할 때 가장 많은 영감을 얻은 장소로도 알려져 있다(두 곳을 모두 방문했다면 두 곳의 외관이 비슷하다는 걸 쉽게 알 수 있다).

2

바르셀로나 사람들의 정신적인 지주 역할을 하는 수도원과 검은 성모상의 스토리는 이렇다. 서기 880년 어느 토요일, 양치기들이 해질 녘에 아름다운 선율과 함께 하늘에서 큰 빛이 내려오는 것을 보게 된다. 다음 주 토요일에 양치기들은 그들의 부모와 함께 다시 그곳에 갔고 같은 현상을 보게 된다. 그다음 주 토요일에는 주교와 동행했고 모두 이 신비한 현상을 목격한다. 그 뒤 그들은 빛과 선율이 나오는 장소를 찾기 시작했고 마침내 성모마리아상이 있는 동굴을 발견한다. 발견된 성모상을 만레사에 있는 성당으로 옮기려고 시도했지만 작은 나무 성모상을 움직일 수 없었다. 주교는 그곳에 예배당을 지으라는 신의 뜻으로 알고 수도원을 지었다.

몬세라트 수도원이 유명한 이유는 다만 신화적 서사 때문은 아니다. 만약 그랬다면 서사는 반쪽, '앙꼬 없는 찐빵'이 됐을 것이다. 서사가 극적 구조를 가지려면 신과 인간의 이야기가 섞여야 한다. 신화의 반은 인간들의 이야기이기 때문이다. 욕망, 질투, 사랑, 권력. 인간의 이야기에 신화가 덧씌워졌건 신화에 인간의 이야기가 투영됐건, 그건 그다지 중요하지 않다. 그저 극적 반전과 대립, 두 구조가 잘 버무려져 있다면 그것이 최고의 작품이 된다. 이제 인간의 이야기다.

몬세라트 베네딕트 수도원은 긴 역사 동안 시대의 최전선에서 그 시대를 다 겪은 인간의 서사를 가지고 있다. 나폴레옹이 스페인을 침략했던 1812년부터 1813년까지 나폴레옹의 군대에 의해 수도원이 두 번 불타고 약탈당했으며 많은 보물이 소실됐다. 그 여파로 1835년부터 1844년까지 수도원이 폐쇄되기도 했다.

1880년 몬세라트는 1,000주년을 기념했고 1881년 9월 11일, 카탈루냐 국경일에 맞춰 교황 레오 13세는 몬세라트의 성모상을 카탈루냐의 수호신으로 지정했다. 하지만 시련은 또다시 찾아온다. 스페인 내전에서 프랑코가 이끄는 왕당파가 승리하자 공화파에 참여했던 바르셀로나 지역의 많은 저항세력이 독재자 프랑코에 대항하여 몬세라트로 숨어들었고 이로 인해 수도사 20여 명이 처형되기도 했다. 이런 연유로 몬세라트는 억압에 저항하는 카탈루냐의 정신적 지주 역할을 하고 있다.

3

대중교통을 이용하여 몬세라트에 가기 위해서는 에스파냐광장에 가서 에스파냐역으로 내려간 후 몬세라트행 전용열차를 타야 한다. 전용선을 타고 한 시간쯤 가면 몬세라트 밑에 도착한다. 열차를 내려 바로 등산을 시작할 수도 있고, 케이블카나 산악열차로 갈아타고 수도원까지 올라가 등산을 시작해도 된다. 각각 시간은 밑에서 시작하면 2시간 반, 수도원에서는 1시간 반이면 정상에 닿을 수 있다.

등산이 어려운 사람들을 위해 수도원에서 정상 조금 못 미쳐 있는 **산 후안**(Sant Joan)까지 운행하는 강삭철도(Funicular)도 운행된다. 푸니쿨라를 탄다면 수도원에서 5분이면 **Sant Joan**에 닿을 수 있다. **Sant Joan**은 수도원을 가장 멋지게 조망할 수 있는 View Point가 가까이 있는 곳이다.

몬세라트에는 약 2,000개에 이르는 하이킹코스가 있단다. 하지만 가장 일반적인 산행코스는 수도원을 경유하는 코스이다. 기차에서 내려 바로 등산을 시작하면 약 1시간 후에 수도원에 도착한다. 산악열차나 케이블카를 타고 수도원까지 올라오면 약 15분 정도 소요된다.

수도원에서 산을 오르는 코스는 산악열차 하차 지점에서 오른쪽 길과 왼쪽 길로 나뉜다. 오른쪽 길로 정상까지 오른 뒤 내려올 땐 다시 하산길의 오른쪽 길(올라갈 땐 왼쪽 길)을 택하는 코스를 추천한다. 이유는 두 길에서 바라보는 풍경이 다르기 때문이다.

올라갈 때 오른쪽 길을 따라 오르다 보면 곳곳에 5개에서 7개씩 무리 지어 있는 거대한 바위산들이 하늘을 향해 솟아 있는 모습을 감상할 수 있다. 그 모습은 마치 한 무리의 친구들이 다정하게 어깨동무하고 있는 것 같은 착각을 일으킨다. 내려올 때 오른쪽 길을 택하면 산을 가장 멋지고 광범위하게 볼 수 있는 전망대는 있다. 또한 수도원을 가장 멋지게 조망할 수 있는 곳도 그곳에서 멀지 않다. 강삭철도란 후니쿨라(Funicular)의 상부정류장(San Joan)에서 정상 방향으로 300m쯤 올라가면 수도원을 새의 눈(흔히 말하는 Bird Wide View)으로 산과 함께 감상할 수 있다. 몬세라트를 홍보하는 많은 사진도 바로 그 지점에서 촬영한 것이다.

4

　난 특별한 일이 없으면 토요일마다 몬세라트에 갔다. 두 번째 몬세라트에 갔던 날 난 두 명의 폴란드인을 만났다. 한 명은 6개월 전부터 바르셀로나에서 일하고 있는 알렉산드리아(Alexsandia)고 다른 한 명은 휴가를 내고 친구를 방문한 바르샤바에 사는 그녀의 친구 조안나(Joanna)이다.

내가 수도원을 지나 20분쯤 산을 올랐을 때 그녀들과 마주쳤고 그 장소는 멋진 배경과 함께 사진을 찍는 포토존이었다. 난 그녀들의 부탁으로 사진을 찍어줬고 자연스럽게 대화가 이어졌다. 우린 산을 오르며 알렉산드리아와는 스페인어로 스페인어를 모르는 조안나와는 영어로 대화하며 정상에 올랐다. 산행 후에는 바르셀로나로 돌아와 알렉산드리아가 일하는 식당에서 즐거운 토요일 저녁시간을 함께 보냈다.

알렉산드라는 카마레라(Camarera)다, 한국어로 말하면 식당이나 카페에서 일하는 '여종업원'이고 영어로 표현하면 웨이트리스(waitress)다. 그녀는 에스파냐광장 근처에 있는 식당에서 일하고 있었다. 그녀의 스페인어 실력은 나보다 뛰어났다. 난 자주 그녀가 일하는 식당에 들러 그녀와 스페인어로 대화하며 학교에서 배운 스페인어를 실생활에서 익히는 행운을 얻었다. 그녀와 대화하면 신기하게 스페인어가 더 잘 표현됐다. 아마도 말하는 속도가 현지인에 비해 느리고 그녀가 사용하는 단어도 초보적인 단어라 알아듣기 쉬웠기 때문일 것이다.

5

사람들이 가장 쉽게 마음을 열고 타인을 받아들일 때는 몸을 움직이고 땀을 흘릴 때다. 춤을 추거나 운동할 때가 바로 그 순간들이다. 그리고 또 하나의 경우는 공부할 때다. 공부를 시작하는 순간 닫혀 있던 혹은, 닫았던 자신의 문을 연다. 문을 열어야만 공부가 되기 때문이다. 이건 수사적인 표현이 아니다. 배움이란 내가 가지지 못한 것을 받아들이는 과정이다. 특히 언어를 배우는 건 내 안에 굳건히 자리 잡고 있던 모국어의 영토를 일정부분 외국어에 양보해야만 가능하다. 언어를 배우는 일은 당연히 그 언어가 뿌리내리고 있는 문화와 그 세계를 함께 배우고 또 받아들이는 일이다. 그러니 나를 둘러싸고 있는 단단한 **내 것** 혹은 **내 정체성**을 고집하지 않는 일이기도 하다. 단단한 **껍질**을 깨야만 세상에 나올 수 있는 병아리처럼 껍질을 부수고 문을 열어야만 다른 세계를 받아들일 수 있다.

스페인어로 말하면 Abierto(열린), Sociable(사회적인)로 표현된다. 영어에서도 젊은 친구들이 자신을 소개할 때 사용하는 표현이 있다. I am easy going, open mind. 난 받아들일 준비가 됐으며 따지지 않고 흔쾌히 동의하는 사람이란 뜻이다.

6

몬세라트에서 만난 친구들과 즐거운 시간을 함께 보내면서 문득 이런 생각이 들었다. 지금 내가 이곳 바르셀로나에서 행복한 시간을 보낼 수 있는 건 '오래전부터 준비한 결과'였다. 그 시작은 언제일까? 20년 전, 아니면 30년 전? 분명한 건 그 언제부터인가부터 난 준비했다는 것이다. 우리는 자주 착각한다. 지금 내 눈앞에서 벌어지는 일이 과거와 아무 연관성도 없이 불쑥 내 눈앞에 나타났다고. 하지만 그런 건 세상엔 없다.

다행스럽게도 난 긴 시간 동안 노력한 덕분에 영어를 사용하는 일에 아무런 장애가 없다. 그 능력을 바탕으로 스페인어에 도전할 수 있었다. 만약 내가 영어에 자신이 없었다면 스페인어를 배울 엄두도 못 냈을 것이다. 그리고 바르셀로나에 살지도 못했을 것이다.

우린 어렸을 때부터 영어를 배우지만 자유롭게 영어를 구사하는 건 결코 쉬운 일이 아니다. 난 고등학교 때 주말이면 덕수궁에 가곤 했다. 덕수궁 구경을 온 외국인을 만나기 위해서였다. 요즘이야 길거리에 외국인이 흔하고 마음만 먹으면 서울 어느 곳에서건 영어를 사용하는 외국인과 대화할 수 있다. 또한 많은 소셜미디어를 통해서도 외국인과 대화할 수 있다. 하지만 내가 고등학교 다닐 때는 의도적으로 외국인을 만날 수 있는 곳은 덕수궁이 거의 유일했다. 난 용기를 내 그들에게 말을 걸었다. 그때마다 그들은 가장 쉬운 단어와 느린 속도로 내 수준에 맞게 대화를 해줬다. 그 후 운 좋게 외국에서 근무할 기회가 있었고 원어민을 포함한 다양한 나라에서 온 외국인들과 영어로 업무를 하면서 더 이상 영어 울렁증이 없는 삶을 살고 있다.

굳이 인과를 따지지 않더라도 우리가 만나는 어느 순간은 사실은 오래전부터 이어지는 과정의 결과물이다. 그냥 갑자기 일어나는 일은 드물다. 그러니 훗날 또 다른 즐거움을 원한다면 영어를 잘하기 위해 덕수궁에 갔던 것처럼 지금부터 준비해야만 한다. 난 그래서 스페인어를 공부했고 또 꾸준히 책을 읽는다.

오래전부터 준비해온 일은 현재의 즐거운 일만 만들지 않는다. 어쩌면 더 중요한 것은 **오래전부터 준비해온 일**은 고통을 극복할 힘이 된다는 것이다. 특히 독서를 포함한 평소의 꾸준한 공부는 슬픔과 고통으로부터 멀어질 수 있는 탈출구이기도 하다. 슬픔은 그 자체로는 사라지지 않지만 책을 읽는 순간만큼은 슬픔으로부터 도망쳐 멀찍이 거리를 유지할 수 있다. 멀리서 보면 고통과 슬픔을 조금 더 객관적으로 바라볼 수도 있다. 그거면 견디고 살아진다. 때론 우리를 무너뜨리는 강력한 힘을 가진 슬픔은 그보다 더 강한 힘을 가진 시간에 맡기면 된다. 시간이 슬픔을 약화시키고 마침내 우리를 치유한다.

7

살다 보면 누구에게나 그저 견뎌야만 할 때가 반드시 온다. 어떤 시간은 그저 견뎌야만 한다. 코로나 팬데믹 동안 인도네시아에서 보낸 시간처럼 혹은 내 핏줄들의 장례식에도 참석하지 못했던 순간처럼. 그 시간을 견딜 수 있는 힘을 공부에서 찾고 또 책을 통해 행복해질 수 있는 삶도 '어제' 시작되진 않았다. 그건 내 인생 전체를 바쳐 준비해온 일이다. 그러니 어떤 것들은 긴 강물처럼 '아주아주' 먼 곳에서 오래전에 시작된 셈이다.

시인 안상학은 우리가 그저 견뎌야만 하는 시간에 대해 이렇게 적었다.

【내 인생에도 겨울 같은 시절이 있었다. 그 시절이 겨울인 것

을 미리 알았더라면 아랫목에서 이불 덮어쓰고 고구마나 깎아 먹으며 봄을 기다렸을 것이다. 〈중략〉 언 땅에 씨를 뿌리는 무모한 짓 또한 하지 않았을 것이다. 삶이란 몸 따로, 마음 따로, 세상 따로 어긋나서 돌아가는 시절이 반드시 있다. 그런 시절이 겨울이다. 때가 지나가면 봄이 온다. 반드시 겨울을 거쳐야만 봄을 맞이할 수 있다.】

내게도 그런 시절이 있었다. 난 어머니와 형님을 내가 해외에 체류할 때 저세상으로 보냈다. 어머니는 내가 인도네시아에 있을 때 돌아가셨고 형님은 내가 바르셀로나에 있을 때 돌아가셨다. 더 아픈 건 두 분의 마지막 가시는 길마저 함께하지 못했다는 것이다. 어머니의 장례식 땐 코로나(COVID19) 팬데믹으로 인한 인도네시아 정부의 봉쇄조치(Lockdown)로 아예 비행기를 탈 수 없었고 형님의 장례식 땐 한국과 스페인의 거리 때문에 시간에 맞춰 한국에 올 수 없었다. 두 분 모두 내가 출국할 때 건강이 좋지 않았지만 그렇게 빨리 돌아가시리라곤 생각하지 못했었다.

그 시간을 견디기 위해 내가 택한 방법은 독서였다. 난 책에 빠졌다. 오래전부터 읽고 싶었던 야마오카 소하치가 쓴 『대망(大望)』과 쳇 베이커, 마일즈 데이비스, 조니 미첼의 평전들이었다. 모두 만만치 않은 분량을 가진 책들이다. 어머니가 돌아가시고 다시 한국에 나올 때까지 5개월 동안 난 일하는 시간을 빼면 온통 저 책들을 읽으며 긴 터널을 빠져나온 셈이다.

일본 전국시대와 도쿠가와 이에야스에 의한 에도막부의 탄생까지를 다룬 『대망』은 개인적인 견해로는 소설 형식을 빌린 도쿠가와

이에야스의 전기다. 그러니까 내가 읽은 세 명의 예술가를 다룬 평전들처럼 한 인간의 희로애락을 다룬 책인 셈이다. 또한 역경을 인내하며 마침내 성공을 거머쥔 위대한 인간들의 기록이다. 여기서 책에 관한 깊은 얘기는 생략하기로 한다. 다만 책을 읽으며 알게 된, 조니 미첼(Joni Mitchell)의 노래 《Both side, now》는 내 슬픔과 고통의 근원을 들여다볼 수 있게 한 노래였다는 건 말하고 싶다.

조니 미첼 [앨범 표지]

《Both side, now》

Bows and flows of angel hair
and ice cream castles in the air
and feather canyons everywhere
i've looked at clouds that way
but now, they only block the sun
they rain and snow on everyone
so many things I would have done
but clouds got in my way

I've looked at clouds from both side now
form un and down and still somehow

it's cloud illusions I recall
I really don't know cloud at all

moons and june's and ferry's wheels
the dizzy dancing where you feel
when every fairy tale comes real
I've looked at love that way
but now, it's just another show
you leave, I'm laughing when you go
and if you care, don't let them know
don't give yourself away

I've looked at love from both side now
from give and take and still somehow
it's love's illusion I recall
I really don't know love at all

tears and fears and feeling proud
to say "i love you" right out loud
dreams and schemes and circus crowds
I've looked at life that way
but now, old friends are acting strange
they shake their heads
they say, I've changed

well, something's lost but something's
gained in living everyday

I've looked at life from both side now
from win and lose and still somehow
it's life's illusion I recall
I really don't know life at all

    난 이 노래를 매일 들으며, 내 주변의 모든 관계들을 다시 바라볼 수 있었다. 그녀의 노랫말처럼 위와 아래, 혹은 안과 밖, 두 방향에서 관계와 사물을 바라볼 수 있었다. 완고하게 덮여 있던 카드패를 뒤집듯, 나도 모르는 내 가슴속을 꺼내 펼쳐보듯 모든 것을 객관화하고 계량화해서 평가함으로써 내가 가졌던 분노와 슬픔, 고통으로부터 달아날 수 있었다.

    책을 고르는 일도 중요하다. 슬픔을 멀리 밀어두기 위한 책은 좋은 책이어야 한다. 좋은 책이란 좋은 서사가 있는 책을 말한다. 빠져들 수 있는 이야기가 필요하다. 그래서 난 슬픔을 견디기 위한 책으로 늘 평전이나 전기를 선택한다. 위대한 사람들의 삶을 들여다보면 그들 역시 수없이 많은 고통, 슬픔과 마주했으며 거기서 도망치지 않고 그들만의 방식으로 그 시간을 견디고 또한 마침내 극복했다는 걸 알게 된다.

    안상학의 표현을 빌리면 내게 긴 겨울을 견디게 한 〈고구마〉는 바로 책이었고 또한 독서였으며 포괄적으로 말하면 공부였다.

8

    책을 읽는 일은 많은 공부 중에서 가장 중요한 공부다. 물론 나 역시 가끔 이런 의문이 든다. '이 책을 읽어서 어디에 써먹을 것인가?' 하는 현실적인 질문이다. 나이가 들면서 책을 읽어도 내용은 물론이고 심지어 주인공 이름마저 금방 잊는다. 그럼에도 책을 가까이하는 이유는 정확히 설명할 수 없지만 내 삶의 좋은 것들과 어딘가에 연결되는 맥락이 있으리란 기대이다. 기억할진 못해도 내가 읽은 것들이 내 어딘가에 차곡차곡 쌓여 평상시엔 나조차 그 존재를 모르다가 정말 내가 필요한 순간에 불이 붙은 화약처럼 터져 오르는 '어떤 힘' 말이다. 그 힘은 어디인지도 모를 곳에서 솟구치는 '용기'나 위기의 순간에 불가능한 일을 해내는 '이해할 수 없는 에너지' 같은 거라고 가끔 생각한다.

    독서를 포함한 공부가 마음을 먹는다고 실행이 쉽지 않다는 걸 안다. 그래서 몇 가지 기교가 필요하다. 동기부여가 되도록 만드는 장치들인 셈이다.

    난 내가 지금 하는 공부와 먼 훗날의 행복한 순간과 연결고리를 만드는 상상을 한다. 그런 습관을 기른다. 지금은 투자를 하고 있으며 이 투자는 절대 날 배신하지 않는다는 믿음을 기르는 일이다. 그러면 무엇인가를 포기하지 않고 할 수 있다. 고등학교에 다니던 토요일마다 덕수궁에 나가면서도 난 미래의 어느 날을 늘 상상했었다. '저 외국인이 날 차갑게 대하면 어쩌나?' 하는 걱정이 들 때마다 유럽 어느 곳에서 그 나라 사람들과 자유롭게 소통하는 날 상상했었다. 세상을 더 보고 싶었고 더 많은 세계인을 만나고 싶었다. 그래서 영어는 필수였다. 그리고 그 상상은 날 바르셀로나에 살게 했고 학교에서 만나는 많은 유럽의 젊은이들 외에도 폴란드와 여러 나라에 사는 친구를 만나게 해줬다.

며칠 전 조국의 책을 읽다가 공부에 관해 쓴 글이 있어 적는다.

【나는 매순간 중심을 잃지 않기 위해 노력한다. 중심이 없으면 칭찬과 환호에 쉽게 흔들릴 수밖에 없다. 오늘의 칭찬과 환호는 내일 뒤집어질 수 있다. 한순간에 비난과 경멸, 야유와 조롱으로 바뀔 수 있다.

그만큼 달콤하지만 영원하지 못한 것이 바로 주변의 시선이다. 중심을 유지하며 내가 서 있는 자리에서 해야 할 일을 하기 위해 오늘도 공부한다. 내 삶의 두 축은 '학문'과 '참여'다.】

나 역시 나름의 이유로 공부를 계속한다. 세상에서 멀어지지 않기 위해, 그리고 참여하기 위해 소설을 쓴다. 저 유명한 공자의 말을 떠올린다. 〈학이시습지 불역열호(學而時習之 不亦說乎)〉. 신영복 선생은 이 문장을 이렇게 해석하셨다.

〈배우고 그 배운 것을 실천할 때 즐거움이 찾아온다〉. 공부하고 터득한 것을 바탕으로 세상을 위해 무엇인가를 실천하라는 뜻이다. 즉, 공부와 참여다.

언젠가 난 세계를 여행하며 버스킹을 하는 걸 꿈꾼다. 그래서 기타를 배울 생각이다. 먼 훗날 내 노래를 들으며 즐거워할 누군가와 눈을 마주치며 노래하는 날 상상하며 지금부터 준비할 생각이다.

구속과 가스라이팅 (Sitges, Spain)

바르셀로나 시내에서 차로 한 시간(고속열차인 렌페(Renfe)를 이용하면 30분 만에 갈 수 있다)만 달려가면 아름다운 해변과 맛있는 음식, 그리고 조용한 휴식을 취할 수 있는 숙박업소가 있는 시체스(Sitges)에 갈 수 있다. 도심에서는 볼 수 없는 색다른 분위기를 즐길 수 있는 멋진 카페도 해변에 많다. 또한 여러 개의 해변이 있는데 누드비치, 게이비치도 있다.

시체스는 가까운 위치, 아름다운 해변, 중세에 건축된 고풍스러운 건물과 거리, 특히 석양이 아름다워 바르셀로나 시민들의 대표적인 휴양지로 꼽힌다.

난 방과후수업의 일환으로 그곳에 갔다. 아르헨티나에서 온 루(Ru)의 안내로 대절한 버스를 타고 바르셀로나 상트(Barcelona Sant)역을 출발해 몬세라트를 구경한 후 시체스에 도착해 친구들과 점심을 먹고 자유시간을 가졌다.

늘 그랬듯이 자유시간을 이용해 시체스의 속살을 보고 싶었다. 난 혼자 시체스 해변을 따라 중세 시대 건물들이 있는 곳으로 향했다. 해변이 끝나는 곳에 산트 바르토메우(Sant Bartomeu) 성당이 나타났다. 산트 바르토메우 성당은 1672년에 건립된 로마 가톨릭 예배당으로 시체스 해변을 상징하는 건물이다. 성당은 나지막한 해안절벽

위에 자리 잡고 있고 해변에서 올라오는 방향으로 커다란 광장을 가지고 있어 뮤지션들이 버스킹을 하는 곳으로도 유명하다.

광장을 지나면 중세 시대에 지어진 건물들이 좁은 골목을 사이에 두고 줄지어 있다. 그 좁은 골목을 지나야 다른 해변으로 갈 수 있다. 그 골목엔 개를 데리고 구걸을 하는 사람이 있었고 그 사람을 지나치자 그 길 끝에 있는 상점에서 창살과 유리창에 갇혀 있는 마네킹이 보였다.

난 갇혀 있는 마네킹을 보는 순간 구속된 상태에 대해 생각했다. 갑자기 그런 생각을 한 이유는, 성당 광장에서 버스킹을 하는 뮤지션과 구걸하는 사람을 본 직후여서 갇혀 있는 마네킹과 대비가 일어난 결과일 것이다.

버스킹과 구걸은 비록 행태는 다르지만 타인의 자비, 즉 돈을 바라는 일이다. 하지만 구속과는 거리가 먼, 자유롭다는 느낌을 준다.

비록 구걸하고 있지만 사내는 자유로워 보였다. 구걸이 절박해 보이지도 않았다. 그 사내는 사람들이 지나가도 손을 내밀지 않고 개와 놀기에 정신이 팔려있었다.

일반적으로 갇힌다는 것은 크게 두 가지 유형이 있을 것이다. 신체적으로 갇히는 것과 감정적으로 갇히는 것이 그것이다. 신체적으로 갇히는 상황은 어떤 것들이 있을까. 가장 먼저 떠오르는 건 법을 어겨 감옥에 갇히는 것이다. 두 번째는 제도에 갇히는 것이다. 국가가 명령한 봉쇄 조치에 따라 이동의 자유가 구속되는 상황이 그런 경우이다. 난 인도네시아에서 그런 구속을 경험했다.

2020년 3월부터 8월 중순까지 난 이동의 자유 없이 한 지역에 갇혀 있었다. 갇힌 이유는 코로나 펜대믹 때문이었다. COVID19가 세계를 휩쓸며 나라마다 사망자가 속출하던 때였다. 인도네시아도 예외는 아니었고 인도네시아 정부는 바이러스의 확산을 막기 위해 지역 간 이동을 제한하는 조치, 즉 Lockdown(봉쇄조치)을 선포했다. 인도네시아 정부는 5개 큰 섬(자바, 칼리만탄, 술라웨시, 수마트라, 파푸아)끼리의 모든 교통수단(비행기와 배)의 운항을 전면 중지했고 각 섬에서도 주거지에서 다른 도시로 이동도 제한했다. 특히 외국인인 내겐 또 다른 문제가 발생했다. 펜대믹으로 인해 외국인의 입, 출국이 중단되면서 외국인의 비자 갱신 업무도 따라서 중단된 것이다. 비자를 갱신할 수 없으니 비행기가 운항을 재개한 뒤에도 난 비행기를 타지 못했다. 그래서 난 어머니의 장례식에도 참석할 수 없었다. 그것이 제도가 사람을 가두는 방식이다.

신체적 구속을 당하는 세 번째 경우는 무엇인가 내 자유를 속박해서 이동할 수 없는 경우도 있다. 종교적인 이유일 수도 있고 심지어 애완동물 때문일 수도 있다. 난 얼마 전 결혼식장에서 은퇴한 선배를 만났다. 현역으로 근무할 때는 물론 내 상사였고 날 위해 승진을 포함한 여러 면에서 애를 써주신 분이었다. 결혼식이 끝나고 식사 자리에서 근황에 대해 얘기하다 깜짝 놀랐다.

"와이프와 딸이 지금 스페인에 있어."

내가 휴직 기간 동안 바르셀로나에서 어학연수를 했다는 말 뒤였다.

"무슨 일로 갔나요?"

"물론 여행을 간 거지."

"아니, 그럼 왜 본부장님은 같이 가지 않으셨어요?"

"난 우리 강아지 때문에 못 갔지. 덩치가 커서 비행기 탑승이 안돼. 그렇다고 놓고 갈 수도 없잖아."

"아니, 누군가에게 맡기면 되죠."

그분은 고개를 저었다. 여행을 포기하는 게 마음 편하다는 것이다. 난 쉽게 이해가 되질 않았다. 하지만 그분의 생각은 확고했다. 왜냐하면 같이 자리에 앉은 다른 선배들도 그분의 결정을 이해하지 못하겠다고 말했지만 그분은 잘라 말했다.

"나도 유럽 여행 가고 싶지. 일 때문에 유럽 다른 국가에 출장도 가봤고 스웨덴 스톡홀름에서 6개월 동안 회사 연수도 했지만 아직 스페인은 못 가봤으니까. 하지만 강아지를 키우고 나서는 해외에 나갈 수가 없더라고. 법이 바뀌어서 우리 강아지처럼 큰 개도 탑승이 될 때까지 기다려야지."

우린 얼른 다른 화제로 넘어갔다.

사람은 제도에만 갇히는 게 아니다. 인간은 자주 감정에 갇힌다. 감정에 갇히는 건 여러 가지 형태가 있다. 사랑이란 감정에 갇힐 수도 있고 슬픔 혹은 분노란 감정에 갇힐 수도 있다. 극단적인 경우지만 요즘 문제가 되는 가스라이팅(Gaslighting)에 갇힐 수도 있다. 또한 종교를 통해 신에게 빠질 수도 있다.

사랑을 찾아 시간과 돈, 에너지를 쏟아붓는 게 인간이다. 또한 사이비종교에 빠지는 사람들이 의외로 많은 걸 보면 어쩌면 인간은 무엇엔가 빠지고 싶어 안달이 난 존재처럼 보이기도 한다.

인도네시아에서 난 제도와 감정 두 가지 모두에 갇혔었다. 봉쇄조치로 몸이 갇혔고 동시에 슬픔이란 감정에 갇혔었다. 갇혀 있던 기간에 담배를 끊었음에도 내 몸무게는 무려 6kg이 빠져 성인이 된 후 처음으로 65kg이 됐다. 냉장고에 술이 있어도 마시고 싶지 않았고 뭐든 맛있게 먹는 나였지만 밥맛이 없어 살기 위해 억지로 먹었다.

시체스에서 본, 창살과 두꺼운 유리창 안에 갇힌 쇼윈도 속 마네킹처럼 우리를 가두는 기제는 또 있다. 가족, 회사, 그리고 사회에서 만들어진 많은 관계망도 역시 우리를 가둔다. 그 속에 들어가면 자신을 강제하는 것들이 존재하며 그 속에서 벌어지는 행태가 불합리하다는 걸 알면서도 우린 자유의지로 행동하지 못한다.

'남들도 다 따르는데 나만 그걸 거부하면 난 조직에서 분명 심한 불이익을 받을 거야.'

사실 맞다. 대부분은 그렇게 한다. 나도 그랬고 대부분이 그렇다. 하지만 자유로운 상태가 되어 멀리서 그 모습을 바라보면 이제까지 내가 했던 모든 것들이 갇힌 상태에서 가스라이팅을 당해 저지른 오류이며 누군가에겐 폭력이라는 걸 알게 된다.

가스라이팅이 다만 남녀 간에만 일어날까?

가스라이팅의 다른 말은 세뇌다. 비록 일부지만 종교적인 맹신도 세뇌에 의해 벌어지는 가스라이팅의 한 형태일 것이다. 또한 건전한 집단지성이 나라를 정상적으로 이끌고 가지 못하게 여전히 기승을 부리는 지역감정도 이 범주 안에 들고 사회에 만연한 '우리가 남이가'라는 조직문화도 포함된다.

마지막으론 권력과 돈에 구속당한 사람들이 넘쳐난다. 평생 써도 다 못 쓸 재산을 가진 사람들이 법을 어겨가며 없는 사람의 밑천을 탈취한다. 몇십 년을 권력의 언저리에서 온갖 특혜를 누린 사람들이 온갖 추한 짓을 저지르며 권력의 언저리를 떠나지 않는다.

난 시제트에서 내가 오랜 속박으로부터 탈출했다는 걸 알았다. 일시적이지만 휴직을 통해 회사를 떠났다. 일로부터 탈출해 내가 원하는 것을 위해 과감히 문을 열어젖힌 것이다. 휴직을 결정했을 때 주변의 여러 사람이 어떻게 그런 결정을 할 수 있느냐고 물었다. 그리고 최종적으로 휴직 명령이 나자 많은 전화를 받았다. 비난이나 염려가 아닌, 자신들은 하지 못하는 결정을 한 내게 박수를 보내는 전화들이었다.

물론 영원히 자유로울 수는 없다. 인간의 삶은 그렇게 낭만적이지 않다는 걸 잘 안다. 잠시 구속상태에서 벗어난다 해도 얼마 지나지 않아 새로운 사슬이 나도 모르게, 혹은 인지한 상태에서 내게 다가와 날 옥죈다. 하지만 아주 가끔은 내 몸에 붙은 사슬을 끊고 자유의지로 살고 싶다.

다리와 시장 (Jirona, Spain)

1

내가 다녔던 스페인어학원에서는 정규수업과 별도로 다양한 방과 후 수업도 있었다. 목적은 학생들 간의 교류를 촉진하고—방과 후 수업은 스페인어 실력에 따라 정해진 반 편성과 상관없이 학원에 등록된 모든 학생이 참여할 수 있다—바르셀로나 지역의 문화 체험 그리고 주변 명소를 방문하는 것이다. 어떤 프로그램은 무료였고 대형버스를 빌려서 가야만 하는 곳, 혹은 숙박이 필요한 곳은 유료로 진행됐다. 또한 그런 프로그램을 준비하고 학생들에게 홍보해서 참여를 독려하고 또 실제 주관(동행 및 진행)하기 위해 별도의 직원들이 있었다. 내가 있는 동안에는 두 명의 아르헨티나 출신 여직원들이 그일을 담당했다. 일테면 오락부장인 셈이다. 실제로 그녀들은 학원의 분위기메이커였다. 수업이 지루해지는 오후 수업 시간이면 갑자기나타나 춤판을 벌이기도 했고 외부 행사가 아니어도 학원 내에서 갖가지 놀이를 만들어 피가 뜨거운 젊은 학생들을 흥겹게 만들었다. 플라멩코 경연 대회나 각 나라의 민속놀이 경연 대회 같은 행사도 그녀들이 진행했다.

행사를 진행하는 행사담당 여직원인 아르헨티나 출신 플뢰르(Fleur)

　　그런 프로그램에 따라 가게 된 곳이 바르셀로나 시민의 휴양지라고 불리는 시제트(Sitges)에 이어 지로나(Jirona, 카탈루냐어) 혹은 스페인어로는 헤로나(Gerona)였다.

　　일요일 아침 9시, 내가 머물던 숙소 바로 앞에 있는 바르셀로나 상트역을 출발해 약 한 시간을 달려 지로나에 도착한 버스는 우리를 강변에 내려줬다.

　　지로나는 프랑스와 가깝다. 프랑스와 가까워서였겠지만 지로나엔 오래전 프랑스에서 넘어온 사람들이 많이 살고 있다고 우리의 멋진 오락부장 중 한 명인 아르헨티나 출신 루(Ru)가 설명해줬다. 그래서인지 도시의 분위기도 열정적인 스페인 사람들과 달리 상대적으로 차분하고 한적했다.

　　도시는 강을 사이에 두고 구시가지와 신시가지로 나뉘는데 구시가지는 내가 방문한 유럽의 여러 도시 중 중세시대의 모습을 가장 잘 간직하고 있었다. 전형적인 중세의 모습은 거리에서 가장 잘 드러난다. 돌과 구운 벽돌을 이용해 높게 지어진 건물들 사이로 좁은 길이 미로처럼 연결되어 있다. 돌이 깔린 좁은 골목길을 마주하고 서 있는 높은 건물들은 건물 간에 공간이 없이 어깨를 붙이고 일렬로 길게 늘어서 있다.

이 건물과 저 건물을 구분하는 건 건물 간의 틈이 아니라 건물들마다 다른 모양을 한 커다란 아치형 대문을 보고 판단하면 된다. 양쪽으로 열 수 있게 달린 문은 단단한 나무에 정교한 양각 혹은 음각 무늬가 빼곡하다. 문에 조각된 문양은 집마다 다르다. 어떤 집은 나무로만 장식했고 다른 집은 예쁘게 디자인한 쇠를 이용해서 더 특별한 모양을 만들었다. 또한 집마다 문에 달린 문고리도 특색이 있다.

단 한 집도 같은 문고리가 없다. 갖가지 모양과 색깔, 재질로 고유의 이미지를 만들어 달았다. 아마도 건물들의 모양이 비슷해서 문을 이용해 특색을 드러내고자 했을 것이다. 그건 남자들이 넥타이나 허리띠 혹은 구두를 통해 자신만의 멋을 표현하는 것과 비슷한 의도일 것이다. 고개를 들면 좁은 골목 위로 가늘고 긴 파란 하늘이 내가 서 있는 골목 끝 소실점을 따라 흐른다.

2

몬세라트에는 산이 있고 시제트에는 바다가 있다면 지로나에는 강이 있다. 오냐르강(Rio Onyar)은 시내를 관통하며 구시가지와 신시가지를 나누는, 수량이 많지 않은 작은 강이다. 강이 있기에 당연히 다리가 있고 그 다리 중 하나가 지로나를 대표하는 명소였다, 루(Ru)는 우리를 인솔해 빨간 다리 앞에 도착했다. 그녀가 다리 앞에 우리를 세우고 다리에 대해 설명했다.

"우리 앞에 있는 빨간 다리가 에펠탑을 설계하고 건축을 지휘한 구스타프 에펠(Gustave Eiffel)이 유명해지기 전에 설계한 **'에펠다리'**입니다. 이 다리에 사용한 철재가 에펠탑에 사용한 것과 똑같은 것이죠."

에펠다리(1977년)는 붉은색 철교(鐵橋)다. 오냐르강이 약 30m 정도의 폭이 좁은 강이니 다리도 작고 폭도 좁다. 사람만 다닐 수 있는 인도교이다. 에펠이 다리도 만들었다는 걸 난 처음 알았다. 그것도 프랑스가 아니라 스페인에. 300m가 넘는, 오랫동안 세계에서 가장 높은 건축물이었던 에펠탑을 설계하고 건축을 지휘한 에펠이 이렇게 작은 다리를 만들었다는 사실이 선뜻 받아들여지지 않았다. 그래서 같이 온 친구들이 사진 찍기 바쁜 와중에 난 검색을 했다. 검색 결과는 의외였다.

구스타프 에펠은 1889년 에펠탑을 만들기 전엔 다리를 설계하는 직업을 가진 사람이었다. 그는 프랑스의 교육기관인 에콜 상트랄(파리 고등공예학교)에서 다리 건축 기술을 배웠고, 〈교량 건설 전문가〉로 이름을 떨쳤다. 아래는 그가 설계한 대표적인 다리들이다. 그가 만든 다리는 늘 그 시대에 최고라는 수식어가 붙었다.

마리아 피아 철교(포르투갈 포르투, 1877년). 에펠의 초기작 중 하나로, 초승달 모양의 아치와 트러스구조가 인상적인 다리다. 마리아 피아 철교는 완공 당시 세계에서 가장 긴 다리(160m)였다.

가리비 고가교(1884년). 프랑스 남부의 트뤼에르 계곡을 가로지르는 다리로, 에펠의 대표적인 초창기 설계작이다. 높이 124m로 완공 당시 세계에서 가장 높은 다리였다. 이 다리 역시 에펠의 대표적인 디자인기법인 초승달 모양의 아치와 트러스구조를 가지고 있다.

생각해보니 에펠은 다리라는 건축물을 **석기시대에서 철기시대로 이동**시킨 사람이었다. 에펠이 철로 다리를 만들기 이전까지는 다리는 당연히 돌로 만든다고 생각했다. 아름다운 미관을 위해서였다. 에펠 시대 이전 사람들은 다리란 단순히 물을 건너는 기능적인 면만 생각하지 않았다. 다리는 아름다운 건축물이어야 한다고 생각했다. 적어도 근대시대까지는 다리란, 하나의 세계에서 다른 세계로 넘어가는 형이상학적인 의미까지 담보하는 구조물이었다. 그러므로 미적으로도 아름다운 형태를 가지고 있어야 했다.

우리나라에는 순천 선암사 〈승선교〉와 여수 흥국사 〈홍교〉가 있다. 유럽엔 이탈리아 피렌체의 〈폰테 베키오〉, 프랑스 파리의 〈퐁네프 다리〉 그리고 독일 드레스덴의 〈아우구스투스 다리〉처럼 아름답고 사연이 있는 다리들이 많다. 그런 이유로 차가운 느낌의 철은 다리를 만드는 자재로 부적당하다고 생각했을 터였다. 그러다 에펠에 이르러 쇠를 이용해서 다리를 만들기 시작한 것이다. 인류가 석기시대를 지나 청동기시대를 거쳐 철기시대로 진입한 건 까마득히 오래된 이야기지만 사람들은 다리를 쇠로 만든다는 생각은 하지 못했다.

에펠은 물었을 것이다. 왜 튼튼한 쇠로 다리를 만들지 않지? 돌을 이용하면 다리 하나 놓는데 건설 기간도 길고 비용도 엄청나게 든다. 또 돌로는 만들 수 없는 거리나 높이도 있다. 이젠 쇠로 다리를 만들어도 되는 시대가 됐다는 걸 에펠은 안 것이다. 물론 예술성은 고려하지 않은 오로지 경제성의 논리였다. 실제로 검색 결과도 그렇게 말하고 있었다. 그의 트레이드마크인 트러스구조와 초승달 모양의 아치를 에펠이 아름답다고 생각하진 않았다는 것이다. 지로나에 있는 에펠다리 역시 내 눈에도 결코 아름답게 보이진 않았다. 다만 튼튼한 다리였다.

에펠이 대단한 건 예술성을 담보할 수 없을 것만 같았던 철(鐵)을 예술의 경지로 끌어올렸다는 것이다. 에펠은 각각의 철제 빔(Beam)과거더(Girder), 컬럼(Column), 브레이스(Brace)를 연결해 공간을 만들고 형태를 만들었다. 삭막하기 그지없고 아무런 의미도 가지지 못한 하나 하나의 부재들을 연결(Bolting)을 이용해 면을 만들고 높이를 만들고 마지막으론 부피를 이용해 아름다운 형태를 만들었다, 그 형태가 결국 예술성을 확보한 셈이다. 그것을 보여주는 건축물이 바로 에펠탑이다.

그는 철(鐵)을 이용하면서 그것을 어떻게 이용하면 강하고 동시에 아름다워질 수 있는지 조금씩 알아갔을 터였다. 쇠로 만들어진 부재를 사용해서 높고, 긴 다리를 설계하고 완성된 모습을 보면서 차가움에 온기를 불어넣는 방법을 깨달았을 것이다. 결국 그 방법은 큰 부피를 가진 형태여야만 단순하고 차가운 존재에서 아름다운 건축물로 재탄생할 수 있다는 걸 알았을 것이다. 돌로는 불가능한 높이, 쇠라는 강성이 담보되어야만 만들 수 있는 크기와 높이, 그리고 부피를 통해 아름다운 형태를 만든 것이다.

파리에서 에펠탑 보았을 때 난 고려청자(청자 양각죽절문 병, 국보 169호)나 이조백자(백자 상감 연화당초문 병 – 보물 1230호)가 떠올랐다. 형태(곡선)가 비슷하기 때문이다. 또한 에펠이 설계한 다리들은 트러스구조로 유명하다. 트러스구조란 강재(鋼材)나 목재를 삼각형 그물 모양으로 짜서 하중을 지탱시키는 구조를 말한다. 그리고 초승달 모양의 아치가 그 트러스구조를 떠받치고 있는 형태이다. 튼튼하고 미적으로도 아름답다. 초승달 모양의 아치는 사실 로마의 수도교에도, 우리나라 순천 선암사 승선교(보물 400호)에서도 볼 수 있는 아치교다. 아름다움과 견고함을 모두 갖춘 건축양식이다. 강하지만 그 형태는 부드럽게 표현하는 방법을 그는 터득한 셈이다. 그것이 그의 위대함이다.

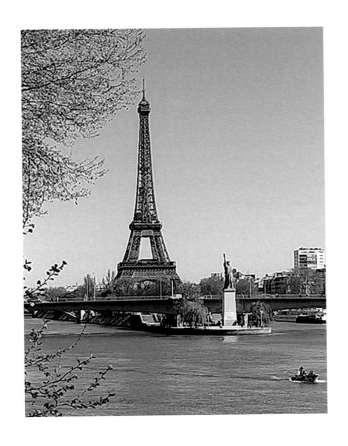

　모든 건축예술이 그렇듯 그런 예술성을 담보할 수 있는 기술의 진보가 그 시대에 이루어진 것도 에펠의 작업을 가능케 한 중요한 요인이었다. 에펠이 철을 다리에 이용할 수 있었던 건 제련·합금 기술의 발전이 있었기에 가능했다. 1800년대 말 전기가 상용화되고 그 전기를 이용한 〈전기분해〉가 발명되면서 전기를 통해 물질을 분리해낼 수 있게 된 것이다.

그때까진 강도가 부족한 철을 일정한 강성을 가진 강철로 만든 건 불순물인 탄소의 역할 덕이었다. 하지만 탄소를 완전히 철로부터 분리해낼 수 있는 기술이 발전하기 전(전기분해가 가능하기 전)까지는 제련과정에서 저절로 포함된 탄소였고 그 양을 조절할 수 없었다. 따라서 그런 강철로는 엄청난 하중을 받는 큰 규모의 철교는 만들 수 없었다. 하지만 탄소를 분리해내는 기술이 발전한 뒤로는 제련과정에서 탄소의 양을 조절할 수 있었고 또한 강성을 몇백 배나 높일 수 있는 다른 첨가물의 양도 조절이 가능했다. 대표적인 첨가물인 크롬(Cr)과 니켈(Ni), 몰리브텐(Mo)은 첨가하는 양을 조절하면서 특수강을 만든다. 그런 기술이 발달하면서 다리에 사용하는 강재를 다리가 지지해야 하는 하중의 크기에 따라 별도로 제작할 수 있게 됐다. 그런 제작 기술이 길고, 높고, 강한 다리를 만들 수 있는 출발점이 된 것이다.

철에 대한 얘기가 나왔으니 조금만 덧붙이면, 사실 발전소를 건설하는 일도 결국은 철을 이용한 설치예술과 비슷한 과정이다. 전기를 생산하기 위한 가장 중요한 설비—우린 주기기(Main Equipment)라고 부른다—인 보일러(높이 약 100m, 물을 가열하여 높은 온도, 압력을 가진 고열량의 증기를 생산하는 설비)와 보일러에서 보내온 높은 엔탈피를 가진 증기를 이용하여 고속회전을 하면서 여자기(Exciter)에서 만들어진 자기장을 단속적으로 끊어 전기를 생산하는 터빈(Turbine, 길이 약 25~30m, 원주 최대 2.3m의 원통형 회전체)도 고온, 고압을 견디는 고합금강(9Cr, 총 9%의 크롬이 포함된 강) 혹은 스테인리스강(9Cr-18Ni, 9%의 크롬과 18%의 니켈이 포함된 강)으로 제작된다. 발전기 출력에 따라 전체 크기가 정해지는 보일러 및 터빈이 공장에서 각각의 소부재로 제작

돼 발전소에 도착하면 그 소부재를 모두 연결(보일러 관들을 특수용접한다)하거나 조립하여(터빈은 각 부재를 긴 축에 끼워맞춤 한다) 완성하는 것이다. 또한 높이 100m에 이르는 보일러나 길이 30m의 터빈 같은 중량물을 지지하기 위해 에펠이 에펠탑을 만들었듯 발전소 건설현장에서도 똑같은 작업을 수행한다. 각종 부재를 하나씩 특수제작된 볼트(Bolt)로 연결해 거대한 철구조물을 만들어야만 한다.

3

우린 에펠다리를 건너 지로나 대성당으로 향했다. 루(Ru)는 우리를 성당 내부가 아니라 성당 뒤쪽으로 안내했다. 성당 뒤쪽에는 좁은 성벽길이 있었다. 두 사람이 교차하면 어깨가 부딪히는 좁은 성벽길을 우린 열을 맞춰 걸었다. 성벽길에서는 시내가 한눈에 내려다보인다. 그다지 크지 않은 시내가 눈앞에 펼쳐졌다. 멀리 산들도 보였다.

성벽길 걷기를 마친 우리를 루(Ru)가 인솔하여 상점들이 줄지어 늘어선 거리에 도착했다. 그녀가 말했다.

"2시간 반은 자유시간입니다. 점심을 먹고 시내 구경을 마치고 3시까지 이곳에 모여주세요. 여긴 미슐랭 별점 2의 젤라또 집, 미슐랭 별점 3의 레스토랑도 있고 맛있는 커피집도 많아요. 음식 천국이죠. 찾기 싫다면 나랑 함께 다니면 됩니다."

난 루(Ru)가 인솔하는 일행과 헤어져 다시 다리를 건너 신시가지로 향했다. 시내의 반쪽인 신시가지도 보고 싶었다. 강을 따라 위로 걸어볼 생각이었다. 강 건너 신시가지는 구시가지와는 많이 달랐다. 병원이나 슈퍼마켓, 서점 등 지로나 시민들을 위한 공간이었다. 그렇게 20분쯤 시내 구경을 하며 강을 따라 걷다가 벼룩시장(Mercadillo, '작은시장'이란 뜻이며 시장을 의미하는 스페인어는 Mercado다)을 만났다. 햇볕 좋은 작은 광장에 사람들이 물건을 늘어놓고 한가하게 이야기를 주고받고 있었다. 일반적으로 벼룩시장이 그렇듯 먹거리는 없고 골동품, 생활소품, 책 등, 일반인이 소장하고 있는 물건을 거리로 가지고 나와 파는 휴일장이었다. 관광객을 상대하려면 구시가지에서 벼룩시장이 열릴 테지만 내가 만난 벼룩시장은 현지인들을 위한 시장이었다. 주변에 관광객은 나 혼자였다.

시장에 나와 물건을 구경하는 사람들은 나이 든 사람이거나 아이를 데리고 나온 젊은 부부들이었다. 젊은이들은 눈에 띄지 않았다. 그 모습을 보며 난 우리나라 5일장을 생각했다.

여행지에서 장터를 찾기도 하지만 텃밭농사를 짓는 난 자주 합덕 5일장에 간다. 밭에 심을 묘목을 사고 때맞춰 심어야 하는 갖가지 모종도 장에서 사면 싸고 품종도 좋다. 특히 5일장이 좋은 점은 철 맞취 정확히 심을 작물이 나온다. 초보 농사꾼인 내겐 인터넷 검색보다 오히려 장에 나가보면 '합덕'이란 지역에서 언제 무엇을 심고 언제 수확해야 하는지 정확히 알 수 있다. 우리나라가 작지만 사실 한 가지 작물도 지방에 따라 심고 수확하는 시기가 의외로 상당한 차이가 있다. 내가 중요하게 생각하는 작물인 양파만 해도 남부지방과 북부지방이 다르고 그러니 내 텃밭이 있는 중부도 다르다. 또한 그 해의 철마다 바뀌는 날씨도 심는 시기에 영향을 준다.

밭일을 하다 출출해지면 먹는 새참도 장에서 산다. 장이 열리는 날엔 다양하고 맛있는 먹거리가 가득하다. 텃밭농사에 빠질 수 없는 즐거움이 새참을 먹는 거란 사실은 누구나 안다. 그러니 맛있는 새참을 사기 위해 장으로 간다. 또 농약상도 장터에 있고 각종 농기구들도 장날에 나오는 농기구가 더 싸고 튼튼하다. 그런 이유로 밭에 가는 날을 가능하면 장이 열리는 날에 맞춘다. 합덕장은 끝자리가 1일, 6일에 열리는 '오일장'이다.

시장에서 만나는 사람들은 거의 시골에서 나온 노인들이다. 시골 어르신들은 장이 열리는 날엔 옷을 갖춰 입고 들뜬 기분으로 장에 나온다. 딱히 살 게 있어서가 아니라 그날 하루를 장에서 즐기는 것이다. 친구를 만나고 물건을 구경하고 또 사람들을 구경한다. 그러니 장은 그들에겐 축제가 열리는 곳이다. 5일마다 돌아오는 행복한 축제인 셈이다.

난 지로나 벼룩시장에서 두 장의 아주 오래된 비닐앨범을 샀다. 한 장은 에릭 클립튼의 1집 앨범이었고 다른 한 장은 롤링스톤스의 초기앨범이었다. 가격은 35유로를 지불했다. 롤링스톤스의 앨범(1962년에 결성된 그룹이 1968년에 발매한 두 번째 **Big Hits** 앨범이다. 영국 DECCA 레코드에서 기획하고 프랑스에서 제작했다) 이 20유로, 에릭 클립튼의 앨범(1974년 RSO 레코드사에서 기획했고 스페인에서 제작됐다. 1970년에 솔로 활동을 시작한 뒤 1974년에 바르셀로나에서 첫 번째 스페인공연을 했으니 그 공연에 맞춰 제작된 듯하다)이 15유로였다. 내가 왜 롤링스톤스의 앨범이 더 비싸냐고 묻자 나이가 83살이라는 판매자는 롤링스톤스의 앨범을 보여주며 설명했다. 에릭 클립튼의 앨범은 자켓이 정사각형으로 우리가 흔히 보는 모양이었는데 롤링스톤스의 앨범 자켓은 내 귀퉁이의 모서리가 사선으로 잘려져 있었다.

그런 앨범은 첫 발매품이란 설명이다. 책으로 치면 1쇄로 나온 책인 셈이다. 나도 그건 처음 알았다. 그래서 난 기꺼이 35유로를 지불하고 두 장의 LP를 지로나의 벼룩시장에서 구입했다. 물론 에릭 클립튼과 롤링스톤스는 내가 좋아하는 뮤지션들이다. 귀국 후 내가 가진 턴테이블로 들으니 귀가 즐거웠다.

4

두 장의 LP판을 산 뒤 다시 강을 건너 구도심으로 돌아왔다. 구도심을 따라 내려오다 보면 시내를 관통하는 오냐르강과 나란한 대로를 따라 맛집들이 길게 이어져 있다. 루(Ru)가 말한 맛집 거리였다. 유럽 어디서든 볼 수 있는 야외 테이블들이 거리를 가득 채우고 있었다.

난 어느 도시를 가나 유명한 곳과 유명한 곳 근처를 걷는다. 유명한 명소는 사실 이미 여행을 시작하기 전부터 검색을 통해 미리 맛본 뒤에 실제 모습을 보는 것이다. 하지만 그 도시의 속살을 보려면 그 도시를 걸어야만 한다는 게 내 생각이다. 그러다 보면 전혀 기대하지 않은 행운을 만나기도 한다. 벼룩시장에서 내가 좋아하는 뮤지션의 초기 앨범(그것도 첫 발매품)을 살 수 있는 것처럼 말이다. 걷기는 에너지를 소비하고 그러니 배가 고파진다. '시장이 반찬이다.' 허기를 느끼는 순간에 식당을 찾는다. 그것이 여행의 대미를 장식하는 나만의 철칙이다.

부서지는 햇살을 받으며 야외 테이블에서 맛있는 음식과 시원한 맥주를 마시는 즐거움은 여행지에서 즐기는 최고의 휴식이 된다. 난 진심으로 그 시간이 좋다. 맥주 한 잔을 마시고 다시 한 잔을 주문하는 그 즐거움.

내 주장은, 첫 잔과 두 번째 잔은 완전히 다른 술이다. 첫 잔이 마른 목을 적시는 시원함이라면 두 번째 잔은 그 도시의 분위기를 함께 마시는 것이란 게 내 생각이다. 그래서 첫 잔은 단숨에 원샷 해야만 한다. 가능하면 종업원이 잔을 가져와 테이블에 내려놓기 전에 손으로 받아 단 1초의 지체도 없이 입술에 거품을 적신 뒤 잔에 담긴 맥주의 양에 따라 뒤로 젖히는 목의 각도를 늘려가며 쉬지 않고 마신다. 그리고 마지막 한 모금은 혀를 내밀어 맛을 음미한 뒤 천천히 목으로 넘긴다. 마지막 한 모금을 혀로 음미하는 것은 두 번째 잔에 대한 기대와 갈망을 키우는 일종의 트릭이다. 그리고 목으로 내려가기 전 마지막으로 맥주 본연의 쓴맛을 음미한다. 왜냐하면 쓴맛을 느끼는 미각세포가 혀의 뿌리 부분에 많이 분포되어 있기 때문이다.

두 번째 잔은 테이블에 내려놓고 먼저 눈으로 음미한다. 그리고 풍경을 감상한다. 내 주변에 앉은 사람들도 구경한다. 또한 내가 찍은 사진들을 되돌려보며 내가 그곳에서 느끼고 구경한 것들을 한 장면씩 연결하며 그 도시 전체를 머릿속으로 블록을 맞추듯 완성한다. 이 작업은 영화를 보는 것과 비슷하다. 필름 한 장 한 장이 연결돼 한 편의 영화가 되듯, 사진 한 장 한 장이 연결돼 도시의 전체 모습이 완성되는 것이다. 에펠이 철제 부품 하나하나를 연결해서 에펠탑을 만들었듯.

한 모금씩 천천히, 사진 한 장을 넘기듯 두 번째 잔을 마신다. 그런 순간엔 약한 취기가 조금씩 몸과 마음, 머리로 퍼지며 온몸이 나른해지고 행복해진다. 드디어 내가 상상했던 그곳에 있다는 실감이 몰려온다. 또한 이 시간이 틀림없이 그리워지리란 걸 느낀다.

무엇인가를 좋아한다는 건 결국 언젠가는 그 대상이 그리워지는 일이다. 무엇인가 아직 다 하지 못한 것 같은 미진함, 미련, 아쉬움이 남는 일이 진정한 사랑이다. 완벽한 것들은 금방 실증난다. 미련이 없는 감정들은 추억이 되지 못한다는 게 내 생각이다. 그러니 내가 있는 그곳, 그 시간, 그 장면들을 추억으로 남기려면 무엇인가 아쉬운 감정을 남겨야 한다. 사실 정말 사랑한 것들은 최선을 다해도 늘 무엇인가 결여된 것 같고 항상 아쉬움을 남기게 마련이다. 그러니 두 번째 잔은 첫 잔과 달리 아주 천천히 그리고 조금씩 마셔야 한다.

여백은 연결시키지 않는 행위에서 만들어지는 "아름다운 비움"이다. 두 번째 잔은 여백과 함께 마시며 그 여백에 아쉬움을 채우는 과정이다.

그래서 난 야외 테이블에 앉아 맥주를 시키면 꼭 잔맥주를 주문한다. 생맥주가 없다면 병맥주를 잔에 따라서 가져다 달라고 특별히 주문한다.

난 어느 나라에 가든 시장을 찾는다. 시장에 가면 그 도시의 사람들과 음식과 문화를 만날 수 있기 때문이다. 시장에는 그 지방에서 가장 유명한 물건과 음식이 있다. 그리고 그 지방에서 생산하는 먹거리와 특산품을 볼 수 있다. 시장은 도시의 생활을 압축적으로 보여준다.

우리는 〈장이 열린다〉고 표현한다. 열린다는 표현은 개방을 의미한다. 모든 것을 수용하겠다는 선언인 셈이다. 시장엔 흥정의 여지가 있다. 정찰제가 아니다. 몇 푼 아니어도 흥정은 그것만의 쾌락이 있다. 가격을 흥정하기 위한 밀고 당기기는 엄연한 승부다. 그러니 전략이 필요하고 반전이 있다.

다리는 단절된 곳을 연결한다. 시장은 사람들을 모은다. 그러니 두 장소 모두 관계를 이어주는 셈이다.

종이배와 SNS (Bratislava, Slovakia)

　　내가 슬로바키아를 여행한다고 말하자 우리 반에 있는 친구들이 '태어나서 슬로바키아를 여행하는 사람은 처음 본다'고 말했다. 물론 그 친구들은 유럽에서 온 친구들이다. 내가 슬로바키아의 수도인 브라티슬라바(Bratislava)에 대해 말하자 그런 도시가 있다는 것도 처음 알았단다.

　　슬로바키아는 유럽 한복판에 있지만 그만큼 잘 알려지지 않은 나라이다. 오래전엔 체코슬로바키아란 나라였다가 피를 흘리지 않고 체코와 슬로바키아로 분리됐다. 관련된 역사를 잠깐 살펴보자.

　　1992년 11월 25일 프라하. 체코슬로바키아 연방 의회가 체코와 슬로바키아를 분리하는 헌법 542호를 통과시켰다. 분리 날짜는 그해 12월 31일이었다. 이에 따라 체코슬로바키아는 1918년 연방을 구성한 이래 74년 만에 역사의 뒤안길로 사라졌다.

　　체코슬로바키아의 공산 독재 체제가 1989년 대학생과 지식인들의 무혈혁명(벨벳혁명)으로 막을 내렸듯이 분리 과정에서도 유혈충돌이 일어나지 않았다. 이런 이유로 체코와 슬로바키아의 분리는 **〈벨벳 이혼〉**이라는 이름을 얻었다.

　　분리의 원인은 다른 민족과 언어 이외에도 경제문제가 가장 큰 이유였다. 체코 지역은 중세 보헤미안 공국 시절부터 다져온 공업 기반 위에 민주화 이후 경제가 급성장한 반면, 군수 공업 외에 이렇다 할 제조업이 없는 농업 지대였던 슬로바키아 지역은 옛 공산권에 대한 무기 수출 격감으로 경제난을 겪었다. 실업률이 한 자릿수였던 체코 지역과 달리 슬로바키아 지역은 20%가 넘는 고실업에 시달렸다. 더구나 민주화 이후 연방 정부 보조금이 대폭 삭감되고 서방 자본의 투자도 98%가 체코 지역에 집중되자 슬로바키아 주민들은 '불편한 동거 대신 이혼을 택하겠다'며 분리독립을 주장하는 정당에 몰표를 던져 결국 연방은 해체되고 말았다. 연방 재산(221억 달러)과 주요 군사 장비도 2 대 1의 비율로 갈랐다.

분리 31년이 지난 오늘날 두 나라는 협력(관세 동맹)과 선의의 경쟁을 벌이며 동유럽 경제의 허브로 떠오르고 있다. 유럽연합과 북대서양조약기구(NATO)에도 공동 가입해 서방의 일원으로도 인정받았다. 분리 과정에서 피를 보았던 옛 소련과 유고 연방의 경우와 대조적이다.

체코와 슬로바키아의 '아름다운 분리'는 지금도 지구촌 곳곳에서 벌어지고 있는 영토전쟁과 분리를 원하는 여러 자치주(바르셀로나로 불리는 카탈로니아도 스페인으로부터 분리독립을 원한다)에겐 유일무이한 모범적인 사례이다.

슬로바키아가 잘 알려지지 않은 나라이지만 알면 아름다운 나라이다. 다뉴브강이 수도 브라티슬라바 시내를 관통해 흐르고 아름다운 많은 성을 가진 나라로도 유명하다. 드라큘라 백작의 고향은 루마니아지만 드라큘라 영화를 촬영한 성은 슬로바키아 오라바(Orava)성이다.

도나우강—혹은 다뉴브강, 슬로바키아어로는 리에카 두나후 (Rieka Dunaj)—은 유럽 8개 나라(독일, 오스트리아, 슬로바키아, 헝가리, 세르비아, 불가리아, 루마니아, 러시아)를 지나 흑해로 흘러가는, 총길이 2,860㎞의 강이다.

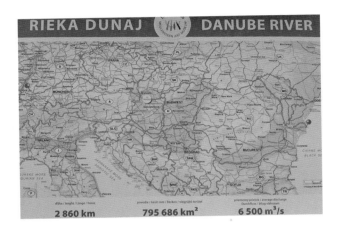

내가 슬로바키아를 방문한 건 슬로바키아 사람인 다니엘라 (Daniela)의 초청을 받았기 때문이다. 다니엘라와의 인연은 해외여행 객을 위한 애플리케이션을 통해서였다. 그녀가 2022년 가을 친구와 함께 한국을 방문했을 때 내가 그들을 전주 한옥마을과 태안 해변길 5코스(백사장항에서 꽃지해수욕장까지 총 12㎞)을 안내해줬었다. 바다가 없는 슬로바키아에 살던 그들은 태안 둘레길에서 만난 드넓은 백사 장을 보고 환호성을 질렀었다. 그리고 말했다.

"한국에 와서 가장 인상적인 여행을 여기 바닷길에서 했어요."

해변을 가득 메운 백합조개 껍질들 [해변길 5코스 삼봉해수욕장]

    내가 스페인 바르셀로나에 어학연수를 갈 예정이라고 하자 꼭
슬로바키아에 와달라고 초청한 것이다.

바르셀로나에서 브라티슬라바로 가기 위해서는 오스트리아 빈 공항을 이용하는 것이 빠르다. 바르셀로나에서는 브라티슬라바로 가는 직항 비행기가 없다. 빈과 브라티슬라바의 거리는 불과 65㎞에 불과하다. 공항에 내려 버스를 타면 넉넉잡아도 한 시간이면 브라티슬라바에 도착한다. 같은 유로존 국가라 검문도 없이 국경을 넘는다.

브라티슬라바에 도착하니 그녀가 날 기다리고 있었다. 우린 그녀의 회사 동료이자 친구인 로만(Roman)이 운전하는 차를 타고 도나우 강변에 있는 「Danubiana Art Museum」으로 향했다. 도착해보니 미술관은 실내 전시실과 오픈(실외) 전시실로 구성돼 있고 다양한 슬로바키아 작가들의 작품이 전시되어 있었다.

실내에 있는 작품들을 관람한 후 우린 밖으로 나와 오픈 전시실에 전시된 조각작품들을 감상했다. 그러다 눈에 띄는 작품을 만났다. 작품명은 기억나지 않는다. 조각은 머리가 긴 사람(성별을 알 수 없다. 그리고 굳이 성별을 따질 이유도 없다. 그게 작가의 의도였을 것이다)이 늑대 혹은 개를 타고 고개를 잔뜩 뒤로 젖힌 모습이었다. 난 그 조각을 보는 순간 〈자유〉란 단어가 떠올랐다. 모든 속박으로부터 벗어났을 때 느낄 수 있는 자유.

고개를 뒤로 젖힌다는 건 지상이 아닌 하늘을 보려는 강력한 의지를 드러낸다. 당장 눈앞에 보이는, 나와 관계된 많은 것들을 외면하는 행위라고 생각한다. 나도 조각상에 있는 사람처럼 머리를 최대한 뒤로 젖히고 하늘을 바라보며 두 팔을 벌리고 도나우강을 흐르는 강물 냄새를 맡으며 무한한 자유를 느꼈다.

시내로 나와 예약한 식당에 도착하니 다니엘라의 다른 친구가 와 있었다. 다니엘라와 그녀의 친구들은 슬로바키아에서 가장 큰 보험회사에서 일한다. 다니엘라가 하는 일은 우리나라로 치면 총무부에 해당하는 부서에서 일하고 있다. 그녀의 고객 중엔 한국기업에 다니는 사람도 많단다. 현재 슬로바키아에 투자한 한국기업은 질리나주에 있는 기아자동차 공장 외에도 삼성전자 등 약 100개의 기업이 진출해 있다.

슬로바키아 사람들에게 한국에 대한 인식은 상당히 좋다. 그들은 기아자동차를 자신들의 국민차로 인식하고 있다. 또한 삼성전자와 많은 한국기업의 현지사무소도 수도인 브라티슬라바 중심가에 모여 있으며 슬로바키아 사람들에게 양질의 일자리를 제공하고 있다.

"세계적인 한국기업들이 슬로바키아에 투자해서 우리 회사도 덕을 보고 있죠. 왜냐하면 그들이 월급을 받아 우리 회사와 보험계약을 하니까요."

로만이 말했다.

저녁 식사를 마치고 우린 도나우강의 야경을 보기 위해 이동했다. 로만이 안내한 곳은 강변에 있는 맥주 바였다. 그곳에서 보는 브라티슬라바성과 도나우강의 야경이 가장 멋지다는 설명이었다. 로만의 말대로 야경은 멋졌고 수제맥주도 맛있었다.

    맥주를 마시다 다니엘라가 종이배를 접기 시작했다. 각자의 소원을 적은 종이배를 강에 띄워 보내잔 제안이었다. 다니엘라는 금방 종이배를 완성했고 우린 강가로 나가 종이배를 도나우강으로 조심스럽게 던졌다(맥주 바는 강 수면과 약 3m의 높이차가 있었다). 놀랍게도 종이배는 강물 위에 사뿐히 내려앉아 유유히 항해를 시작했다.

어린 시절 나도 그녀처럼 종이배를 만들었었다. 장마철이 되면 집 앞 천(川)이 불어났고 어디서 떠내려오는지 모를 많은 물건이 넘실거리는 물과 함께 내 눈앞을 지나 또 어디론가 흘러갔다. 그걸 보면 나도 무엇인가를 어디론가 떠나보내고 싶어졌고(사실은 내가 떠나고 싶었다) 그래서 종이배를 접어 띄워 보냈다.

종이배는 내가 모르는 어딘가, 혹은 누구에겐가 보내는 나만의 신호였다. 주소를 몰라 편지를 보낼 수 없는, 불특정 다수에게 보내는 메시지였다. 난 까마득히 잊고 지낸 종이배 접기와 보내기를 다니엘라 덕에 슬로바키아 브라티슬라바 〈아름답고 푸른 도나우강〉에서 재현할 수 있었다.

생각해 보면 내가 다니엘라를 만난 것도 그녀의 SNS 덕이었다. 그녀가 보낸 SNS는 슬로바키아에서 한국까지 먼 항해 후 내게 전달됐다. 그러니 그녀가 보낸 SNS 메시지는 그녀가 띄워 보낸 종이배의 최신 버전인 셈이다. 그녀는 한국 여행을 계획하고 있었고 경비가 충분하지 못해 한국에 사는 누군가의 도움을 원해서 애플리케이션을 통해 불특정 다수에게 도와달란 메시지를 보냈다. 물론 그녀는 서울 등 다른 곳에 사는 다른 한국인의 도움도 받았다.

그녀가 띄워 보낸 종이배는 긴 항해를 했을 것이다. 아름답고 푸른 도나우강물을 따라 약 1,700㎞를 지나 흑해에 닿았을 것이다. 아니, 어쩌면 도나우강이 지나는 어느 나라에서 누군가에게 가 닿았을지도 모른다. 그 종이배를 건져 올린 누군가는 알지 못하는 누군가를 생각했을 것이다.

사람의 무게 (Montmartre, France)

6개월 어학연수 과정엔 2주간의 방학이 포함된다. 물론 내가 6개월 과정을 선택할 때 EF Korea 직원으로부터 관련 설명을 들었고 나역시 그 기간을 원했다. 이유는 북유럽, 특히 노르웨이에 가고 싶었다. 피오르(Fjord)로 유명한 노르웨이에서 트레킹을 하고 싶었고 아름다운 로포텐(Lofoten)에 가보고 싶었다. 그것이 어학연수를 시작할 때 계획이었다. 하지만 방학이 가까워지자 갑자기 이런 의문이 들었다.

'2주 동안 오로지 북유럽에만 있는 건 너무 긴 여정이 아닐까?'

그래서 파리에 갔다. 사실 파리 땅을 밟은 경험은 두 번이나 있었지만 파리를 여행하진 못했다. 내가 파리에 도착할 때마다 공교롭게도 프랑스 공공노총이 전면파업을 벌였고 그래서 프랑스 여행을 포기하고 주변국으로 이동했었다. 아쉬웠지만 어쩔 수 없는 일이었다.

난 파리 여행 2일 차에 노트르담 대성당을 보기 위해 몽마르뜨언덕을 걸어서 올랐다. 그 길에서 고흐를 만났다. 몽마르뜨언덕을 오르는 길가에 고흐의 그림이 철제구조물로 만들어져 설치되어 있다. 그가 몽마르뜨에 1888년 2월부터 1889년 4월까지 살았기 때문이다. 그의 대표작인 《아를의 별이 빛나는 밤》도 몽마르뜨에 살며 그린 작품이다.

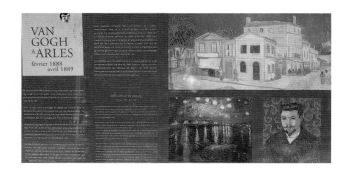

　사실 고흐는 내게 익숙한 존재였다. 네덜란드 여행 중엔 암스테르담에 있는 「고흐미술관」을 찾았었고 서머싯 몸(W. Somerset Maugham)이 쓴 『달과 6펜스』에 나오는, 더크란 화가로 묘사된 고흐를 만난 건 중학교 시절이었다. 그는 내가 그를 처음 알았을 땐 그다지 중요하거나 예술가로서 인상적이지 않은, 심하게 말하면 주변인일 뿐이었다. 귀를 자르고 자살을 한 고흐를 난 약한 사람으로, 그리고 자신의 감정을 통제하지 못하는 사람으로 이해했다, 당시 난 약한 캐릭터에 우호적이지 못했다.

　내가 그런 생각을 했던 건 『달과 6펜스』의 영향이 컸다. 난 그 책을 중학교 2학년 때, 우연히 친구 집에 갔다가 발견했다. 그 책이 방안에 굴러다니고 있었고 난 책을 빌려와 밤새 읽었다.

　『달과 6펜스』는 작가가 천재 화가 고갱을 염두에 두고 쓴 소설로 알려져 있다. 작품에서 고갱은 〈찰스 스트릭랜드〉로 고흐는 〈더크〉란 화가로 묘사된다. 작품 속에서 서머싯 몸은 고갱에겐 후했고 고흐에겐 박했다. 물론 이해할 수 있는 설정이다. 작가는 고갱이 천재 화가라고 믿었고 그를 빛나는 존재로 만들고 싶었을 것이다. 강한 천재와 대비되는 나약한 존재, 그것이 서머싯 몸이 고흐를 등장시킨 이유였다. 하지만 〈더크〉로 묘사된 고흐를 그렇게까지 표현해야만 했을까 싶은 생각이 나이가 들어서, 한참 시간이 흐른 후 들었다.

『달과 6펜스』에서 고갱이 그림을 위해 모든 안락함을 버리고 예술의 세계로 뛰어든 인물이라면 고흐는 고갱의 빛나는 예술과 천재성을 드러내기 위한 보잘것없는 조연이었다. 책을 읽고 내가 받은 인상은(서머싯 몸의 표현을 그대로 받아들여서) 고갱은 천재적인 화가이며 또한 강렬한 카리스마를 가진, 남성적인 매력이 넘치는 존재라면 고흐는 극도로 심약한, 심지어 아내를 뺏기고도 천재 화가인 고갱을 위해 희생하는 어처구니없는 존재였다.

나이가 들어서야 보이거나 알게 되는 것들이 있다. 고흐에 대한 내 판단은 언제부터인가 서서히 깨지기 시작했다. 아마도 한 곡의 노래가 단단했던 내 생각을 소리 없이 깨뜨린 기폭제가 아니었을까 짐작한다. Don McLean의 《Vincent with Lyrics》, 일명 《Starry starry night》이다. 우연히 이 노래를 유튜브에서 듣고 난 뒤 난 완전히 노래에 빠져들었다. 멜로디와 가사 모두 날 매료시켰다. 또한 매체의 특성상 노래가 흘러나오는 4분여 동안 가사에 묘사된 고흐의 그림들이 보여졌다. 난 노래를 이제까지 수백 번도 더 들었다. 가사를 적는다.

《Starry starry night》

Stary stary night
Paint your palette blue and gray

Look out on a summer's day

With eyes that know the darkness in my soul

Shadows on the hills

Sketch the trees and the daffodils

In colors on the snowy linen land

Now I understand

What you tried to say, to me

And how you suffered for your sanity

And how you tried to set them free

They would not listen did not know how

Perhaps they'll listen now

Starry, starry night

Flaming flowers that brightly blaze

Swirling clouds in violet haze

Reflect in Vincent's eyes of china blue

Colors changing hue

Morning fields of amber grain

Weathered faces lined in pain

Are soothed beneath the artist's loving hand

Now I understand

What you tried to say, to me

And how you suffered for your sanity

And how you tried to set them free

They would not listen did not know how

난 지금 서머싯 몸의 생각에 반대한다. 고흐는 끝없이 인내하고 고뇌하고 또 노력한 진정한 강자였다. 그림에 대해 문외한인 나지만, 지금 내 판단은 이렇다. 고갱은 예술(그림 그리는 일)을 자신을 빛낼 장식품으로 사용했다면 고흐는 예술을 위해 자신을 희생했다. 연구하고 노력했다. 인상파 화가들이 그렇듯 빛이 만들어내는 변화에 심취하고 천착했다. 지금은 이런 생각을 하지만 당시엔 완전히 서머싯 몸의 입장을 여과 없이 받아들였던 셈이다. 그러니 스스로 알아내지 않고 맹목적으로 받아들인 지식은 언제나 위험하다.

난 노트르담 성당 계단에 앉아, 그곳을 찾는 수많은 인파를 보면서 사람의 무게에 대해 생각했다. 누구나 자신이 타인에게 중요한 인물로 인식되고 또 대접받길 원한다.

가끔은 생각한다. 사람의 중요성, 혹은 무게. 난 여기 내가 가장 존경하거나 사랑하는 몇 사람에 대해 내 생각을 적는다.

❖ 신영복

30년 3개월을 억울하게 감옥에 갇혀 지내고도 여전히 세상을 아름다운 곳이라 믿는 사람이 얼마나 될까. 솔직히 난 엄두가 나질 않는다. 더욱이 감옥에 갇힌 몸으로 삶을 눈부시게 발전시킨 사람이 얼마나 될까? 선생님은 그런 삶을 살았다. 특히 연대체, 민체, 어깨동무체라고도 불리는 《신영복체》란 독특하고 멋진 글씨체를 계발하여 많은 좋은 글들을 남겼다. 또한 많은 책도 남기고 가셨다. 선생님은 〈더불어 사는 삶〉, 〈연대하는 삶〉, 〈낮은 곳으로 향하는 삶〉을 말씀하셨다. 특히 내가 선생님을 존경하는 건, 사람살이의 문제를 관조적으로 바라보지 않고 실천적으로 이해하고 접근했다는 사실이다. 그래서 선생님의 글은 〈교조적〉이지 않고 따뜻한 온기가 느껴진다. 선생님의 그런 자세를 잘 보여주는 몇 문장을 옮긴다.

【돕는다는 것은 우산을 들어주는 것이 아니라 함께 비를 맞는 것입니다.】

【연대만이 희망입니다. 물은 낮은 곳으로 흘러서 바다가 됩니다. 진정한 연대는 하방연대(下方連帶)입니다.】

【북극을 가리키는 지남철은 무엇이 두려운지 항상 바늘 끝을 떨고 있습니다. 여윈 바늘 끝이 떨고 있는 한 바늘이 가리키는 방향을 믿어도 좋습니다. 만약 그 바늘 끝이 전율을 멈추고 어느 한쪽에 고정될 때 우리는 그것을 버려야 합니다. 이미 지남철이 아니기 때문입니다.】

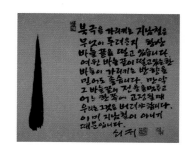

❖ 안치환

　그가 멋있는 이유는, 세상 모든 게 변해도 자신의 정체성을 버리지 않고 있기 때문이다. 힘들어도 자신의 자리를 지키는 사람은 아름답다. 무엇인가를 지키는 건 참 힘들다. 특히 함께 같은 길을 갔던 사람들이 하나씩 곁을 떠나 다른 길을 가는 모습을 지켜보면서 혼자 남아 그 길을 지키는 일은 결코 아무나 할 수 있는 일이 아니다. 적어도 안치환은 처음 그 길에 들어선 모습 그대로 아직도 그 길을 가고 있다. 또한 좋은 세상을 위해 그는 함께 어깨를 걸고 연대했다. 멀리서 응원만 한 게 아니라 언제나 직접 현장으로 달려가 참여했다.

　그가 부르는 노래는 아름답다. 다른 가수들의 콘서트에 가보면 코러스팀과 댄서들과 에코시스템과 사이키 조명을 동원한다. 하지만 안치환은 변함없이 그의 목소리와 그의 팀이 만들어내는 악기들의 하모니 외엔 그 어떤 것도 사용하지 않는다. 난 그의 그런 담백한 음악을 사랑한다.

《너를 사랑한 이유》

나를 바라봐 너의 작은 두 눈에
잊었던 지난 모든 꿈들 아직 남아 있는듯해
외롭진 않니 모두 떠나간 자리
이루지 못한 꿈들을 다시 꿔야 한다는 것
너의 시댄 이미 흘러갔다고
누가 말해도 나는 널 보며 살아있음을 느껴

너의 길이 비로 환상일지라도

그 속에서 너는 무한한 자유를 느낄 거야

포기하지 마 너를 사랑한 이유

바로 그 믿음 때문에

바로 그 믿음 때문에

❖ **나윤선**

그녀는 아름답고 그녀의 음악은 더 아름답다. 그녀는 프랑스가 사랑하는 가장 훌륭한 재즈 가수이다. 그녀의 목소리는 아름다운 악기다. 난 먼 길을 차로 달려갈 때는 언제나 그녀의 노래를 듣는다.

그녀는 한국이 낳은 세계적인 재즈 가수다. 누군가는 그녀의 노래를 이렇게 표현했다.

【겨울로 가는 가을처럼 그녀의 재즈는 맑고 투명하다. 흐느낌도 속삭임도 맑은 속살을 드러내고 자욱한 담배 연기 속에 갇혀 있던 재즈는 그녀의 감성을 통해 새로운 길로 접어든다.】

《그리고 별이 되다》

깊은 밤하늘 숲속 닿을 수 없는 길

그저 희미한 빛으로 어린 내 눈을 비추네

무리한 꿈의 티끌 숨쉴 수 없는 길

그저 희미한 빛으로 슬픈 내 눈물 달래네

어쩌면 살아가는 건 영원히 깨울 수 없는

수많은 꿈들의 소리 없는 어울림일지도 몰라

깊은 밤하늘 약속 돌아올 수 없는 길

그저 희미한 빛으로 지친 내 영혼 달래네

어쩌면 살아가는 건 영원히 잠들지 않는

수많은 별들의 끊임없는 인형놀이일지 몰라

깊은 밤하늘 약속 돌아올 수 없는 길

그저 희미한 빛으로 지친 내 영혼 달래네

❖ Fabian

파비앙은 28살의 독일 남자다.  키가 204cm이고 콧수염(El bigote)과 턱수염(La barba)을 기른 멋진 남자 다. 그는 독일에서 화학기업에 근 무하다 자신의 사업을 하고 싶었고 그 사업지역이 스페인어 사용권 국 가라서 스페인어를 공부하러 온 내 친구다. 그는 나와 함께 스페인어 공부를 시작했다.

난 그에게서 사람의 무게를 느낀다. 그리고 사람 사이에서 가장 중요한 덕목이 배려임을 되새겼다. 그는 배려한다. 배려가 몸에 배어 있다. 난 그가 배려하는 장면을 의도적으로 사진으로 남겼다. 긴 몸을 기울여 상대의 말을 경청하는 모습을 찍었다.

늦은 저녁 친구들과 술을 마시다 함께 학원에 다니는 여자가 집에 가길 원하면 언제든 자리를 박차고 일어나 집까지 데려다주고 다

시 돌아온다. 자신의 여자친구가 아니다. 100m 거리가 아니라 걸어서 2㎞나 되는 거리를 싫은 내색 없이 동행해 준다.

상대의 말을 경청하기 위해 몸을 기울이는 행동. 디스코떼까든 펍이든, 그곳에서 만난 여자와 가까워지려는 순간에도 친구를 위해 기꺼이 자리를 박차고 일어나 새벽에 안전하게 바래다주는 일, 그것이 진정한 멋일 것이다. 같이 슬퍼하는 일, 같이 웃어주는 것.
배려는 거창하지 않다.

몽마르뜨 언덕엔 「사랑해벽」이 있다. 밀레니엄을 맞아 2000년
프레데릭 브라라와 클레어 카세가 공동작업한 작품이란다. 그 벽
엔 세상의 모든 언어로 〈사랑해〉를 적어놨다. 자료를 찾아보니 무려
311개의 언어가 있단다.

갑자기 궁금해진다. 2023년 11월 현재 지구상에 존재하는 나라
가 몇 나라지? 자료는 다양한 숫자를 보여준다. 숫자가 제각각인 이
유는 제국주의 시절 강대국이 점령한 지역 즉, 미국령 사모아제도,
프랑스령 뉴칼레도니아 같은 자치령을 나라도 볼 것인지 아닌지 여
부, 또한 바티칸공화국이나 팔레스타인 자치주를 나라로 볼 것인지,
마지막으로 대만, 코소보, 서사하라 등 9개 미승인 국가를 포함할 것
인지 등에 따라 숫자가 차이가 난다. 자치령을 국가로 본다면 최대
237개국이 된다는 자료도 봤다. 그럼 74(311-237=74)개 언어는 어떤
언어일까? 모르겠다.

다만 한국어로 된 〈사랑해〉란 표현만 3개였다.

세계에서 온 여행객들은 자신의 언어로 된 〈사랑해〉를 찾는데 여념이 없고 그걸 찾으면 그 앞에서 포즈를 취하고 사진을 찍는다. 나도 물론 그랬다. 그러다 수많은 언어로 씌여진 〈사랑해〉란 단어가 적힌 파란 벽 위가 보였다. 그곳은 아래 공간과 다르게 텅 비어 있고 파란 원피스를 입고 금발을 늘어뜨린 한 여자가 오른손엔 파란 천조각을 그리로 왼손엔 흰 천을 들고(솔직히 10분 이상을 그 두 물건의 쓰임을 알아보려 했지만 끝내 알 수 없었다) 시니컬한 표정으로 서 있었다. 그리고 그녀가 말하는 것처럼 한 문장이 말풍선 동그라미 안에 적혀 있었다. 프랑스어다.

【Aumer C'est du desordre... desordenado alors aimons!】

거칠게 해석하면 이런 말이다

〈세상 다 그러니 닥치고 사랑하자.〉

내 생각에 이 문장은 작가들이 그곳을 찾을 수많은 세계인에게 하는 말일 것이다.

"죽을 것처럼 사랑해봤어? 닥치고 사랑해봤어? 너를 희생하고 너의 가장 중요한 걸 포기할 만큼 사랑했어?"

난 사랑에 최선을 다하는 사람이 타인을 배려한다고 믿는다. 사랑함에 최선을 다한다는 말은 달리 말해 상대를 행복하게 하는 일이다. 그러니 당연히 상대를 배려하게 된다.

나이가 들며 내 인격의 무게를 늘리고 싶다면 진정으로 사랑하는 것이 필요하다. 또한 슬프고 아픈 것들을 낙엽처럼 태워버리지 말고, 겨울에 내린 눈처럼 다 녹여서 물로 흘러버리지 말고, 그것들을 내 안에서 새로운 가치로 바꾸어야만 한다. 아픔을 인격의 무게로 승화시키려면 사랑함에 최선을 다하듯 진정으로 아파해야만 한다. 그러면 내가 아플 때 상대는 얼마나 더 아플까 공감할 수 있다. 공감하면 힘들어도 곁을 떠나지 않고 아름다운 동행을 할 수 있다. 또한 진정한 연대, 즉 하방연대가 가능해진다.

아픔은 아픔이란 감정으로만 연결할 수 있다. 단 한 번도 사랑 때문에 펑펑 울어보지 못한 사람에게 아무리 아픔을 말해도 그건 '쇠 귀에 경 읽기'다. 하지만 누구든, 한 번 사랑 때문에 눈물이 터졌다면, 이 세상 모든 아픔에 공감할 수 있는 DNA가 온몸에 장착된다. 그리고 인격의 무게가 늘어난다.

「사랑해벽」 위쪽 넓은 공간을 채우지 않고 오로지 한 문장만을 기록한 작가들의 메시지도 아마 나와 같을 것이다.

【Aumer C'est du desordre... desordenado alors aimons!】

여기까지 쓰고 다시 벽에 그려진 여자를 보니 '그녀는 실연의 아픔으로 슬퍼하'고 있는 것 같다. 그림을 확대해 봤다. 그녀는 분명 슬퍼 보인다.

여자는 실연의 슬픔에 옷을 몸에 걸칠 정신도 힘도 없어 저렇게 늘어뜨리고 있는 것 같다. 보통 실현을 당하면 사람들은 외친다.

"이제 다시 사랑 안 할 거야!"

하지만 그녀는 말풍선에 적힌 글귀처럼 그 벽을 찾는 사람들을 향해 말한다.

〈세상 다 그러니 닥치고 사랑하자.〉

그녀의 발밑에서 311개 언어가 그녀에게 속삭인다.

"사랑해!"

"¡Te quiero!"

"I love you!"

이제 우리 스스로 중간평가를 해봐야 한다. 우리 각자는 얼마의 무게를 지니고 있는지. 사회적 영향력이 아닌, 인간의 향기 말이다. 바르셀로나 6개월이 내게 더 소중한 이유는, 내가 날 중간평가 해본 결과 적어도 B+는 충분히 받을만하다는 걸 알았기 때문이다. 그건 나와 함께 수업을 받은 세계에서 모여든 내 젊은 친구들과 바르셀로나에서 개별적으로 만난 사람들로부터 받은 전체 평가의 평균치에서 조금 낮춘 평가다. 파비앙의 말처럼 난 나이가 들었어도 인싸(Insider)이며 Divertido^(재미있는)하고 Sociable^(사회적인)하며 Mucho lindo^(아주 좋은)한 사람이다. 스페인어는 그런 사람을 이렇게 말한다. Se lleva bien con todo el mundo^{그는 세상 모든 사람들과 잘 지내}.

적어도 그런 사람이 되려고 노력한다.

시간을 측정하는 몇 가지 방법 (Lofoten, Norway)

1

우린 자연스럽게 시간의 측정 단위는 **〈길이〉**라고 생각한다. 초, 분, 시간, 하루, 한 달, 일 년처럼 말이다. 그런데 노르웨이 Lofoten에서 오로라를 볼 때 문득 이런 질문들이 머릿속에 떠올랐다.

▷ 시간이란 개념에는 넓이나 깊이는 없는 걸까?

▷ 만약 시간을 양(부피)으로 생각하면 어떤 가정들이 가능할까? 그리고 어떤 것들을 추론할 수 있을까?

▷ 우리의 시간은 지구가 일정한 속도로 돌 듯이 항상 일정한 속도로 도는(진행되는) 것일까? 그렇지 않다면 각각의 시간은 개별적인 속도를 가진 것일까?

▷ 우리는 〈시간이 간다〉 혹은 〈시간이 흐른다〉고 표현하고 영어는 〈Time pass〉, 스페인어는 〈El tiempo pasa〉라고 표현한다. 영어와 스페인어는 다 같이 〈시간이 지나간다〉라고 표현한다. 그런데 지구의 자전과 공전이란 회전을 통해 시간이란 개념이 발생한다면 우리는 시간도 돌고 있다고 말할 수 있을까?

2

내가 스페인어를 배운 EF(Education First)란 어학원은 세계적인 네트워크를 가지고 많은 국가에서 그 나라의 언어를 가르치는 인터내셔널 교육기관이다. 그리고 내가 수업을 들은 바르셀로나 EF에서는 학기제 학생들에게 2주간의 중간방학을 준다. 그 방학 기간에 난 평소 가보고 싶었던 프랑스와 북유럽을 여행했다.

앞에서도 적었지만 사실 프랑스 여행은 이전에도 두 번이나 시도했었다. 2010년부터 2011년까지 칠레에서 근무할 때였다. 하지만 안타깝게도 그때마다 프랑스에서 전국적인 파업이 벌어졌고 모든 교통수단이 마비되고 루브르를 비롯한 모든 공공시설이 문을 닫은 상태였다. 어쩔 수 없이 스위스, 독일 등 인접 국가로 이동할 수밖에 없었다. 사실 이번에도 비슷한 상황이 재연됐다. 연금개혁법 때문이었다. 내가 프랑스에 가기로 한 날로부터 불과 2주일 전에 프랑스 정부는 연금수령 시기를 늦추는 법안을 국회 동의 절차를 생략한 채로 제출했고 그로 인해 전국적인 파업이 매일 벌어지고 있었다. 다행히 파업이 진정돼 난 세 번째로 프랑스 땅을 밟았고 파리 여행 후 노르웨이로 향했다.

여행의 시작은 바르셀로나와 가까운 프랑스 남동부에 위치한 카르카손(Carcassonne)에서 시작했다.

카르카손은 내가 좋아할 만한 것들을 가진 곳이었다. 내가 방문한 곳 중 오스트리아 할슈타트(Hallstatt), 체코 체스키 크룸로프(Cesky Krumlov), 스페인 세고비아, 슬로바키아 오라브스키 포드자모크(Oravsky Podzamok)처럼 번잡하지 않은 작은 마을에 강이나 호수를 끼고 아주 오래전에 건설된 아름다운 성이 있는 곳, 그 성에 들어가기 위해 이끼 낀 돌다리를 건너야 하는 곳을 난 사랑한다.

　　강과 오래된 성과 돌다리라는 오브제들은 내게 동화적 상상력을 불러일으킨다. 강은 유구한 세월을 의미하고 오래된 성은 비밀스러운 이야기가 숨겨진 공간이다. 바로 이야기를 품은 공간이다. 신데렐라도 백설공주(세고비아에 있는 알카라스 성은 백설공주의 성으로 불린다)도 드라큘라(슬로바키아 오라브스키 포드자모크에 있는 오브라성은 드라큘라를 촬영한 곳이다)도 모두 성에 살았고 거기서 이야기가 탄생했다. 그 이야기를 바탕으로 우린 무한한 상상을 펼쳐나가고 시대가 변하며 거기에 합당한 방법으로 그 이야기들을 가시화했다. 구전설화에서 동화책으로, 동화책에서 연극으로 그리고 지금은 영화란 장치를 통해 전 세계인이 작은 성의 이야기를 공유, 향유하고 있다. 또한 시대에 따라 이야기를 이해하는 가치판단도 달라져 왔다. 드라큘라는 최초엔 악의 화신에서 최근엔 악에 대항하는 인물로 설정되는 것도 그중 하나이다. 만약 성이 없었다면 이야기의 뼈대가 성립되지 못했을 것이다.

성과 강은 긴 시간의 흐름을 간직한 장소다. 성과 강이 함께 존재하는 곳은 비밀스러운 이야기가 숨어 있는, 호기심이 발동하는 곳이다. 그리고 강을 건너기 위해 아치형의 돌다리를 건너는 일은 불교적 행위와 중첩된다고 믿는다. 충남 서산에 있는 개심사나 전북 부안에 있는 내소사에 가면 절 입구에 연못이 있고 그 연못을 건너기 위해 예쁜 돌다리가 있다. 그 돌다리를 건너는 일은 사바세계에서 피안으로 가는 여정을 의미한다. 그러므로 다리를 건너 성안으로 들어서면 내가 동화 속으로 잠입해 하나의 배역을 연기하는 것 같은 기분을 느낀다.

카르카손성은 그 규모가 대단히 큰 성이다. 이 성은 1세기경 로

마인들이 요새로 지은 성이다. 그래서 이중으로 성곽이 세워져 있고 유럽에 남아 있는 고대와 중세도시 가운데 완벽하게 요새 도시의 원형을 가지고 있다. 그리고 지금도 사람들이 살고 있다. 동화 속에나 나올법한 뾰족한 원뿔 지붕들, 요새 속의 요새인 콩달성에 가기 위해 또다시 건너야 하는 50m 돌다리, 성벽길에서 내려다보이는 끝없이 펼쳐진 포도밭, 난 순식간에 2,000년 전으로 시간여행을 떠나 고대와 중세를 거쳐 다시 현재로 천천히 걸어서 돌아왔다.

멋진 카르카손에서 1박 2일을 머문 후 난 파리로 이동했다.

3

파리에서 3일을 머문 후 노르웨이 베르겐(Bergen)에서 피오르 트레킹을 한 후 Lofoten에 도착했다.

송네 피오르 [Sogne Fjord]

로포텐을 여행지로 정한 이유는 같은 반에서 수업을 듣던 노르웨이에서 온 말린(Malin)이란 친구 덕이었다. 노르웨이에 대해 잘 모르고 있던 내게 노르웨이에 간다면 꼭 Lofoten에 가라는 조언을 여러 번 해줬기 때문이다.

로포텐은 내가 인터넷으로 찾아봤던 사진에서 본 모습 그대로 날 반겨줬다. 눈을 이고 있는 산들, 바다를 끼고 달리는 해안도로, 길가 어디에 차를 세워도 눈 앞에 펼쳐진 풍광은 지독히도 아름다웠다.

그리고 지독히도 운 좋게 오로라를 봤다. 사실 Lofoten에 가고 싶어서 계획을 세웠지만 오로라를 보리란 기대는 크지 않았다. 오로라는 아이슬란드나 핀란드에서 그것도 1월, 혹은 2월에 볼 수 있다고 생각했기 때문이다. 그런데 도착 첫날 예약한 숙소에 체크인을 마쳤을 때 호텔주인이 내게 물었다.

"로포텐에 오늘 도착하셨나요?"

"네."

"그럼 어젯밤에 오로라를 보지 못했겠군요? 아주 멋졌는데."

"정말요? 어젯밤에 오로라가 나타났어요?"

"그랬죠. 아마 오늘 밤에도 나타날지 몰라요. 당신이 운이 좋다면 볼 수 있겠죠."

어젯밤에 오로라가 출현했고 어쩌면 오늘 밤에도 오로라가 나타날 거란 얘기였다. 뜻밖의 정보였다. 오로라를 보는 건 내 인생의 버킷리스트 중 하나였고 그것도 상위순번에 있었다.

　내게 정보를 전달한 젊은 여주인은 남자친구를 만나러 간다며 오늘 밤은 나 혼자만 호텔에 있을 거라 말했다. 시즌이 끝나서인지 아니면 평일이어서인지 투숙객이라곤 나 혼자였다.

　난 주인이 알려준 시간보다 한 시간 전에 방을 나와 차 안에서 기다렸다. 그렇게 한 시간쯤 지났을 때 진녹색 오로라가 바다와 가까운 산 위로 나타나기 시작했다. 오로라는 나를 가운데 두고 앞뒤, 좌우에서 불쑥불쑥 출몰해서 어지럽게 춤을 추다가 사라지기를 반복했다. 무려 2시간 동안 오로라의 군무가 오로지 나만을 위한 공연을 벌이고 있었다.

Lofoten, Norway

오로라의 군무가 끝났지만, 나는 방으로 들어가지 못했다. 감동적인 공연이 끝난 뒤 쉽게 자리를 뜨지 못하는 경우처럼 홀로 오로라를 마주한 감동이 잦아들지 않았기 때문이다. 그렇게 달아오른 감흥을 식히고 있을 때 난 또 하나의 장면과 마주했다. 바로 지구의 속도를 내 눈으로 직접 확인한 것이다.

맥주를 마시며 내가 촬영한 오로라 사진을 확인했다. 사진은 눈으로 본 것에 훨씬 못 미쳤다. 그러다 오로라가 나타난 바닷가 산꼭대기에서 빛나던 별의 위치가 눈에 띄었다. 찍힌 사진의 상세정보를 확인하니 불과 30분 만에 별의 위치는 산꼭대기에서 우측으로 멀리 달아나 있었다.

놀라운 속도였다. 극지방과 가까운 탓이리라.

개념적으로는 지구의 속도(자전 속도는 적도 기준 초속 465m로 음속보다 빠르고 공전 속도는 초속 30㎞나 된다)를 알고 있었지만 실제로 눈으로 지구가 그토록 빨리 돌고 있는 걸 실감한 건 바다에 우뚝 솟은 삼각형 모양의 산꼭대기에 있던 별의 위치가 오른쪽으로 한참이나 멀어진 모습을 보고 난 뒤였다. 그때 내가 느낀 지구의 속도는, 어린 시절 내가 돌리던 팽이의 속도로 돈다고 생각했다.

4

흔히 사람들은 시간을 강에 비유한다. 그건 강의 역류할 수 없는 물리적 특성과 되돌릴 수 없는 시간의 속성이 비슷하기 때문일 것이다. 인간은 아직 과거로 돌아갈 수 없다. 현재 우리가 알고 있는 과학적 상식으론 그렇다. 타임머신은 아직은 상상 속에서만 존재한다.

산꼭대기에 있는 별 [오로라가 나타나기 30분 전]

오로라가 나타났을 때 별의 위치 [30분 후]

모든 강은 길이뿐만이 아니라 넓이와 깊이를 가진, 물리적으로 부피를 가진 존재이다. 그렇다면 우리가 생각하는 시간도 부피를 가졌을까? 난 분명 그렇다고 생각한다. 그렇게 가정하면 모든 단위의 시간은 결코 같은 부피가 아니다. 바꿔 말하면 모든 단위시간은 각각의 다른 질량을 가지고 있으며 그러니 당연히 무게가 다를 수밖에 없다.

내가 바르셀로나에서 지낸 6개월은 이전의 시간과 길이는 같지만, 폭과 깊이는 훨씬 넓고 깊다. 그러니 산술적으로 계산하면 더 많은 부피를 가진 셈이다. 또한 무게도 다르다. 같은 6개월이라도 바르셀로나에서 보낸, 더 큰 부피를 가진 6개월이라는 시간 속엔 이전에는 경험할 수 없었던 많은 것들이 담겨있다. 따라서 이전의 다른 시간에 비해 훨씬 무겁다.

경험이란 무게로 측정할 수 있는 대상이다. 무엇인가를 경험한다는 건 대상이 지닌 특성과 가치들을 내 몸의 모든 감각기관을 통해 접촉하고 내 몸 어딘가에 저장하는 과정이며 결과이다. 그러니 저장되는 것들은 사과나 금이나 혹은 책처럼 무게를 지닌다. 저장한다는 개념은 일정한 부피를 가진 공간에 부피와 무게를 가진 물건을 채우는 행위이다.

6개월 동안 난 언어만 배우진 않았다. 여행자로서가 아닌 주민으로서 유럽인들의 생활을 보고 느꼈고 그들의 생각과 현재의 고민까지 접했다. 나보다 훨씬 어린 친구들의 삶과 가치관을 접했고 그들의 시선으로 6개월 동안 세상을 바라보기도 했다.

학교를 떠나서도 난 많은 현지인과 어울리려고 노력했고 그런 결과로 실제로 많은 사람을 만나고 얘기했다. 바르셀로나는 수많은 외국인이 어울려 사는 곳이다. 튀니지, 이란, 파키스탄, 방글라데시, 인도, 폴란드 같은 동유럽국가 출신들 그리고 남미 출신들이 그들이다.

익숙함과 새로움은 그 단위 무게가 다르다. 우리가 느끼는 어떤 시간 혹은 상황들은 익숙함과 새로움이란 카테고리 중 어느 하나에 귀속될 수 있다. 그리고 그 두 가지 경우를 우리의 뇌에서 받아들이고 처리하는 속도는 분명 차이가 있다. 익숙한 일을 처리할 때 우리(뇌)는 복잡한 연산이나 추론을 생략하고 이전에 처리했던 피드백을 빠르게 검색해 같은 명령을 전달한다. 하지만 새로운 상황을 만났을 땐 그렇게 단순하게 처리할 수 없다. 갖가지 위험 요인을 분석하고 기대할 수 있는 쾌락 인자들을 추론하며 내가 그 상황에서 취해야 할 가장 효과적인 전략을 세워야만 한다. 그 모든 과정에서 소요되는 에너지는 익숙한 일을 처리할 때와 비교해 훨씬 많으며 더 많은 시간을 데이터프로세싱에 소모한다. 그러니 처리해야 할 데이터의 총량이 늘어남에 따라 그것을 처리하기 위해 더 많은 부피의 시간이 필요하다. 따라서 그 무게는 훨씬 무거워질 것이다.

5

사람들이 시간에 대해 말하는 또 하나의 가설은 흔히 나이가 들면 시간이 더 빨리 흐른다고 말한다. 바로 또 하나의 물리적인 요소인 속도의 문제이다. 뇌과학이 느리지만 조금씩 발전하면서 밝혀지는 것들이 있다.

미국의 심리학 교수 피터 맹건은 우리가 그렇게 느끼는 이유를 중뇌 흑질 영역에서 분비되는 〈도파민〉을 통해 설명한다. 그의 설명에 따르면 **도파민**의 분비량에 따라 기억의 강도가 달라져 〈마음속 시간의 속도〉가 달라진다는 것이다. 젊은 나이엔 도파민 분비량이 많아 기억의 강도가 강해지고 그로 인해 시간이 느리게 간다고 느끼고 나이가 들면 반대의 현상이 나타난다는 것이다.

또한 미국 캔자스대학교와 미주리대학교 공동연구팀에 따르면, 시간에 가속도가 붙는 이유는 별개의 경험이 뭉쳐 하나의 덩어리로 인식되는 〈**덩어리화**〉라는 현상이 나이가 들수록 많아지기 때문이라고 설명한다.

공원을 걷는 상황을 예로 들어보자. 어릴 때는 공원을 걷는 동안 매우 다채로운 그리고 새로운 경험을 한다. 눈이 덮인 나무를 태어나서 처음 보고, 단단하게 얼어붙은 호수 역시 처음 보는 광경이다. 따라서 각각의 경험들은 별개의 기억으로 저장된다. 반면 어른에게는 공원을 걷는 일이 새로운 경험이 아니다. 그리고 특별히 인상 깊은 장면들을 만나지 못했다고 느끼기에 그 전체의 시간은 뭉뚱그려져 **'공원 산책'**이란 하나의 기억 **'덩어리'**가 된다. 기억을 단순화해 시간이 금방 흘러간 것처럼 느끼게 된다는 것이다.

나이가 들수록 일상의 많은 부분이 '덩어리화' 과정으로 매몰된다.

하루는 '출퇴근', '업무', '잠' 등으로 단순화된다. 또 1년 혹은 심하게는 10년 단위로 덩어리가 생기기도 한다. 결국 '마음의 시간'을 천천히 흐르게 하려면 '새로운 경험'을 시도하는 길뿐이다. 내게 바르셀로나는 바로 그런 '새로운 경험'의 보물창고였다. 내가 바르셀로나에서 보낸 6개월의 부피와 무게가 다른 시간에 비해 크고 무거운 이유는 '덩어리화'의 과정을 거부하고 새로운 것들을 만나 경험한 탓이다.

6

시간은 늘리거나 줄일 수 있는 존재이다. 달리 말해 어떤 아주 특별한 시간은 어떤 사람의 전체 삶보다 길 수도 있다. 혹은 어떤 아주 특별한 짧은 시간은 한 사람의 전체 삶을 다 무의미하게 만들 수도 있다.

각각의 시간에 각기 다른 색깔들이 있을까? 흔히 우리는 나쁜 기억은 회색이나 검은색의 이미지로 표현한다. 즐겁고 유쾌한 장면들은 화려한 색깔로 표현한다. 그럼 힘들고 괴로웠던 시간은 회색조로 행복했던 시간은 천연색일까? 앞서 말했던 시간을 측정하는 다양한 방법을 모두 대입해 보면 아마도 맞을 것 같다.

삶이 어디까지 갈 수 있을지는 모르지만, 언제부터 시작했는지는 명확히 안다. 지금까지 나와 함께한 시간은 모두 다른 부피와 색깔을 가진 시간의 보물상자들이다. 그리고 내가 가진 다양한 보물상자들을 하나씩 열어 다시 계량할 때가 다가오고 있단 생각이 든다. 그런 과정을 통해 우린 〈**시간이 돈다**〉고 말할 수 있을 것 같다.

Lofoten, Norway

나를 보살피는 불치병 (Stockholem, Sweden)

기억할 만한 노르웨이 여행을 마치고 난 바르셀로나로 돌아오기 전 덴마크 수도 코펜하겐을 경유해 스웨덴 스톡홀름에 들렀다. 2박 3일의 여정이었다. 스웨덴을 여행의 마지막 순서에 넣은 건 「노벨박물관」에 가보고 싶었기 때문이다. 또 우연히 노르웨이 베르겐(Bergen)에서 만났던 아나(Anna)와 오일(Oil)을 스톡홀름에서 만나기로 했기 때문이다.

공항에 내려 예약해 둔 노란색 공항고속열차 《알란다 익스프레스(ARN, Arlanda Express)》를 탔다. 공항에서 시내로 오는 데 웬 고속열차냐고 물을 수 있다. 물론 나도 처음엔 의아했다. 하지만 공항에서 시내까지 거리가 멀어 시속 200㎞로 운행하는 고속열차를 타는 게 빨리 시내로 오는 방법이다. 알란다 익스프레스를 타면 시내까지 25분 만에 도착한다. 계산해 보면 공항에서 시내까지 거리가 거의 80㎞ 이상이란 계산이 나온다. 종착역에 도착하니 아나와 오일이 역에서 날 기다리고 있었다.

내가 예약한 호텔은 스톡홀름 중앙역 근처였다. 스톡홀름의 가장 중심지였다. 호텔에 체크인하자 날이 어두워졌고 벌써 저녁 식사 시간이었다. 내가 베르겐에서 그녀들과 저녁을 먹기 위해 일식집을 찾았지만 먹지 못한 걸 아는(겨우 위치를 알아서 도착했을 땐 이미 주문 시간이 지나 있었다) 그녀들이 스톡홀름에 있는 일식집을 예약해 놓고 있었다. 식당까지는 걸어서 15분 정도 걸렸다. 4월 중순인데도 스톡홀름은 무척 추웠다.

예약한 식당에서 일본식 음식을 실컷 먹었는데도 생각보다 가격은 착했다. 많이 착했다. 한국에서 지불하는 가격과 별반 다르지 않았다. 여행지에서 음식값을 아끼지 않는 나였지만 생각했던 가격보다 훨씬 싸게, 먹고 싶었던 맛있는 음식을 먹으니 기분은 더 좋아졌다.

다음 날 아침, 난 노벨박물관을 찾았다. 아나가 동행을 해줬다. 노벨박물관은 왕궁을 지나면 나타나는 감라스탄(Gamlastan, '옛 도시'라는 뜻) 대광장에 있다. 스톡홀름은 크고 작은 여러 개의 섬으로 이루어져 있고 감라스탄은 스타스홀멘(Stadsholmen)섬에 위치하는데 크기는 여의도 면적의 1/4 정도로 크지 않은 섬이다.

노벨박물관이 있는 감라스탄 대광장은 '피의 광장'이라고도 불리는데 이웃나라인 덴마크와의 흑역사에서 비롯된 명칭이다.

감라스탄 대광장

　　1397년부터 1523년까지 스웨덴은 【칼마르 동맹】에 따라 120년 넘게 덴마크왕의 지배를 받았다. 1520년에 덴마크왕 크리스티안 2세가 스웨덴을 방문하여 광장 근처 호텔에 머물렀다. 스웨덴 귀족과 왕족들이 덴마크 왕을 습격하였으나 포탄이 불발돼 암살은 실패했다. 그 후 암살에 가담한 90여 명의 귀족과 왕족을 참수하여 그 목을 광장에 있는 우물에 던진 역사에서 '피의 광장'이란 명칭이 유래했다. 그러니 스웨덴 사람들에겐 광장은 독립을 상징하는 곳인 셈이다.

　　그런 역사적인 장소에 노벨박물관이 있는 건 당연해 보였다. 노벨박물관 건물은 당초 증권거래소로 쓰이던 건물을 2001년 노벨상 100주년을 기념하여 노벨박물관으로 새롭게 꾸몄다고 한다.

노벨박물관을 방문하면서 난 노벨에 대해 조금 더 알게 됐다. 그에 관한 검색 결과다.

알프레도 노벨(Alfred Bernhard Novel)은 1833년 스웨덴 스톡홀름에서 출생한 후 4세 때 핀란드로 이주하였다. 8세 때는 다시 러시아 상트페테르부르크로 이주하고 이곳에서 초등교육을 받았다. 1850년 미국으로 유학하여 4년 동안 기계공학을 배웠다. 크림전쟁 후 스웨덴에서 폭약의 제조와 그 응용에 종사하고 있던 아버지의 사업을 도와 폭약의 개량에 몰두하였다. 1863년 소브레로가 발명한 니트로글리세린과 중국에서 발명한 흑색화약을 혼합한 폭약을 발명하고, 그 이듬해 뇌홍(雷汞)을 기폭제로 사용하는 방법을 고안하여 아버지와 동생과 함께 공업화에 착수하였다. 그러나 이 과정에서 1864년 9월 공장이 폭파되면서 동생과 조수 4명이 희생되었다.

그 후 그는 니트로글리세린이 액체라서 위험하다는 걸 알고, 1866년 이것을 규조토(硅藻土)에 스며들게 하여 안전성을 높인, 고형(固型) 폭약을 완성하고 〈다이너마이트〉라는 이름을 붙였다. 또 1887년 니트로글리세린·콜로디온면(綿)·장뇌(樟腦)의 혼합물을 주체로 하는 혼합 무연화약(無煙火藥)을 완성하였다. 노벨의 공장은 스웨덴·독일·영국 등에서 연이어 건설되었고 1886년 세계 최초의 글로벌회사 '노벨 다이너마이트 트러스트사'가 설립되었다.

다이너마이트는 그가 1863년에 발명한 뇌관에 의해 완성된 것이다. 뇌관은 안전하게 원하는 장소와 시간대에 니트로글로세린을 폭발시킬 수 있는 장치이며 오늘날 수류탄부터 핵폭탄까지 모든 폭발물은 뇌관의 원리가 적용된다.

그의 발명은 거기서 그치지 않는다. 1875년에는 니트로글로세

린을 변형한 젤리그나이트(Gelignite)를 발명하였는데 다이너마이트
보다 안정화되고 형태를 쉽게 변형시킬 수 있는 획기적인 폭약이었
다. 그 발명은 토목공사의 규모와 형태를 혁신하여 대규모 교통망을
만들 수 있는 기초가 됐다.

노벨의 생전 연구실 모습

1895년 11월 자기 재산을 은행 기금으로 예치토록 하는 유서를 작성하였으며 1896년 12월 10일 63세를 일기로 사망하였다. 과학의 진보와 세계의 평화를 염원한 그의 유언에 따라 스웨덴 과학아카데미에 기부한 유산을 기금으로 1901년 이래로 세계의 평화, 문학, 물리, 화학, 생리·의학, 경제, 총 6개 분야에 노벨상이 수여되고 있다.

이상이 그에 대한 팩트다. 그가 과학자, 그리고 발명가로서 거둔 눈부신 성과와 별개로 노벨(Novel)은 여러 면에서 내가 꿈꾸는 삶을 살았다. 노벨은 국가란 개념에는 별 관심이 없었다. 스웨덴 역사상 가장 유명한 사람을 꼽으라면 누가 뭐래도 노벨이다. 고국 스웨덴은 노벨에게 마음의 고향이었을까? 글쎄다. 스톡홀름에서 태어나기는 했지만 스웨덴을 진정한 고향이라고 느끼지는 않았던 것 같다. 4살 때 핀란드로 이주한 이후 평생 몇 번의 짧은 체류를 제외하고는 스웨덴에 머물지 않았다. 굳이 스웨덴 국적을 유지하려고 노력하지도 않았다.

그는 방랑 기질이 유별나게 강했고 여행을 좋아했다. 빅토르 위고는 노벨을 '백만 달러를 가진 방랑자'라고 불렀다. 노벨은 독일, 스코틀랜드, 미국, 프랑스, 이탈리아 등에 있는 저택을 오가며 평생 독신으로 살았다. 프랑스에서는 20년 가까이 살았다. 세계를 바꾼 유언장을 쓴 지 1년 뒤인 1896년 12월 그가 뇌출혈로 세상과 작별한 곳도 타국인 이탈리아 산레모의 저택이었다.

【내 일이 있는 그곳이 내 집이다.】 노벨의 좌우명이다. 그래서 그는 노벨상 수상자를 자신이 태어난 국가인 스웨덴으로 한정하지 않았다.

【국적과 성별에 관계없이 지원한다.】 당시 유럽에선 여전히 여

성 차별이 심했다. 하지만 노벨의 유언 덕에 마리 퀴리(Maria Salomea Sklodowska-Curie)처럼 혁신적인 여성들이 노벨상을 받았고 역설적으로 그런 상은 여성 인권신장에 지대한 공헌을 했다. 마리 퀴리가 워낙 독보적인 존재라서 그녀에 관한 놀라운 사실을 옮긴다.

【폴란드계 프랑스인 물리학자이자 화학자. 앙투안 앙리 베크렐과 함께 방사능 연구의 선구자이며 라듐과 폴로늄을 발견하여 노벨물리학상을 타고, 금속 라듐을 분리하여 노벨화학상을 탔다. 대부분의 여성들이 과학 분야에 진출하지 못했던 시대였는데도 각기 다른 분야에서 노벨상을 수상하는 커다란 업적을 남긴 대과학자. 노벨상을 받은 최초의 여성이며, 또 성별을 불문하고 노벨상을 두 번 받은 최초의 인물이고, 서로 다른 과학 분야에서 수상한 것으로는 역사상 유일무이하다.】

노벨은 문학에도 관심이 많았다. 말년에 소설을 쓰기도 했다. 그는 유언장에서 네 번째로 문학상을 언급하며 이의 제정을 지시했다.

마지막으로 그가 다양한 나라에서 영감을 얻고 기술을 얻을 수 있었던 건 그의 다양한 언어 구사능력 덕이었다. 엔지니어이자 다양한 언어를 구사하는 언어능력자. 어떤 형태의 구속(국가, 가족, 주거지, 언어 등)도 거부하고 여행에 미친 남자, 내가 바라는 이상적인 사람이다.

지금까지 노벨상 수상자 중엔 그전까지는 불치병으로 알려진 병을 치료하는 신약을 발견하거나 그 기초를 제공한 사람들이 많다. 당뇨병 치료를 가능하게 한 인슐린의 발견은 1922년 밴팅에 의해 발견됐다.

1929년 플래밍은 페니실린을 발견했고 1940년 체인과 플로리에 의해 페니실린이 분리되었다. 1944년 왁스만은 스트렙토마이신을 발견해서 결핵치료가 혁신적으로 발전하였다. 그들이 노벨상을 받기 위해 연구한 것은 아니지만, 노벨상을 수상하며 그 공로가 전 세계적으로 인정된 셈이다.

불치병이란 말이 나왔으니 내 불치병에 대해 말해보자. 내겐 두 가지 불치병이 있다. 비염과 무좀이 그것들이다. 당장 죽는 병은 아니지만 치료가 어려운 병들이다. 그리고 언제부터 생겼는지 모르는 또 하나의 증상은 매운 음식을 먹을 때 머리에서 땀을 비정상적으로 많이 흘린다는 것이다. 일테면 **국소적 다한증**인 셈이다. 무좀은 대한민국 모든 남자들이 그렇듯 나도 군대에서 발병했다. 비염은 근무 환경이 열악했던(먼지가 많이 쌓여 있었다. 물론 지금은 그렇지 않다) 발전소에서 발병했다. 다한증의 발병 원인은 모른다.

오래전에 들은 얘기인데 병원에서 겨드랑이 사이에 시술을 하면 다한증을 고칠 수 있다고 하는데 난 그 시술을 하고 싶지 않다. 왜냐면 태어나서 아직 병에 의한 치료를 목적으로 하는 시술 이외에 단한 번도 내 몸에 칼을 대 본 적이 없기 때문이다. 무서운 게 아니라 그냥 싫다.

다한증과 무좀은 비염에 비해 일상생활에 크게 지장이 없다. 하지만 비염은 삶의 질을 떨어뜨릴 정도로 그 증상이 심각하다. 비염으로 인한 가장 큰 괴로움은 환절기에 찾아온다. 특히 겨울에서 봄이 되는 시기와 가을에서 겨울이 되는 시기엔 우리나라에 황사가 발생한다. 그 시기가 되면 증상은 심해지고 후유증까지 몰려온다. 콧물이 줄줄 흐르고 재채기가 멈추지 않는다. 그러니 휴지를 달고 살아야만 한다. 하지만 낮의 증상은 밤의 증상에 비하면 참을 만하다. 자기 위해 몸을 눕히면 멀쩡했던 코가 막힌다. 코가 막히면 코로 숨을 쉬지 못해 구강호흡을 해야만 하고 입안이 말라 깊은 잠을 잘 수가 없다.

난 비염을 치료하기 위해 전국 유명하다는 병원과 한의원을 찾아다녔고 비염에 좋다는 민간요법들도 시도해 봤지만 그때뿐이었다. 그래서 난 끝내 치료를 포기했다. 대신 내가 하는 건 식염수를 이용해 하루 세 번 코를 세척한다. 효과가 있다. 하지만 황사가 발생하는 환절기엔 식염수 세척만으로는 증상을 완화하는 데 한계가 있다. 그래서 약을 이용해야만 한다. 잠자리에 들기 전엔 분무형으로 된, 코점막의 교감신경에 작용해 혈관을 수축시켜 코로 숨을 쉴 수 있게 도움을 주는 약을 사용한다.

그러다 문득 이런 생각이 들었다. 난 비염 때문에 금연을 지속하고 있다. 또한 비염 때문에 체중을 관리한다. 어떤 이유인지는 모르지만 경험상 체중이 늘면 비염도 악화되는 걸 알았기 때문이다. 그리고 무좀 때문에 술을 자제한다. 알코올과 무좀의 상관관계에 대한 객관적인 지식은 없지만 과음을 지속하면 무좀도 심해진다는 건 내 경우엔 분명하다. 또 다한증 때문에 자극적인 음식을 피한다. 그러니 앞서 말한 3가지 증상은 어쩌면 내 몸을 지키는 경보시스템일지도 모른다.

아마 남들도 비슷할 것이다. 누구나 한 가지씩은 불치병을 가지고 있다. 나이가 들어 단 하나도 그런 증상이 없는 사람은 복 받은 사람이다. 난 다른 사람에 비해 덜 심각한 증상을 가진 셈이다. 우리말에 〈골골 80년〉이란 말이 있다. 건강하지 않은 사람이 오히려 오래 산다는 뜻이다. 그건 결국 몸을 혹사하지 않고 늘 조심해서 관리하는 걸 두고 하는 말이다.

노벨박물관 관람을 마치고 점심을 먹으며 난 아나와 내 고질병에 대해 얘기했다. 특히 비염과 우리나라에 철마다 찾아오는 황사로 인한 고통을 토로했다. 아나는 스톡홀름에 있는 카롤린스카(Karolinska) 의대에서 박사과정을 공부하고 있었다. 그녀가 공부하는 분야가 생리의학이다. 생리·의학은 노벨상 6개 부문 중 하나다. 그녀가 말했다.

"환경적인 요인으로 생긴 병은 그 환경이 바뀌지 않으면 절대 나을 수 없어."

한국에 황사가 나타나는 건 불행하지만, 적어도 계절의 변화는 즐거운 일이니 받아들이라는 거였다.

비염의 원인물질은 다양하다. 내 원인물질은 물론 먼지다. 그래서 인도네시아(칼리만탄), 칠레, 혹은 아이티, 바르셀로나처럼 공기가 깨끗한 곳에 가면 즉시 호전된다.

그럼 해결책은 분명하다. 봄, 가을로 찾아오는 황사를 피하려면 황사가 없는 곳에 가면 된다. 비염을 핑계 삼아 그 기간엔 황사가 없고 공기가 맑은 나라에 가면 된다. 노벨처럼 때에 따라 혹은 필요에 따라 옮겨 다니며 사는 것이다. 철새의 삶과 비슷하다.

여행을 즐기는 세 가지 방법 (Sevilla, Spain)

1

사람들은 '여행을 간다'고 말한다. 이 표현은 여행의 준비과정은 생략되고 **출발**이란 행위만을 강조한 표현이다. 하지만 여행이란 테마는 그렇게 단순화하기엔 더 다양한 단계와 시간의 단차(段差)가 존재한다. 여행은 사실 '가기 전'에 해야 할 일이 더 많다. 그래서 내가 여행을 정의한다면 '여행을 한다'가 더 정확한 표현일 것 같다.

여행은 3단계로 나눌 수 있다. 계획, 준비 그리고 실행이다. 사람마다 단계별로 생각하는 비중도 다를 것이다. 난 계획이 30, 준비가 40, 실행이 20, 마지막으로 정리 혹은 기록에 10만큼의 비중이 있다고 생각한다. 누군가에겐 기록이 중요하지 않을 수 있다. 하지만 내겐 기록은 중요한 여행의 한 부분이다. 비록 10의 비중이지만 그 기록을 통해 난 새로운 '창조'를 한다. 일테면 여행에서 얻은 특별한 느낌을 **'소설화'**할 수도 있고 여행을 통해 느낀 점을 SNS에 적어 누군가에게 정보를 전달하기도 한다.

기록은 미래를 위한 준비이기도 하다. 먼 훗날 내가 쓴 기록을 보며 **'다시 행복해질 순간'**도 있을 것이다. 나이가 들어 더 이상 여행을 할 수 없는 순간이 오면 난 여행에 관한 내 모든 기록을 삶의 양식(糧食)처럼, 아니 달고 단 꿀처럼 혀로 핥아 먹을 것이다. 그래서 기록은 중요하다.

　세비야 여행을 예로 들어 각 항목의 Activity를 구분하면, 아래와 같다.

> ▷ 계획 : 여행 기간 결정, 여행 방법(개별여행 혹은 단체여행) 결정, 이동 방법(비행기 혹은 고속열차) 결정, 숙소의 종류 선택, 여행 동반자 유무, 방문 장소와 일정 그리고 동선, 먹고 싶은 음식과 식당 등에 대해 큰 그림을 그린다.
> ▷ 준비 : 숙소 예약, 티켓팅(비행기표/투우경기 입장권), 식당 예약(예약이 필요한 식당 - 돼지고기로 만든 스테이크가 유명한 식당은 예약이 필요했다), 일정표 작성 및 동선 결정(인터넷 검색 및 현지인 조언 참조), 짐싸기, 금요일 수업 불참 통보 및 승인받기 등, 실제로 구체적인 계획표를 작성하거나 관련된 방법으로 준비한다.
> ▷ 실행 : 계획된 일정 혹은 현장 여건에 따라 여행하기

　대충 정리한 내용을 봐도 계획과 준비가 실행에 비해 훨씬 많은 시간과 노력이 필요한 일이다. 사실 어떤 일을 하기 위해서는 준비하는 일이 실행하는 일보다 훨씬 고단하고 시간도 많이 들며 신경 쓸 일도 많다. 정작 실행은 준비기간에 비해 매우 짧은 시간 안에 끝난다. 우리가 비싼 돈을 내고 관람하는 공연도, 우리가 매일 일터에서 하는 일도 마찬가지다. 우리가 관람하는 영화는 대략 2시간 정도가 일반적이다. 그 2시간을 위해 영화를 만든 사람들은 수많은 준비를 하고 반복해서 촬영하고 그 긴 여정의 핵심만을 우리에게 보여준다.

난 회사에서 발전소를 건설하는 업무를 오랫동안 담당했다. 건설과 시운전의 모든 과정이 끝나면 상업운전을 시작하고 뒤이어 준공식이 열린다. 내가 막 한전에 입사했을 때는 프로젝트가 끝나고 발전소 준공을 알리는 준공식에 대통령이 참석했다. 적어도 국무총리는 참석했다. 그때 경과보고를 하는 사람은 그 프로젝트에 참여한 인원을 〈연인원〉이란 방식으로 소개했다. 〈연인원〉이란 개념은 그 프로젝트에 참여한 인원의 하루 평균값을 1년 365일이란 기간으로 환산해서 표기하는 방식이다. 발전소 2개 호기를 건설하기 위해 참여한 연인원은 대략 백만 명 정도였다. 당시엔 준공식을 텔레비전 뉴스 시간에 편집해서 방송으로 내보냈다. 60개월 동안 연인원 2백만 명이 만든 일은 겨우 3분 정도로 압축된다. 억울해할 일은 아니다. 그렇다는 것이다.

난 세비야를 혼자 여행했고 그래서 누군가와 상의할 필요는 없었다. 하지만 만약 동행이 있다면 여행은 훨씬 복잡한 과정을 거쳐야만 한다. 또한 동행자와의 관계에 따라 여행은 완전히 다른 형태가 된다. 가족, 연인, 친구, 동호회 회원 등 다양한 형태의 관계가 있고 그 관계에 따라 같은 여행지라도 여행은 완전히 다른 모습이 된다. 가족도 부부, 부자, 부녀, 형제 혹은 조부모 동행 여부에 따라 전혀 다른 여행이 된다.

내 경우를 예로 들면 난 산을 좋아하니 어느 여행지든 좋은 산이 있다면 당연히 산행을 포함한다. 또한 걷기를 좋아하니 시내 여행은 대부분 걷는다. 내가 가는 곳에 강이 있다면 당연히 강을 따라 걸으며 여행한다. 파리가 그랬고 세비야도 마찬가지였다. 난 미술관은 방문하지 않으며 연극이나 오페라, 뮤지컬 같은 공연 관람을 원하지 않는다. 하지만 다른 사람은 나와 취향이 다르다. 도시마다 미술관은 꼭 가야 한다는 사람이 훨씬 많다.

식사도 마찬가지다. 현지 맛집은 꼭 가야 한다는 사람이 많지만 난 그렇지 않다. 그렇다고 내가 식도락을 하지 않는다는 뜻은 아니다. 나 역시 그 지방, 혹은 그 나라에서 유명하고 대표적인 음식은 꼭 맛보는 편이다. 하지만 그 음식을 맛보는 방식과 장소가 다를 뿐이다. 난 가능한 범위에서 좋은 숙소(대부분 호텔)를 선택한다. 좋은 음식을 원하지만 애써 맛집을 찾지 않는 대신 좋은 호텔에 묵으면 저절로 그 고장의 유명한 음식을 맛볼 수 있다. 좋은 호텔엔 좋은 요리사가 있기 마련이다. 유럽은 특히 더 그렇다. 호텔 선호도가 음식의 질에 따라 결정되는 경우가 많은 게 유럽이다. 따라서 실력 있는 요리사가 요리한 맛있는 음식을 호텔에서 맛볼 수 있다. 내가 60개 정도의 나라를 여행하는 동안 깨달은 나만의 노하우다.

물론 그 도시의 가장 전통적인 거리에서 오래전부터 내려오는 레시피에 따라 요리하는 식당도 분명 있다. 그리고 오로지 그 식당에서만 즐길 수 있는 특별한 무엇인가는 분명히 있다. 하지만 난 그 특별함 뒤엔 거대한 불편함이 존재한다는 걸 수없이 경험했다. 긴 대기 줄과 불친절(경험상 맛집이라고 소문난 식당에서 친절한 대접을 받은 경험은 거의 없다), 그리고 상대적으로 비싼 가격. 이런 마이너스적인 요소들을 감안하면 조금 더 좋은 호텔에 묵으며 한가한 시간에 맛있는 음식을 여유롭게 즐기는 편이 내겐 훨씬 가치 있다. 물론 가격도 소문난 식당에 비해 저렴하다. 따라서 난 상대적으로 비싼 호텔비를 벌충할 수 있다. 하지만 다른 사람은 나와 같지 않다. 그러니 동행자에 따라 여행의 형태가 완전히 달라진다. 동행자의 취향을 알아야만 하고 싫어하는 것도 파악해야만 한다. 숙소와 식당도 동행자와 상의해서 결정해야만 한다.

세비야에 학원 친구들과 갈 수도 있었다. 나도 마다할 이유가 없었다. 혼자보단 함께 여행하면 좋은 점들이 많다는 것을 잘 알기 때문이다. 모든 걸 내가 준비하지 않아도 동행자들과 나눠서 하면 훨씬 편하고 경비도 절약할 수 있다. 여럿이서 다양한 음식을 주문하면 내 지출은 같아도 다양한 음식을 즐길 수도 있다. 사진을 찍을 때도 셀카만 찍지 않고 다양한 연출을 할 수도 있으며 술을 마셔도 함께 즐기면 혼자는 불가능한 것들도 가능해진다. 모든 건 당연히 혼자보단 여럿이 좋다. 무엇보다 여럿이 함께 여행하면 낯선 곳에서 혼자보다 훨씬 안전할 수 있다. 혼자인 여행객을 노리는 범죄는 있어도 여럿이 모여 있는 무리를 공격하는 범죄는 거의 없다. 그러니 안전 측면에서만 본다면 무조건 혼자 여행하는 걸 피하고 단체로 혹은 여럿이서 함께 여행하는 게 맞다.

함께하는 사람이 있다면 계획하고 준비하는 과정에서도 실제 여행 못지않은 많은 즐거움을 만끽할 수 있다. 여행지에서만 여행을 즐기는 건 아니다. 여행을 계획하고 준비하면서 어쩌면 더 많은 즐거움을 누릴 수도 있다. 여행에 대해 함께 상상하고 상의하고, 준비하는 모든 일들이 행복일 수 있기 때문이다.

계획하고 준비하는 과정에서 서로에 대해 많은 걸 자연히 알게된다. 호불호와 취향, 성격도 알 수 있다. 실제로 나와 친구들은 세비야 여행을 함께 검토했다. 우린 발렌시아를 함께 여행한 경험이 있었고 따라서 특별한 이견이 없으면 함께 가고 싶었다. 하지만 친구들은

4월 축제 기간을 원했다. 또한 투우 관람을 원하지 않았다. 그래서 난 혼자 세비야에 갔다.

2

스페인어는 계획과 준비 그리고 시작하는 행위들을 Poner란 동사를 사용해 말한다. Poner 동사는 일반적인 의미로는 영어의 Put 동사와 같은 의미로 사용된다. 무엇인가를 어딘가에 놓거나 혹은 넣을 때 사용하는 동사다. 쓰임도 영어의 Put 동사만큼이나 다양하다. 그중에 내게 의미 있게 다가온 쓰임이 위에 말한 여행의 3단계를 Poner 동사로 표현할 수 있다는 것이다(물론 스페인어도 '여행하다'란 동사는 따로 있다. Viajar가 그것이다). 계획하는 걸 Pro**poner**, 준비하는 걸 Dis**poner**, 실행하는 건 접두사 없이 **Poner**라고 표기한다.

Pro**poner**는 이해하기 쉽다. Pro란 접두사는 '~을 위하여'란 의미가 있으니 당연히 계획하는 일이다. 하지만 Dis**poner**는 그 활용이 재미있다. Poner가 무엇인가를 어딘가에 '놓다' 혹은 '넣다'는 표현이라면 Dis(혹은 Des)란 접두사는 그 행위를 해제하는 의미이기 때문이다. 직설적으로 표현하면 대상을 놓거나 혹은 넣는 행위를 해제하는 것이다. 놓은 물건을 다시 들거나 넣은 걸 꺼내는 행위인 셈이다. 그렇게 해석하면 '준비'하는 건 일테면 리허설 같은 의미인 셈이다. 실제 실행할 일들을 미리 하나씩 주머니에서 꺼내 보는 행위가 바로 준비인 셈이다.

3

　대부분 공항은 도심에서 벗어나 외곽에 위치하기 때문에 도심으로 이동하려면 대중교통을 이용해야만 한다. 〈길치〉인 난 외국 공항에 내리면 호텔까진 대부분 택시를 이용한다. 물론 택시는 다른 대중교통에 비해 매우 비싸다. 지하철이나 버스를 이용하면 대략 3,000원에서 5,000원 정도면 갈 수 있지만 택시는 그 몇 배, 어떤 도시는 열 배를 훨씬 넘길 때도 있다. 하지만 난 비싸도 택시를 탄다. 이유는 여행을 즐기는 일은 첫 시작이 중요하다고 믿기 때문이다. 낯선 나라에 도착해 긴장하고 여권심사를 받고 세관을 통과한 뒤 짐을 찾기 위해 또 긴장한다. 나름 많은 여행을 했고 수없이 수하물을 찾았다. 그리고 아직 단 한 번도 수하물을 분실한 적도 없다. 그런데도 매번 컨베이어벨트 앞에서 짐이 나오기를 기다리는 순간에는, 혹시 내 짐이 다른 어딘가로 날아간 것은 아닌지 긴장한다. 나만 그런가? 그렇게 짧게는 10분 길게는 30분을 기다려 겨우 내 짐을 안전하게 돌려받으면 긴장이 풀어지고 심신이 지치기 마련이다. 그 상태로 잘 모르는 도시에서 버스나 지하철을 타기 위해 무거운 짐을 가지고 역이나 정류장을 찾아 헤매는 일을 피하고 싶다.

　어렵게 버스나 지하철을 타도 내가 내릴 곳을 확인하기 위해 사람들에게 물어야 하고 기차나 버스가 내 목적지에 도착할 때까지 신경을 곤두세우며 두리번거리게 된다. 지하철 혹은 버스에서 내리면 무거운 짐을 가지고 계단을 오르고 또 내려가고 횡단보도를 건너야만 한다. 그 사이에도 휴대폰을 들여다보며 길을 찾아 찾는다. 구글 지도가 아무리 잘 가르쳐줘도 방향감각이 없는 난 언제나 헤맨다. 반대 방향으로 가기도 하고 왔던 길을 되돌아가기 일쑤다. 그렇게 호텔에 도착하면 온몸은 땀으로 젖고 머리는 어질어질하다. 그러니 만사가 귀찮아진다. 그리고 이런 생각이 머리와 온몸에서 요동친다.

'뭐 하러 여기 왔어? 그냥 집에서 편히 쉬지.'

난 충분히 당해봐서 안다. 그러면 여행지가 아무리 아름다운 곳이라도 감정은 벌써 90% 반감된다. 그렇다면 왜 그 먼 곳을 힘들게, 그리고 위험한 비행을 하고 왔단 말인가. 싫다. 그래서 택시를 탄다. 비싸도 푹신한 시트에 몸을 깊숙이 묻고 차창 밖으로 스쳐 지나가는 풍경을 느긋하게 감상하며 앞자리에서 운전하는 택시기사와 그 도시의 날씨에 관해 이야기하고, 내가 가고 싶어 계획한 장소에 관해 얘기하며 정보도 얻고 상상도 키우는 것이 훨씬 좋은 여행의 시작이라고 믿는다.

그렇게 확고한 생각을 가지고 언제나 그랬던 내가 세비야에서는 버스를 탔다. 내가 예약한 호텔이 공항과 시내를 운행하는 공항버스의 종점이었기 때문이다. 공항에서도 문만 나서면 바로 공항버스 정류소가 있었다. 버스에서 내리면 50m 거리에 호텔이 있었다. 호텔은 도심 한복판에 자리했고 세비야 관광을 위한 가장 좋은 위치였다. 모든 관광명소가 걸어서 갈 수 있는 거리에 있었다. 그런데도 가격은 착했다. 아마도 성수기를 지난 5월 중순이어서 가능한 가격이었을 것이다.

세비야에서 가장 큰 축제는 4월 말에 있는 페리아 데 아브릴(Feria de Abril)로 스페인 3대 축제 중 하나다. 부활절을 지내고 봄을 맞이하는 축제로 1847년 시작된 이 축제는 플라멩코의 고장답게 플라멩코 의상과 스페인 전통의상을 입은 사람들과 마차 행렬이 거리를 가득 메운다. 또한 축제 기간엔 당연히 플라멩코 축제와 투우도 열린다.

교수들이나 바르셀로나에 사는 친구들은 한목소리로 4월 페리아 데 아브릴에 세비야에 가라고 조언했지만, 난 4월이 아닌 더위가 심해진 5월 말에 세비야에 갔다. 인파에 휩쓸리고 싶지 않았다. 조금 덥더라도 조용히 안달루시아를 느껴보고 싶었기 때문이다. 그리고 무엇보다 투우의 본고장에서 투우를 보기 위해서였다.

오래전부터 투우를 보고 싶었다. 오래전 KBS 《다큐멘터리극장》이란 프로에서 톨레도에 사는 처녀 투우사가 나오는 다큐멘터리를 본 뒤 스페인에 살게 되면 투우를 보리라 다짐했었다. 바르셀로나는 2012년부터 투우가 금지됐다.

4

스페인을 생각하면 제일 먼저 떠오르는 단어가 바로 투우(Toros de Corrida)다. 가장 유명한 곳은 안달루시아지방이고 안달루시아의 주도가 바로 세비야이다. 그렇게 선명하게 떠오르는 '스페인의 상징'이지만 사실 우리가 아는 투우는 전체의 일부분일 뿐이다. 오랜 시간 동안 스페인 사람들은 투우를 조금씩 발전시켜왔다. 일방적인 도살이 아닌 가능한 범위에서 소와 인간이 대등한 경기를 할 수 있도록.

투우를 문학의 갈래로 표현하면 문학의 4갈래 중 '극갈래'에 가깝다. 바로 연극이란 말이다. 물론 모든 경기 진행을 다 연출할 수는 없다. 왜냐하면 소에게 대본을 보여주며 대본에 따라 움직이라고 말할 수는 없기 때문이다. 그럼에도 어느 정도 통제는 가능하다. 그러기 위하여 막이 나눠지고 극의 진행방식이 정해진 것이다.

우리가 아는 투우사가 빨간 망토(Muleta)와 칼을 가지고 황소와 대결하다가 두 뿔 사이에 있는 급소를 찔러 소를 제압하는 모습은 전체 3막 중 마지막 3막의 하이라이트일 뿐이다. 그 3막은 18세기 초에 **프란시스코 로메로**란 걸출한 투우사가 창안한 새로운 방식이다. 그가 출연하기 전까지 투우사는 온몸을 갑옷으로 감싼 말을 타고 긴 창으로 소를 공격하는 방식이었다. 그 방식은 로마시대부터 시작된 투우의 전형이었다. 그러니 경기방식으로만 보면 프란시스코 로메로의 출현 전까지는 투우사는 압도적인 우위에서 소를 다루었고 거의 도살이라고 말해도 좋을 만큼 위험에서 멀리 벗어나 있었다. 하지만 로메로는 그런 투우를 **인간과 소의 거의 대등한 싸움**으로 바꾼 것이다. 소와 인간 둘 다 목숨을 걸어야 하는 경기가 된 것이다. 그래서 사람들은 투우에 열광하는 것이다. 그리고 투우가 스페인을 대표하는, 스페인인의 열정과 불굴의 투지를 함축적으로 보여주는 전통이 된 것이다.

각 막마다 주인공도 다르다. 1막의 주인공을 Picador(찌르는 자), 2막은 Banderillero(작은 깃발이 달린 작살을 꽂는 자), 3막은 Matador(죽이는 자)다.

1막은 긴 창(Pica)을 든 피카도르가 말을 타고 나와 소를 농락하는 동시에 소의 특성을 파악하는 역할을 한다. 소마다 왼쪽 혹은 오른쪽, 두 방향 중 선호하는 방향이 다르기 때문에 그 정보를 얻어 다음 주인공들에게 전달하는 게 주된 임무이다. 물론 긴 창으로 등을 공격해 소를 흥분시키고 또 지치게 하는 것도 중요한 임무이다. 2막은 은색 옷을 입은 반데리예로가 깃발이나 수술이 달린 작살을 들고 등장한다. 반데리예로는 말을 타지 않고 긴 창도 없이 오로지 몸으로만 소를 대적한다. 반데리예로는 총 8개의 작살을

1막에서 피카로가 공격한 등에 꽂아 넣는다. 물론 목숨을 걸어야 한다.

노련한 반데리예로는 소가 고개를 틀 때 많이 쓰는 어깨근육에 작살을 꽂아 넣음으로써 고개를 더 쳐지게 하고 소의 움직임을 둔화시킨다. 마지막 3막에서 투우사는 화려한 금장식이 달린 자켓과 몸에 꼭 끼는 바지를 입고 몬테라(Montera)라고 불리는 검은 모자를 쓰고 나타난다.

마타도르는 몸을 꼿꼿이 세우고 땅에서 두 발을 거의 움직이지 않으면서 손놀림만으로 망토의 방향을 확 틀어 소가 허공에 뿔을 치박게하는 테크닉을 발휘하면서 소를 더욱 흥분시킨다.

이런 동작은 공포심을 극복해야만 한다. 대담하지 못하면 도저히 할 수 없는 기술들이다. 그리고 마지막으로 소의 대동맥을 향해 긴 칼을 찔러넣는데 그 순간을 〈**진실의 순간**〉이라고 부른다. 물론 아주 위험한 순간이다. 이때 정확히 한 줌 크기의 급소를 공격하지 못하면 칼이 뼈에 부딪혀 튀어나오고 600kg의 화가 난 소의 뿔에 받히는 일이 자주 발생한다.

5

공항버스에서 내려 걸어서 지척인 호텔에 체크인을 한 시간은 막 점심시간을 지났을 때였다. 난 체크인을 하며 근처 맛집을 물었고 직원이 근처에 있는 타파스(Tapas)

맛집을 알려줬다. 맛의 고장답게 내가 먹은 첫 음식부터 맛있었다. 가격도 저렴했다. 기분이 좋아졌다. 맛있는 음식은 늘 사람을 행복하게 만든다.

그 기분을 간직한 채 난 호텔로 돌아와 낮잠을 잤다. 밖을 걷기엔 너무 더웠고 아직 시간은 철철 남아 있었다.

스페인어를 공부하기 위해 학교 교재 말고 서점에서 산 별도의 교재가 있었다. 오디오가 제공되는 교재로 듣기 연습을 위해 산 책이었다. 책의 내용은 2050년에 어느 가족이 스페인으로 시간여행을 온다는 이야기였다. 그 교재에도 세비야 여행은 해가 진 뒤 시작하라는 말이 나올 정도였다. 이번 여행의 메인 이벤트인 투우는 밤 9시에 시작할 예정이었다. 그 외 내가 방문할 장소들도 난 야경으로 구경할 생각이었다.

시간은 참 상대적이다. 세비야는 밤 9시가 지나야 해가 진다. 그리고 해가 지기 전까지 대기는 폭염에 달궈져 있다. 밖에 돌아다니는 사람은 관광객뿐이다. 현지인들은 야행성동물처럼 해가 지고 나면 거리로 나온다. 나도 그들과 같은 패턴을 선택했다. 밤 9시에 일어나 천천히 강을 따라 걸어 투우경기장으로 향했다.

호텔에서 투우장까지는 걸어서 약 15분쯤 걸렸다. 투우장은 호텔과 스페인광장 중간지점에 있었다. 세비야를 가로지르는 과달키비르강을 끼고 야경이 아름다운 황금의 탑 근처에 있다.

　과달키비르강은 콜럼버스가 신대륙을 향해 처음 돛을 올린 곳이
며 전체가 12각형의 외관을 가진 황금의 탑(Torre del Oro)은 13세기
무어인들이 지은 탑으로 도시의 망루 역할을 했다. 투우장 앞에는 강
을 따라 유명했던 투우사들의 동상이 서 있다.

　바로크양식으로 지어진 세비야의 마에스트란사 투우장은 현존
하는 투우장 중에 가장 역사가 오래됐다. 1761년 세워진 왕립투우장
이다. 역사가 무려 약 260년이다.

경기장에 도착하니 이미 많은 현지인이 투우를 보려고 경기장 주변에 몰려 있었다. 열기가 후끈했다. 스페인 사람들이 얼마나 투우에 열광하는지 알 것 같았다. 나 역시 그들처럼 흥분됐다.

경기는 총 5경기가 열렸다. 경기마다 약 20분쯤 소요됐다. 더 구체적인 경기 얘기는 생략한다. 이미 위에서 투우가 전개되는 방식을 이야기했기 때문이다. 그 틀에서 크게 벗어나지 않았다. 다만 마지막 5번째 경기에서 첫 번째 마타도어가 소에게 받혀 부상당한 뒤, 부축을 받아 나갔고 다른 마타도어가 나와 마지막을 마무리했다.

경기를 보며 난 옆에 있는 현지인과 얘기를 나눴다. 내가 바르셀로나에 살고 있으며 스페인어를 배우고 있다고 말하자 무척 좋아했다. 난 그에게 바르셀로나는 이미 투우를 금지하고 있다고 말하자 그는 무척 화를 냈다. 투우가 어떻게 동물 학대냐고 내게 따지듯 말했다.

6

이방인인 내가 투우를 중단한 일에 대해 이렇다저렇다 말하는 건 피해야 할 일이지만 내 생각을 조금만 적어보려고 한다.

투우의 주연배우인 〈소〉에 대해 생각해 봤다. 소만큼 자연을 잘 대변하는 동물이 있을까? 기계가 소의 자리를 대신하기 시작한 지는 불과 40여 년 전이다. 그전까지 대부분의 농사는 소의 도움으로 가능했다. 소는 인간의 농경생활에 없어서는 안 될 가장 중요한 가축이었다. 또한 소는 우유를 공급한다. 인간은 우유를 이용해 각종 가공식품을 만들어 삶의 질을 높일 수 있었다. 버터, 치즈, 요구르트, 아이스크림, 분유와 이유식, 심지어 커피의 풍미를 높이는데도 우유는 결정적인 역할을 한다. 그리고 마지막으로 자신의 살점까지 인간에게 준다. 말 그대로 '아낌없이 주는 존재'가 바로 소다. 하지만 투우처럼 화가 나면 사람을 상하게 하거나 때론 죽일 수도 있다. 그러니 **소는 자연과 꼭 닮은 캐릭터**이다. 인간을 위해 모든 걸 내어주는 자연이지만 때론 엄청난 재앙을 불러와 인간을 살상하고 삶을 파괴하는 존재 역시 자연이다. 투우는 그런 함의가 있기에 그토록 오랫동안 지속되었고 사람들을 열광시키지 않았을까 생각한다.

오랜 전통을 가진 투우가 사회에 미치는 영향은 실로 막대하다. 투우산업은 일자리를 만들고 사람들을 고용했다. 투우용 소를 기르는 목장, 투우사를 양성하는 훈련소, 투우장을 관리하기 위한 갖가지 일들, 그리고 사람들이 투우를 구경한 후 몸에 가득한 흥분을 즐기기 위해 먹고 마시는 음식산업, 표를 판매하는 매표소, 각종 기념품을 만드는 공예산업, 그 기념품을 판매하는 기념품 가게, 셀 수도 없는 많은 일들이 투우로 인해 사람들에게 일자리를 제공한다. 그리고 사람들은 그 돈으로 삶을 영위한다. 하지만 투우가 금지되면서 많은 일자리가 사라졌다.

투우가 사람들에게 주는 좋은 영향도 많다. 가족 단위로 관람하는 사람이 많은 걸 보면 스페인 사람들에게 투우 관람은 가족 행사인 셈이다. 함께 관람하는 시간을 통해 단절되기 쉬운 세대 간 소통을 가능하게 하며 세대를 통합하는 기능을 한다.

투우장 주변에 유명했던 투우사들의 동상이 서 있는 건 그들에 대한 존경의 표시다. 유명 연예인보다 더 인기를 누린 이유는 그들의 삶이 사람들에게 미치는 영향이 그만큼 크다는 반증이다

투우사는 절대 아무나 할 수 없다. 그는 공포와 맨몸으로 대면해야 한다. 죽을 수도 있다는 공포를 이겨낼 수 있는 사람만이 투우사가 된다. 투우에 열광했던 헤밍웨이의 소설 속엔 자주 투우사가 등장한다. 『누구를 위하여 종을 울리나』에 등장하는 **피니토**(작품에서 여장부로 나오는 필라르의 전 남편. 투우에서 소에 받힌 상처로 결국 사망한다), 그리고 『태양은 다시 떠오른다』에 나오는 **페드로 로메로**가 그들이다. 투우사는 세상과 맨몸으로 맞서 싸우는 것이다. **피니토**가 소설 속에서 실토했듯 공포는 경기 직전에 극에 달한다. 그 공포를 이겨내는 것이 투우사가 하는 일이며 그 모습은 사람들에게 용기를 내게 한다. 용기가 없어 시작하지도 못한 일을 투우와 투우사를 본 뒤 시작할 용기를 낸 사람들도 많을 것이다.

긴 역사의 강과 함께 대대로 이어온, 그 땅에 살았고 지금도 사는 사람들이 열광했던 그리고 사랑했던 극(劇)이 사라지는 건 안타까운 일이다. 그건 다른 의미로 전통의 맥이 끊어지는 일이며 길고 수

많은 이야기를 담고 있는 서사가 사라지는 것이다. 하지만 어쩌겠는가. 그것도 시대가 바라는 것이고 가치가 변한 결과라고 말한다면 받아들일 수밖에.

여전히 사람들은 소고기를 탐식한다. 더 질 좋은 고기를 얻기 위해, 마블링을 만들기 위해 수소는 거세당한다. 그리고 새끼를 낳을수 없는 수소들은 채 3살도 되기 전에 도축장으로 끌려간다. 무엇이정말 동물학대인가 묻지 않을 수 없다.

7

투우를 본 뒤 난 야경투어에 나섰다. 스페인광장을 출발해 황금의 탑을 지나 스페인 대성당과 알카사르를 거쳐 메트로폴 파라솔까지 천천히 걸었다. 그리고 다시 황금의 탑으로 돌아온 시간이 거의12시였다.

세비야의 시간은 우리 한국인이 가진 시간관념과는 완전히 다르다. 금요일 밤 12시는 이들에겐 60시간의 자유로운 주말을 즐기기 시작하는 시간이다. 세비야 시민들은 금요일 밤 10시부터 일요일 밤 10시까지 시간을 즐기는 일에 몰두한다.

한국은 계절을 가리지 않고 밤12시면 한밤중이다. 그 시간에 거리를 돌아다니며 소리를 치면 누군가에게 신고당할 확률이 상당히 높다. 어쩌면 경찰과 만나야 할지도 모른다. 하지만 세비야는 우리나라가 아니다.

내가 야경투어를 마친 시간이 밤 12시였다. 금요일 저녁에서 토요일 새벽으로 향하는 시간. 난 야경투어를 마치고 세비야 사람들처럼 세비야의 밤을 즐기기 시작했다.

찌는 듯한 더위가 기승을 부리는 세비야에서 낮 시간은 관광객들의 시간이다. 현지인들은 집에 틀어박혀 있다. 그리고 해가 진 뒤 밤 10시쯤부터 하나둘씩 굴을 나와 거리로 나선다. 그때부터 거리의 사람들 모양도 달라진다. 관광객이 아닌 세비야 사람들이 거리를 메우기 시작한다. 볼거리를 찾아 여기저기 기웃거리는 관광객이 아닌, 자신이 좋아하는 아지트를 찾아다니며 술을 즐기는 사람들. 모두 훈남훈녀들이다. 정말 잘 생겼다. 바르셀로나보다 훨씬 잘 생겼다. 진짜다. 난 그들의 훈훈한 외모에 진심으로 놀랐고 박수를 보냈다. 그들은 흥이 넘치고 친절하고 열정적이었다. 거리에서 만난 몇몇 세비야 여자들은 동양인인 날 보고 다가와 소리를 지르며 끌어안았다.

　　세비야 사람들이 열정적으로 삶을 즐기는 이유는 날씨란 변수도
있다. 겨울철을 제외하면 세비야의 낮은 뜨겁다. 너무 더워서 하루의
많은 시간은 야외활동이 제한된다. 그래서 즐길 수 있는 시간은 더
열정적으로 즐기는 것이다.

새벽 3시가 돼서야 난 세비야를 조금 알 것 같았다. 세비야는 스페인의 남도다. 우리나라로 치면 전라도, 그리고 부산인 셈이다. 어느 나라든 그 나라의 남쪽은 열정과 맛으로 자신의 아이덴티티를 보여준다. 난 그 사실을 내 첫 근무지였던 여수에서 알았다. 직업을 가진 뒤 내 인생의 첫걸음 자국이 선명한 남도. 아직도 그립다.

8

여행을 계획하고 준비하고 또 실행하면서 우린 여행 자체의 즐거움과 함께 몇 가지 부가적인 습관, 혜택(장점)들을 자신도 모르게 얻게 된다. 바로 기록하는 습관과 위험 관리능력, 그리고 무엇인가를 실행할 때 꼭 필요한 결단력과 용기를 얻게 된다. 그것만이 아니다. 여행을 하면 누구나 부지런해진다. 시간을 아껴가며 여행지를 돌아다니고 여행에 필요한 많은 것들을 준비하다 보면 부지런하지 않고는 여행을 즐길 수 없다. 더구나 또 하나의 중요한 습관을 얻게 된다. 바로 시간 관리능력이다.

난 세비야를 계획, 준비 그리고 실행이란 3단계 과정을 통해 충분히 즐겼다. 그리고 한 가지를 더한다. 바로 기록이다. 화가는 그 느낌을 그림으로 그리고 사진작가는 사진집을 출판할 것이고 정치가는 다른 곳에서 본 좋은 것들을 자신의 나라에 정착시키기 위해 법을 정비한다. 난 여행을 글로 기록한다. 이 글도 그런 작업의 일환인 셈이다.

끝으로 여행의 프롤로그와 에필로그에 대해 말해야만 한다. 여행의 본문이 서론, 본론, 결론처럼 계획, 준비, 실행이란 3단계로 구성된다면 당연히 구색을 갖추는 프롤로그와 에필로그도 있을 것이다.

돌아올 곳이 없는 떠남은 여행이 아니다. 회귀를 전제하지 않는 출발은 여행이 아닌 탈출이다. 여행의 명제는 실컷 즐긴 뒤 지친 몸과 즐거운 추억들을 가지고 돌아올 곳이 전제되어야만 한다. 그곳이 바로 삶의 터전이다. 우리는 여행을 마칠 때면 습관처럼 기념품 가게를 찾는다. 세상의 모든 여행지엔 기념품 가게가 있다. 세상의 모든 공항에 면세품코너가 있다. 그건 내가 떠나온 곳에서 날 기다리는 사람들을 위한 공간이다. 내가 그렇게 즐겁게 지내는 동안에도 당신을 잊지 않았다는 증명을 우리는 기념품으로 표시한다. 그래서 기념품은 그 본래의 가치에 비해 비싸다. 우린 그 가격 차를 알면서도 기꺼이 지갑을 연다. 지갑을 여는 순간 우린 누군가를 떠올린다. 그때 떠오르는 사람들이 내 삶을 함께 걸어가는 사람들이며 바로 내 편들이다.

만약 당신이 평소 내 편이 누군지 정확히 구분하지 못한다면 저 멀리 여행지에서 여행을 마치고 면세품코너에서 떠오르는 사람, 선물을 줄 사람들이 바로 당신과 이 세상을 함께 고민하며 함께 미래로 걸어가는 사람들이다.

여행지의 기념품 가게와 공항의 면세점이 에필로그 혹은 포스트레(Postre, 스페인어로 '후식'이란 뜻이다)라면 여행에 대해 상의하는 순간이 프롤로그 혹은 Primero Plato(스페인어로 '전채요리'란 뜻이다)다.

여행은 아무리 잘 계획하고 준비했다고 해서 떠날 수 있는 건 아니다. 비행기표만 들고 떠날 수 있는 여행은 없다. 여행은 허가를 전제한다. 부모님의 허락, 배우자 혹은 애인의 허락, 직장인이라면 휴가 승인이 필요하다. 국내 여행처럼 주말을 이용한다면 상관없겠지만 하다못해 동남아에 가더라도 최소 일주일의 시간이 필요하다. 주말만의 시간으로 불가능하다. 그럼 당연히 휴가를 얻어야 한다.

내가 사장이라면? 역시 내가 자리를 비우는 동안 내 일을 대신해 줄 누군가의 동의가 있어야 한다. 그 과정이 바로 프롤로그이다. 내가 상의하고 승인을 얻고 혹은 동의를 얻어야 하는 사람들. 그들이 내가 없는 사이, 내가 여행을 만끽하고 있는 사이, 내 빈자리를 대신해 주고 있다는 걸 우린 잘 알고 있다.

여행에 대해서라면 난 아직 배가 고프다. 아직도 가서 보고 느끼고 싶은 나라와 장소가 셀 수 없이 많다. 하지만 한정된 시간으로 인해 다 가보지 못하고 내 삶을 마칠 테지만 그도 나쁘지 않다. 아쉬움이 없는 경험은 무미건조하다고 느끼기 때문이다. 여행을 생각할 때마다 떠올리는 말이 있다. 티베트의 성자 밀라레빠(milarepa)는 여행에 대해 이렇게 말했다.

"여행을 떠나는 것만으로도 깨달음의 반은 성취한 것이다."

언어에 대한 몸의 속도 (Kojimar, Cuba)

난 회사에 다니면서 일을 위해 여러 대륙에서 살아봤다. 북아메리카(미국), 남아메리카(칠레) 그리고 북미와 남미의 중간지대인 중남미(아이티), 또한 최근에는 동남아시아(인도네시아)에서 길게는 3년 반(인도네시아), 짧게는 한 달(아이티) 동안 살아봤다. 운이 좋았던 셈이다. 하지만 유럽과 아프리카에서 살아본 경험은 없었다. 아프리카엔 아예 발을 디딘 적이 없고 유럽은 여행을 위해 여러 번 가봤지만 살아본 적은 없다.

난 유럽에서 살아보고 싶었다. 방문자가 아닌 일시적이지만 정착민이 되어보고 싶었다. 그들의 삶을 속속들이 알 수는 없지만 그들과 일상을 나눠보고 싶었다. 그렇다고 유럽을 동경하거나 유럽인에 대한 선망 같은 감정은 전혀 없다. 비유적으로 표현한다면 오래된 와이너리에서 맛보는 와인처럼 깊이 있고 세월과 문화를 맛보는 경험을 원했다.

유럽에 산다면 스페인어를 배울 수 있는 스페인이 좋은 선택이었다. 난 마드리드가 아닌 바르셀로나를 정착지로 정했다. 2010년부터 2011년까지 칠레에 근무할 때 스페인을 여행했었다. 그때 느낀 바르셀로나는 인간친화적인 도시였다. 폭넓은 인도와 그 사이에 있는 자전거도로, 대도시임에도 교통체증이 거의 없는 도시. 작은 공원

들이 도심 곳곳에 산재해 있고 아침부터 저녁까지 노천카페에서 사
람들이 술을 마시는 곳.

생각해 보면 내겐 스페인어를 배울 기회가 진작에 있었다. 바로
칠레 근무 시절이었다. 하지만 그땐 단 한 번도 스페인어를 배우겠단
생각을 하지 않았다. 사실 칠레에 파견되기 전에 회사에서 마련해준
스페인어 강의를 들었고 기본적인 인사 정도는 할 수 있었지만, 막
상 칠레에 도착해서는 스페인어로 현지인들과 대화할 생각은 하지
않았다. 그러니 당연히 영어만을 사용했고 큰 불편도 없었다. 가족과
동반한 직원들은 여러 가지 이유로 스페인어를 사용할 일이 많았기
에 자연스럽게 스페인어를 사용했지만 난 단신 부임이었고 생활도
회사와 가까운 기숙사에서 같은 한국인들과 했다.

그랬던 내가 스페인어를 배울 생각을 한 건 코로나가 창궐하던
초기 1년 동안 락다운(Lockdown)이 선포된 인도네시아에서 이동의
자유를 박탈당한 뒤 집안에 갇혀 《종이의 집(Casa de Papel)》 시리즈를

본 뒤였다.

사회에 적응하지 못한 패
배자들이 모여 거대한 음모를
치밀하게 꾸미고, 나쁜 권력자
들을 우롱하고 끝내 이겨내는
이야기의 서사. 우린 약자가 강
자를 이기는 이야기에 열광하
며 카타르시스를 느낀다. 현실
에선 불가능한 이야기이기 때
문이다. 그래서 다윗과 골리앗

의 전설은 매력적인 서사가 되고 우리의 심장을 뛰게 한다.

『종이의 집』은 설정이 워낙 기발했고 배우들의 연기도 훌륭했다. 시리즈가 거듭될수록 난 완전히 빠져들었고 그들이 사용하는 언어에 매료됐다. 그리고 긴 시리즈가 끝났을 땐 자막을 통해서가 아닌 내 귀로 그들의 말을 이해하고 싶었다.

스페인어를 배울 결심이 서자 또 하나의 목표가 떠올랐다. 스페인어를 배운 뒤 스페인어를 사용하는 쿠바에 가고 싶었다. 쿠바에는 내가 만나고 싶은 두 사람의 발자국들이 깊게 찍혀 있었다. 하지만 그들은 쿠바인이 아니라 쿠바를 사랑한 두 명의 전입자였다. 헤밍웨이식으로 말하면 **쿠바의 입양아들**이었다. 바로 체 게바라와 헤밍웨이였다.

계획했던 대로 6개월의 스페인어 수업을 마치고 쿠바로 향했다. 쿠바에 도착한 다음 날 난 혁명광장에 갔다. 유일하게 체 게바라를 아바나에서 만날 수 있는 곳이 혁명광장이다. 사실 아바나엔 체 게바라에 대한 이야기는 별로 없다. 그의 이야기는 아바나에서 남쪽으로 200km 떨어진 산타클라라에 있다. 혁명광장도 그가 주인공이 아니다. 혁명광장의 주인공은 쿠바의 독립 영웅인 호세 마르티(Jose Marti)이다. 체 게바라를 상징하는 건 혁명광장 근처에 있는 정부 건물 한쪽에 설치된 얼굴 이미지뿐이다.

시내 중심가에 있는 숙소에서 혁명광장까지는 걸어서 한 시간 반 정도 걸렸다. 중심가를 벗어나자 아바나의 폐허가 고스란히 드러났다. 걸으며 목격한 아바나의 모습은 상상했던 것 이상으로 심각했다. 강대국의 제재가 얼마나 무서운지 목격한 셈이다. 그리고 생각했다.

'센놈에겐 대들면 안 되는구나. 부당함에 화가 나도 치미는 화를 삭혀야만 한다. 맞으면 나만 아프니까. 거기에 정의 같은 건 없다.'

혁명광장에서 체 게바라의 이미지를 배경으로 사진을 찍었다. 특별한 감흥은 없었다. 다시 걷기엔 날이 더웠다. 오토바이를 개조해서 만든 꼬꼬(COCO)택시를 타고 헤밍웨이가 즐겨 마셨다는 다이끼리와 모히또를 마시기 위해 올드 아바나로 향했다. 헤밍웨이가 7년 동안 머물며 『누구를 위하여 종을 울리나』를 썼다는 「호텔 암보스 문도스(Ambos Mundos)」는 코로나 팬데믹 이후 문을 닫은 상태였다.

【My Mojito in La Bodeguita, My Daiquiri in El Floridita】

Kojimar, Cuba

난 기꺼이 헤밍웨이의 테제를 따라 두 곳의 술집에서 모히또와 다이끼리를 마셨다. 재밌는 건 두 술집 모두 현재는 쿠바 정부가 운영하고 있으며 현금만을 받고 그 현금출납을 담당하는 관리자가 술집에 상주하고 있었다. 난 두 곳의 관리자와 잡담을 나누며 술에 조금 취했다.

술기운이 올라올 때쯤 난 코히마르(Cojimar)로 향했다. 코히마르에 갈 때는 버스를 탔다. 술기운을 빌린 객기도 있었고 택시기사들의 횡포를 경험한 뒤였기 때문이다. 난 기꺼이 버스에 몸을 실었다. 코히마르에 가는 버스를 타려면 다이끼리를 파는「플로리디따」근처에 있는 혁명박물관 앞에서 88번 버스에 올라 약 30분을 달리면 코히마르와 가까운 정거장에 내려준다. 자주 버스가 없어 버스는 사람들로 가득 찼다.

코히마르에 내리자 비가 쏟아지기 시작했다. 나와 아기 엄마 그리고 아기, 셋이서 코히마르에 내렸다. 그녀에게 물으니 내가 가려는, 헤밍웨이의 이야기가 있는 식당까지는 걸어서 꽤 시간이 걸리는 거리였다. 난 자전거택시를 잡은 후 같이 타고 가자고 제안했다.

코히마르는 많은 여행 후일담에 적혀 있듯이 작고 아름다운 어촌마을은 아니었다. 해변에 가는 동안 좌우로 보이는 모습은 내가 아바나 혁명광장을 가면서 본 모습과 별반 다르지 않았다. 비가 내려서 더욱 을씨년스러웠다. 아바나와 가까워 아바나 시민들의 세컨하우스로 사용됐던 수많은 집들이 방치된 채 개와 고양이들의 서식처로 변해 있었다. 또한 경사가 급한 도로에는 위쪽에서 빗물에 밀려온 쓰레기들이 뿌리 뽑혀 길을 막고 있는 큰 나무줄기에 걸려 쌓여 있었다.

Kojimar, Cuba

군데군데 사람이 사는 집들도 낡고 허름하기는 마찬가지였다.
나와 함께 온 아이 엄마는 바닷가에 닿기 전에 내렸다. 그녀가 사는
집도 사람이 살기엔 지나치게 낡고 초라했다.

아이 엄마를 내려주고 조금 더 달리자 바닷가가 나타났다. 카리
브해다. 그제야 풍경은 '을씨년스러움'에서 '소박한 아름다움'으로 변
했다. 바닷가로 난 길을 5분쯤 더 달리자 헤밍웨이가 자주 들러 식사
와 모히또를 즐겼다는 「La Terraza」에 도착했다. 나도 그처럼 식사
와 모히또를 주문했다.

식당 한구석, 바다가 바로 내려다보이는 좌석은 헤밍웨이의 영구지정석이었다. 좌석엔 헤밍웨이의 흉상이 놓여 있고 그릇들이 세팅되어 있었다. 그의 흉상 뒤로 빗줄기가 바다로 쏟아져 들어가는 모습이 보였다. 난 모히또를 마시며 그를 생각했다. 더 정확히는 작가 헤밍웨이와 그의 언어를 생각했다.

헤밍웨이는 미국인이고 당연히 영어가 모국어이다. 하지만 그는 28년 동안 쿠바에 머물렀다. 스페인 내전 때는 3년 동안 종군기자로 스페인에 있었다. 스페인 내전 이후에도 그는 자주 스페인을 여행했다. 투우에 열광했던 그가 투우사의 이야기를 쓴 『태양은 다시 떠오른다』도 스페인에 머물며 쓴 작품이다. 그러니 당연히 스페인어에 능통했을 것이고 듣고 읽고 말하는데 전혀 장애가 없었을 것이다. 그는 명백히 이중언어사용자(Bilingualism/Bulinguismo)였다.

영어가 모국어라면 스페인어는 헤밍웨이에게 문학어였다. 작품은 모국어인 영어로 썼지만, 작품을 쓰기 위한 영감을 얻고 이야기를 끌고 갈 수 있는 테마를 얻는 언어는 스페인어였다.

그는 아바나에 있는 호텔 암보스문도스에서 스페인 내전을 배경으로 한 자전적 소설 『누구를 위하여 종을 울리나』을 썼다. 그는 많은 대화를 영어 대신 스페인어로 썼다. 소설의 주인공은 스페인 여자 마리와와 사랑에 빠진다. 그들의 사랑의 밀어는 당연히 스페인어이다.

그에게 노벨상을 안긴 『노인과 바다』는 어부인 **그레고리오 푸엔테스**
에게서 스페인어로 전해 들은 일화를 바탕으로 소설을 썼다. 『노인과
바다』를 집필한 곳이 바로 코히마르다.

헤밍웨이에게 쿠바는 그의 문학의 전부였다. 그가 쿠바혁명 후
쿠바에서 추방되고 자신의 모국인 미국에 정착했지만, 그는 '글이 써
지지 않는다'는 독백으로 자신이 문학의 모든 정체성을 잃었음을 고
백한 후 6개월 만에 자살로 생을 마감했다. 쿠바가 아닌 곳에서 그는
결코 작가일 수 없었을 것이다. 쿠바의 모히또와 다이끼리, 말레콘의
노릇노릇한 저녁노을, 코히마르의 바다만이 그를 문학의 길에 머무
르게 할 수 있었으리란 게 내 짐작이다. 그의 **문학어**였던 스페인어를
사용하는 삶의 터전인 쿠바를 떠나는 순간 그는 더 이상 글을 쓸 수
없었을 터였다.

두 잔의 모히또를 비우자 비가 그쳤다. 난 식당을 나와 코히마르
를 걸었다. 해변을 따라 걸으니 헤밍웨이의 흉상과 만날 수 있었다.
흉상은 「**Torreon de Cojimar**」라는 바닷가 요새 앞에 있었다, 그의
흉상은 낚시광이었던 헤밍웨이를 위해 코히마르 어부들이 닻을 녹
여 만들었다고 전해진다. 그를 어부로 인정해 준 셈이다.

흉상 근처 낮은 방파제엔 젊은 연인들이 바다 위에 나타난 무지
개를 보고 있었다.

비가 그치고 코히마르 어촌마을에서 카리브해 먼바다에 걸쳐 아
름다운 무지개가 걸려 있었다. 나도 그들 옆에 앉아 무지개를 감상했
다. 그 순간 언어도 무지개처럼 여러 색깔이 한데 섞여야 아름답다는
생각이 들었다. 무지개가 아름다운 건 7가지 색깔이 한데 어울려 있

기 때문이다. 언어도 마찬가지로 다양한 언어가 섞여야 가치 있다.

세계 모든 인간이 하나의 언어를 사용하면 어떨까? 지금은 아는 사람이 별로 없지만 **에스페란토(Esperanto)**란 세계어가 있다. 에스페란토(Esperanto)는 세계 모든 사람이 하나의 언어로 대화할 수 있으리란 희망에 1887년 만들어진 인공어이다. 만들어진 지 136년이 지났지만 사용하는 사람은 거의 없다.

모든 나라에서 하나의 언어만 사용한다면 세상은 더 좋아질까? 난 그렇지 않다고 생각한다. 인종이 다르고 문화가 다르듯 그 문화를 담을 언어란 그릇은 결코 하나일 수 없다.

언어의 다양성은 어디에서 비롯됐을까? 성경에서는 바벨탑을 쌓아 올린 인간을 벌주기 위해 신이 인간이 사용하는 **'언어를 달리'** 했다고 적고 있다. 바벨탑 이전엔 하나의 언어로 살았단 얘기다. 그러니 이 세상에 수많은 언어는 죄에 대한 벌인 셈이다. 하지만 그 언어의 다양성이 문화의 다양성을 추동했고 그래서 세상은 다양한 색깔을 가진 무지개처럼 더 다채롭고 아름답다. 문화의 다양성이란 측면만 생각한다면 죗값이 무척 달았던 셈이다.

다양성을 추구하는 난 기꺼이 남의 언어를 배우고 싶어진다. 다른 언어를 안다는 것, 무한한 가능성에 가까이 가는 일이다. 이제까지 몰랐던 그들의 문화를 알고 받아들이는 능력을 얻는 방법이다. 언어를 알면 낯선 곳에 가도 두렵지 않다. 그리고 그 나라 사람들에게 다가갈 수 있다. 내가 그들의 언어로 말하는 순간 그들도 내게 호감을 보인다. 그건 인지상정이다. 내가 국교도 없는 쿠바와 여전히 치안 상태가 좋지 못한 멕시코에 갈 수 있었던 건 의사소통이 가능했기 때문이다. 영어를 사용할 수도 있었지만 그랬다면 가이드가 없는 난 훨씬 부자연스러웠고 여행을 제대로 즐기지 못했을 것이다. 실제로 코히마르에 다녀오는 여정 동안 만난 사람 중 영어로 소통이 가능한 사람은 한 명도 없었다.

언어를 배우면서 동시에 알게 되는 게 있다. 채움의 미학, 혹은 메커니즘 같은 것이다. 언어를 배우기 시작해서 그나마 간단한 대화가 가능할 때까지 시간이 필요하다. 일테면 〈숙성기간〉 같은 개념이다. 물병이 있다 치자. 우리가 흔히 동화책에서 읽었던 물병과 까마귀 얘기다. 까마귀는 물을 마시기 위해 돌멩이를 물병에 넣어 채운다, 물이 넘칠 때까지. 물이 넘쳐야만 마실 수 있다. 그 기다림의 시간을 견디며 계속해야만 한다. 언어도 마찬가지다. 입이 트이고 상대의 말이 들릴 때까지 단어를 외우고 반복해서 연습해야만 한다.

〈숙성기간〉에 더해 〈반응속도〉도 중요하다. 머릿속에서 떠오르는 생각을 말하는 시간. 모국어는 그 간격을 측정할 수 없다. 실시간, 때론 머리에 떠오르지도 않은 말들이 입에서 튀어나오기도 한다. 내게 영어는 이제 그 간격을 의식하지 않아도 되는 언어가 됐다. 하지만 스페인어는 처리 속도가 초기 컴퓨터 수준이다. 그마저도 오류투성이다.

학습능력도 문제다. 나이가 들면 몸은 속도라는 물리현상에서 점점 소외된다. 새로움에 반응하는 속도가 느려지고 기억력도 떨어진다. 상대의 말을 빠르게 이해하는 능력도 무뎌진 탓이다. 내 반 친구들은 젊고 같은 알파벳을 사용하는 국가에서 왔다. 그러니 나보다 훨씬 빨리 배운다. 처한 환경이 다르니 달리 방법은 없다.

억울해하지 말자. 당연한 현상이다. 이젠 빠른 것보단 느림의 미학을 받아들이고 익히면 된다. 스스로 세뇌를 시켜야 하고 생활 습관을 교정해야 한다. 그러니 난 영어는 잘 듣는데 스페인어는 그만큼 알아듣지 못하는 걸 당연하게 받아들인다. 18살부터 22살 나이엔 나도 그들만큼 빨리 습득하고 이해했었다. 물론 그들이 내 나이가 되면 나처럼 느려진다.

난 내가 속한 느린 집단에서 잠시 탈출해 빠른 집단에 머물며 상대성을 확인했다. 거북이와 토끼의 경주처럼 거북이가 돼버린 내가 토끼 틈바구니에서 열심히 달려본 셈이다. 그리고 겨우 그들과 어깨를 나란히 하고 결승점을 통과했다. 물론 쿠바에서 그들의 언어로 소통하는 데 큰 지장이 없었다. 그거면 충분하다.

색에 관한 몇 가지 생각들 (Varadero, Cuba)

1

쿠바 바라데로 해변은 세계에서 가장 긴 백사장과 그 백사장을 감싸고 파란 대서양이 드넓게 펼쳐진 곳이다. 또한 파란 바다 위에 흰구름이 떠 있는 모습을 보는 순간 탄성이 절로 나온다. 해가 질 때면 붉은 노을이 인상적이기도 하다. 노을이 지면 하늘과 그 하늘에 떠 있는 구름, 그리고 그 아래 바다가 온통 빨간색으로 물든다. 말 그대로 그림 같은 곳이다. 아바나에서는 차로 두 시간 거리에 있다.

지도를 보면 바라데로는 긴 하키채 모양을 하고 있다. 폭은 좁고 길이는 무려 20㎞가 넘는 하키채가 대서양에 길게 놓여있다고 표현하면 적확한 표현이다.

내가 쿠바에서 가장 해보고 싶은 일 중 하나는 20㎞ 길이인 바라데로(Varadero) 해변을 걷는 일이었다. 난 아침 일찍 배낭에 음식과 물을 챙기고 뜨거운 햇볕으로부터 피부를 보호하기 위해 긴 옷을 입고 챙이 넓은 모자, 선글라스, 얼굴을 다 덮는 마스크를 착용하고 호텔을 출발했다. 숙소도 20㎞ 전체를 걷기 위해 하키채 모양의 돌출부 끝에 있는 호텔에 묵었다.

　왜 사람들은 파란색에 열광할까? 끝없이 펼쳐진 쿠바 바라데로
(Varadero) 해변을 걷다가 갑자기 떠오른 질문이다. 사람들은 파란 하
늘과 파란 바다 파란 들판, 파란 나뭇잎들, 심지어 어떤 사람들은 일
부 서양인이나 고양이가 가진 파란 눈에도 열광한다. 생각해 보면 우
린(혹은 내 관념은) 자연을 사랑한다고 말하는 순간, 머릿속에선 파란

색을 연상한다. 그러니까 우린(혹은 내 관념은) 무의식중에 자연은 파란색을 가졌다고 믿는 것이다. 물론 아주 틀린 관념은 아니다. 저 멀리 우주에서 지구를 찍은 사진을 보면 틀림없이 지구는 파란색이다. 그 이유는 지구 면적의 많은 부분이 바다이고 바다는 파란색이기 때문이다. 또한 대륙의 많은 부분도 숲으로 덮여 있으니 당연한 일이다.

나 역시 파란색을 무척 좋아한다. 청바지를 사랑하고 등산배낭은 언제나 파란색을 선택하며 삶에 지치면 어김없이 파란 나무들이 자라는 산으로 혹은 우리나라에서 가장 푸른 바다를 볼 수 있는 제주도로 달려간다.

그곳에서 난 위로를 받으며 그곳에 만들어진 길을 따라 걸으면 내 상처는 언제나, 말끔히 낫곤 한다.

2

내가 가진 파란색에 대한 최초의 의미 있는 기억은 초등학교 가을운동회에서 비롯된다. 지금도 가을운동회를 하는지는 모르겠다. 내가 어렸을 땐 가을운동회를 위해 모든 학생들이 두 편으로 나뉘었다. 청군, 그리고 백군.

파란색의 보색이 빨간색이기 때문에 논리적으론 청군과 홍군으로 나누는 게 자연스러울 텐데 우리나라 어느 초등학교에서도 청군과 홍군으로 나눈 학교는 없었다. 짐작이지만 빨간색은 공산당을 상징해서 사용하지 않았을 것이다. 실제로 중국 현대사엔 〈홍군(紅軍)〉이 등장한다. 홍군은 초기 중국공산당의 무장조직이다. 모택동이 이

끈 대장정에서 장개석의 국민당세력을 대만으로 패퇴시키고 중국을 공산화한 세력이 바로 홍군이다. 그러니 우리나라에선 금기시된 〈단어〉였다.

색에 대해 부족한 지식을 보충하고자 보색과 대비색에 대한 정의를 찾으니 아래와 같은 정보가 나왔다.

> 【보색(complementary color, 補色)은 색상 대비를 이루는 한 쌍의 색상을 말한다. 일반적으로는 미술이나 인쇄에서 사용되는 감산혼합에 기반한 색상의 쌍을 보색이라고 하나 색 공간에 따라 서로 쌍이 되는 보색은 달라진다. 색상환에서 서로 마주 보는 색상이 보색이다. 보색을 사용하여 두 색상의 차이를 이용하는 것을 보색 대비라 한다.】
>
> 【보색은 서로 반대되는 색이다. 단순하게 본다면 보색은 두 빛을 합할 때 무채색이 되는 색이라고 할 수 있다. 보색은 서로 반대되는 색이니 그만큼 두 색의 대비가 강하게 느껴진다.】
>
> ─ 《색의 대비 [Color contrast] (두산백과 두피디아, 두산백과)》

다시 말하지만, 파란색의 보색은 빨간색이기 때문에 청군에 대항하는 색깔이 하얀색이란 건 감성적으로 잘 이해가 되지 않았다. 그런 이유 때문이었던지 난 늘 학년이 바뀌고 가을운동회가 시작되는 시간이 되면 내가 청군이 되길 원했다. 백군은 왠지 무미건조하고 그 그룹에 속하면 열정이 사라질 것 같은 선입견이 있었다.

그건 나만의 감정은 아니었다. 모든 학생이 나처럼 청군을 원했다. 청군과 백군으로 나뉜 학생들은 머리에 청군을 의미하는 얇고 폭이 좁은 비닐로 된 머리띠를 둘러야 했고 그건 백군도 마찬가지였다. 쉽게 짐작할 수 있듯이 원색을 사용하는 청군의 이미지는 젊고 강하다. 하지만 무채색을 사용하는 백군의 상징들은 밋밋할 뿐만 아니라 때론 〈파뿌리〉처럼 늙음을 상징하기도 했다. 흥이 나질 않았다. 그래서 확률적으로 청군의 승리가 백군의 승리보다 많았다. 그것이 색의 힘이다.

4

그렇다고 흰색을 싫어한다는 건 아니다. 사실 흰색은 원색은 아니고 색을 혼합하여 만들어진 무채색이지만 어쩌면 그래서 더 큰 의미를 부여할 수도 있고 국가나 민족이란 거대한 조직을 상징하는 색깔로 사용하기에 적합한 색깔이다. 그런 예가 우리가 우리를 가리켜 부르는 〈백의민족〉이다.

흰색은 〈빛의 삼원색〉인 빨강, 초록, 파랑을 다 섞으면(가산혼합) 나오는 색이다. 그러니 아이덴티티가 약하다. 원색이 아니란 말이다. 우리 민족이 흰색을 좋아한다고 한다. 우린 그 이유를 '남을 침략하지 않고 인과 예를 숭상하기 때문'이라고 배웠다. 하지만 사실 우리 조상들은 흰색을 그렇게 많이 사랑하지 않았다는 게 내 생각이다. 임금의 옷들은 온통 빨간색과 노란색(금을 표현하는 색깔)으로 만들어졌었다. 사대부 역시 화려한 염료로 염색된 비단으로 옷을 만들어 입었다. 문무(文武)와 계급에 따라 대부분 빨간색과 파란색 옷들이었다.

조선시대 왕족 여성의 결혼예복이었던 활옷(홍장삼)은 화려함의

극치를 이룬다. 서양의 웨딩드레스가 처녀의 순결을 강조하기 위해 하얀색이었다면 조선의 왕녀들은-물론 일부 돈이 있는 양반가의 신부도 입었다- 붉은색 중에서도 가장 붉은 대홍색(大紅色)과 파란 비단에 각종 꽃(모란, 매화, 연꽃)과 새(봉황), 나비 그리고 십장생 등을 노란 금장으로 수놓았다.

활옷 [로스엔젤레스 카운티 미술관 소장품]

그러니 흰색(그것도 사실은 약간 노란색에 가까운)이었던 무명과 삼베는 백성들의 색깔이었고 그건 가난의 상징이었다.

흰색을 사랑하는 나라는 인도네시아다. 그들은 흰색을 중요하게 생각한다. 왜냐하면 수백 개가 넘는 많은 종족으로 이루어졌고 그러니 그 모든 종족을 하나의 국가로 통합하는 일이 국가적인 과제인데, 모든 걸 다 섞으면 흰색이 된다는 사실은 국가 프로파간다(Propaganda)로 사용할 수 있는 좋은 소재이기 때문이다. 흰색은 '순

수'를 상징하는 색깔이다. 모든 걸 섞어도 이질적이지 않은 '순수한 상태'가 된다니 얼마나 멋진 국가프로파간다인가.

내가 인도네시아에 파견된 후 근무복을 만들기 위해 몸의 치수를 재고 한 달쯤 지나 내 책상에 올려진 근무복의 상의(上衣) 색깔이 하얀색이란 걸 알고 상당히 당황했었다. 왜냐하면 평생을 엔지니어로 살아오면서 내 직장에서 하얀색 근무복은 단 한 번 입어본 적도 상상해 본 적도 없었기 때문이다.

산업현장에선 당연히 파란색이나 적어도 회색 계열의 색깔이 엔지니어란 직업의 정체성을 나타낸다고 배웠고 그렇게 믿으며 살았기 때문이다. 그런데 흰색이라니. 그것도 발전소에서. 하지만 난 곧 흰색에 적응했고 흰색이 좋아졌다.

흰색에 대한 또 다른 단상은 〈하얀 백사장〉이란 표현에서 출발한다.

우린 하얀 백사장이라고 말한다. 하지만 세상 그 어디에도 하얀 백사장은 존재하지 않는다. 아무리 하얀색에 가까워도 그 색은 사실 황색에 가깝다. 물론 세상 어딘가에는 정말 새하얀 백사장이 있을지도 모른다. 아니, 어느 여행 다큐멘터리에서 본 것 같기도 하다(확신할 순 없지만 하얀색으로 덮인 해변은 모래가 아닌 조개껍질 혹은 산호초에서 떨어져 나온 가루들로 채워져 있을 가능성이 높다). 하지만 내가 직접 본 적은 아직 없다.

왜 사람들은 하얀 백사장을 고집할까? 파란 하늘과 파란 바다에 하얀색이 잘 어울리기 때문이다. 그건 색의 감각이다. 원색인 파란색에 또 다른 원색인 노란색을 겹치게 하는 건 평화로움이 없는 그림이다. 휴식을 취할 장소로는 부적합하다. 두 원색의 조합은 강렬함이다. 우린 열정으로 가득 찬 뜨거운 여름을 바닷가에서 보내고 싶어하지만 그곳이 내 감정적인 열정과 같은 느낌인 건 싫어한다. 우린 휴식을 위해 언제나 차분하고 안정된 상황을 원한다. 그게 파란 바다와 하얀 백사장의 조합이다, 물론 하얀 구름도 한몫 거든다. 파란 하늘엔 하얀 구름이 있어 비로소 편안해진다. 그래서 파란 바다 옆엔 하얀 백사장이 있어야 한다고 주장한 것이다.

끝없이 펼쳐진 바라데로 해변

지구상 가장 유명한 여행지 중 한 곳인 그리스 산토리니를 생각하면 쉽게 고개가 끄덕여진다. 강력한 순간은 안정된 편안함이 전제될 때만 추구되는 가치이다.

파란 하늘과 하얀 구름, 파란 바다와 하얀 백사장처럼 〈청군백군〉은 보색의 조합은 아니라도 잘 어울리는 한 쌍의 조합인 건 분명하다.

5

흰색과 검은색은 원색을 다 섞으면 나오는 무채색들이다. 다만 가산혼합인지 감산혼합인지가 다를 뿐이다. 하지만 황색은 색의 3원색 중 하나이다. 색의 3원색은 청록(Cyan), 황색(Yellow), 자홍(Majenta)이다. 그리고 빛의 3원색은 파랑, 초록, 빨강이다. 원색의 정의는 아래와 같다.

【원색(原色)은 색을 혼합하여 모든 종류의 색을 만들 수 있는, 서로 독립적인 색을 말한다. 서로 독립적인 색이란, 예를 들어 원색이 세 개의 경우, 둘을 혼합해도 남는 셋째의 색을 만들 수 없다고 하는 의미이다.】

색이 만들어지는 원리나 그 만들어진 색을 사용하는 문제와는 다른 문제가 색이란 〈함의(含意)〉엔 들어있다. 앞서 살펴본 중국의 '홍군'처럼 우리가 사는 〈인간 세상〉에서 색이란 자주 그리고 아주 쉽게 위험한 존재 혹은 가치로 돌변한다.

흰색은 조심해야 하는 색이다. 흰색은 순수를 상징하지만 그래서 다른 색으로 바뀐다는 건 불길한 조짐으로 이해된다. 흰 구름이 검은 구름(혹은 먹장구름)으로 바뀌면 비가 온다. 백로는 까마귀 곁에 가면 안 된다. 근묵자흑(近墨者黑). 순수했던 흰색이 검은색과 가까워져 회색이 되면 그 즉시 불온한 존재로 돌변한다. '회색분자'. 그렇다. 양쪽 모두에서 비난받는, 어느 쪽에도 소속될 수 없는 존재가 된 것이다.

검은색은 나쁘고 흰색은 좋다고 배웠다. 그런가? 그런 사고는 동서양의 인종차별과도 연결되어 있다. 백인은 우월하고 흑인은 열등하다는 인식이 지난 근대를 휩쓸었다.

색깔로 구분된 인종 간 갈등은 다만 백인과 흑인만의 문제는 아니다. 더 심각한 건 백인과 흑인이 황인종을 무시한다는 사실이다. 황인종은 마치 '회색분자'처럼 두 진영 모두로부터 비난받는 천덕꾸러기 신세가 되곤 한다. 황인종인 나로서는 화가 나지만, 세계를 다니면 자주 그런 부당한 대접을 받는 것이 사실이다.

황인종인 나는 이렇게 주장한다. 모든 데이터는 황인종이 가장 뒤늦게 나타난, 그러니까 더 진화한 종이다. 그러니 백인종, 흑인종에 비해 우월한 종이다. 하지만 현실은 백인종과 흑인종(심지어 백인종과 흑인종의 혼혈인 메스티소까지도)이 황인종을 멸시하거나 자신들보다 하등(下等)한 종으로 인식한다. 그건 내가 남미와 북미, 그리고 일부 유럽에서 겪은 기분 나쁜 경험들이다. 그 이야기는 뒤에서 다시 적을 것이다.

바라데로 해변을 걷다가 난 '올-인클루시브 호텔'에 고용돼 투숙객들을 위해 돛단배를 운전하는 잘생긴 남자를 만났다. 그는 혼혈(메스티소)이다.

그의 색은 원색이 아니다. 무채색에 가깝다. 자연은 원색일 때 멋지다. 하지만 사람살이엔 원색은 배척의 의미가 더 크다. 배척하지 않고 다 받아들이면 마지막엔 검은색이 된다.

　비슷한 맥락에서 난 자연의 색과 인간의 색을 혼동하지 말자고 자주 다짐한다. 다시 강조하면 〈인간 세상〉에서 색이란 자주 그리고 아주 쉽게 위험한 존재 혹은 가치로 돌변한다. 그럼으로써 같은 색이라도 앞서 말한 그 두 가지 색의 감성, 즉 자연의 색과 인간의 색은 때론 완전히 다른 의미가 되고 그것을 혼동하면 사회생활에서 낭패를 볼 수도 있다.

　자연은 원색일 때 가장 아름답다. 이유는 원초적이기 때문이다. 우린 원초적인 욕망에 굴복한다. 오죽하면 영화 『원초적 욕망』이 세계적으로 폭발적인 성공을 거두었을까. 하지만 인간에게 원색은 역사가 남긴 상황에 따라 때론 대단히 부정적인 의미로 돌변한다. 우리나라에서 빨간색은 대단히 위험하거나 혹은 대단히 불편한 색깔이기도 하다. 바로 빨간색을 의미하는 빨갱이가 그렇다. 그런데 아이러니하게도 혹은 우스꽝스럽게도 아직도 이해되지 않는 빨간색에 관한 사례 중 하나가 우리나라 보수당의 색깔이다.

　건국 이래 보수당은 언제나 북한이란 존재를 적으로 규정하고 많은 경우 자신들의 이익을 위해 그 적대세력을 이용했다. 백낙청 교수는 그 현상 혹은 체제를 ≪분단체제≫라고 정의했다. 분단체제란 남한과 북한 기득권은 서로의 이익을 위해 서로를 자주 그리고 적절한 시점에 이용했다는 것이다. 더 심하게 말하면 〈공생관계〉였다는 말이다. **'체제안보'**와 **'대중통제'**를 위해 겉으론 서로를 비난하면서 은밀하게 서로에게 협조했다는 주장이다. 그래서였을까. 보수정당의 상징색은 〈빨간색〉이다. 그들이 그토록 주창하는 〈빨갱이〉의 색깔이 바로 빨간색인데 말이다.

세계 대부분의 나라에서 정당들은 자신들의 정체성을 원색으로 나타낸다. 한국에서는 파란색과 빨간색, 모호하지만 녹색도 자주 등장한다. 태국에 가면 진보가 빨간색이고 보수는 노란색이다. 왕이 있는 태국에서 보수는 왕의 색을 금과 같은 색깔인 노란색을 차용해 쓴다. 요즘엔 또 다른 원색인 그린(초록색), 녹색당이 나타났다.

6

아름다운 바라데로 해변을 걷기 위해 난 그곳에 있는 올-인클루시브 호텔이란 특별한 시스템을 자랑하는 호텔에 묵었다. 올-인클루시브(All-inclusive). 우리말로 번역하면 '모든 것이 포함된'이란 뜻이다. 요즘엔 우리나라에도 그런 종류의 숙박업소가 있다고 들었다. 정확한 데이터인지는 모르지만 올-인클루시브 호텔의 시초는 멕시코 칸쿤(Cancun)이라고 한다.

바라데로 해변은 길고 아름다운 해변이지만 공적공간은 거의 없다. 그것도 공산주의인 쿠바에서 그렇다. 왜냐하면 그 긴 바라데로 해변을 차지한 곳이 바로 올-인클루시브 호텔들이기 때문이다. '모든 것이 포함된'이란 관용어구의 의미는 투숙객에겐 〈숙박비만 내면 그 어떤 지불도 따로 할 필요가 없는 '모든 것이 포함된'이고〉 호텔측에겐 호텔의 소유물이 〈자신들이 둘러 쳐놓은 울타리 안에 있는 '모든 것이 포함된' 것(해변과 바다의 일부까지. 국가 영토의 개념과 비슷하다)〉이며 따라서 그 호텔에 숙박비를 지불하지 않은 사람은 그 누구도 출입할 수 없는 곳이란 걸 긴 바라데로 해변을 걸으면서 알게 됐다.

말했던 것처럼 바라데로 해변의 길이는 무려 20㎞이다. 그리고 그 긴 해변은 단 1m의 공간도 없이 수많은 호텔과 리조트들이 담을 맞대고 들어서 있다. 그래서 앞서 말한 것처럼, 호텔 투숙객이 아니면 해변 접근이 힘들다. 담을 맞대고 자리 잡은 모든 호텔은 자신들의 영토(?)를 굳건히 지킨다. 당연히 경계용 울타리가 설치되어 있고 국경을 지키는 군인들처럼 곳곳에 설치된 초소에 경비원들이 들어가 근무한다. 또한 CCTV로 감시하기도 한다. 그러니 합법적으로 그 철옹성에 들어가기 위한 유일한 길은 하룻밤에 많게는 500유로, 적게는 200유로의 숙박비를 지불하고 유일한 접근로인 정문에서 예약자명단에 자신의 이름이 있는지를 확인받는 길밖엔 없다. 체크인을 하면 손목에 밴드를 채워준다. 그 밴드가 없으면 옆 호텔이 소유한(?) 해변을 지나가지도 못한다. 아니, 일부 최고급 호텔은 침입자(?)가 다른 호텔의 밴드를 차고 있는 걸 발견하면 통과조차 시키지 않는다. 그러니 아름다운 바라데로 해변 전체를 걷고 싶은 사람이 있다면 경험자로서 내가 팁을 하나 줄 수 있다, 힘들겠지만 막 객실에서 수영을 하러 바다로 나온 것처럼 꼭 수영팬티를 입고 상의는 헐렁한 민소매를 입고 샌들을 신으면 검문(?)에 걸리지 않을 확률이 높다. 물론 강한 햇빛에 온몸에 화상을 입지 않도록 각별한 주의가 필요하다.

그런 이유로 대부분의 쿠바인에겐 그토록 아름다운, 자신들의 나라에 있는 해변에 접근할 방법이 없다. 그런 상황은 날 울적하게 했다. 쿠바에 대한 좋은 이미지에 깊은 생채기가 생겼다. 하지만 자연은 참 현명했다. 전체 20㎞의 해변 중 약 5㎞, 즉 바라데로시에 가까워지면 해변엔 각종 해초 찌꺼기가 쌓인다. 그건 조류의 흐름으로 인한 자연스러운 현상이다. 그래서 외국인을 위한 고급호텔이 들어서지 않는다. 그럼으로써 쿠바노(Cubano)들이 비싼 돈을 지불하지 않고 바다로 접근할 수 있었다. 천만다행으로 그들은 그곳에서 무료로 바다를 즐길 수 있다. 다른 점은 오직 바다의 생명체 조각들이 해변에 쌓여 있다는 것뿐이다.

20㎞를 걸으며 난 해초 한 가닥 없는 하얀 백사장도 좋지만, 해초가 밀려드는 해변도 나름 필요하다는 걸 알았다.

7

사람들이 파란색에 열광하는 또 다른 이유는 역설적으로 파란색이 슬픔을 상징하기 때문이다. 바라데로에 펼쳐진 짙푸른 대서양의 바다색처럼 파란색은 휴식과 안정 혹은 젊음과 희망 그리고 자연의 상징인 반면, 많은 경우 영어단어 **BLUE**는 슬픔을 상징하는 색이기도 하다. 왜 서양인들은 슬픔을 BLUE로 표현했을까? 궁금해서 찾아보니 가장 설득력 있는 설명이 『옥스포드 어원사전』에 실려 있었다. BLUE의 어원은 고대 노르웨이어의 'BLA-'에서 왔고 'BLA-'는 '멍든' 혹은 '검푸른'이란 뜻으로 쓰였다는 설명이다. 그런 이유로 BLUE가 파란색이 아닌 우울함을 의미할 때는, 마음에 검푸른 멍이 들었음을 암시한다는 것이다. 그럴듯하다.

인간은 쾌락과 행복을 추구하지만 언제나 행복하면 불행하다고 느끼는 모순된 행동을 보이는 동물이다. 그래서 인간은 슬픔을 찾아 영화관으로 향하고 슬픈 노래를 부르기 위해 노래방에 간다. 또한 자신의 슬픔을 증폭시키기 위해 술을 마시거나 방에 틀어박혀 고독을 씹는다. 타인의 슬픔에 함께 눈물을 흘리며 같이 아파하는 일은 인간이 기본적으로는 선한 존재란 증거가 되곤 한다.

인간은 슬픔을 즐긴다. 모든 예술 장르는 슬픔을 표현하는 데 더 집중한다. 희극보다는 비극이 더 인기 있으며 더 잘 팔리고 더 오래 기억된다. 그래서 모든 예술가는 슬픈 작품을 만드는 데 더 열중한다. 자신의 슬픔을 기록하는 일에도 열정적이다. 고통을 타인에게 고백하는데 아무런 망설임이 없다. 오히려 그 고백에 찬사를 보낸다.

싱어송라이터인 조니 미첼(Joni Mitchell)이 1971년에 발표한 앨범 타이틀이 바로 파란색을 뜻하는 [BLUE]다. 이 앨범은 『롤링 스톤 매거진』이 2020년에 발표한 〈역사상 가장 위대한 앨범 500장(The 500 Greatest

Albums of All Time)〉 3위에 올라 있다. 이 앨범에서 조니 미첼은 BLUE란 강렬한 색을 자신의 슬픔을 표현하기 위해 사용한다. 앨범 표지색을 온통 짙은 파란색으로 만든 BLUE는 그녀의 슬픔, 상실감을 상징한다.

같은 앨범에 실린 《MY OLD MAN》은 사랑했지만 자신을 떠나간 남자와의 시간을 그리워하며 그 시간을 노래한다. 그 노래에서 조니 미첼은 분명하게 말한다.

【My old man. Keeping away my **blues.**】

서양인에게 슬픔을 상징하는 색깔이 BLUE라면 한국인의 정서에서 슬픔의 색은 흰색이다. 조선시대 왕 혹은 왕비가 죽으면 모든 사람들은 흰옷을 입었다. 그리고 조니 미첼의 BLUE가 발표되기 2년전에 트윈폴리오(윤형주와 송창식으로 구성된 2인조 듀엣)가 발표한 《하얀 손수건》이 한국인의 슬픔을 하얀색으로 표현한 명곡이다.

헤어지자 보내온 그녀의 편지 속에
곱게 접어 함께 부친 하얀 손수건
고향을 떠나올 때 언덕에 홀로 서서
눈물로 흔들어주던 하얀 손수건
그때의 눈물 자국 사라져버리고
흐르는 내 눈물이 그 위를 적시네

색이란 이토록 작위적이며 또 다른 상징이 된다.

8

내가 특히 파란색을 좋아하는 이유는 파란색이 상징하는 두 가지 의미 때문이다. 첫째는 파란색이 상징하는 '블루컬러' 때문이다. 난 엔지니어다. 다양한 업무를 경험했고 다양한 나라에서 근무했지만 사실 난 학교를 졸업한 뒤 입사한 회사에 지금도 근무하고 있다. 운이 좋다고 생각한다. 내가 속한 회사는 인간의 삶에 가장 필요한 에너지인 전기를 생산하는 회사다. 인도네시아에 파견됐던 약 3년 동안 근무복으로 흰옷을 입은 적이 있지만 난 고전적인 의미의 〈**블루컬러**〉가 좋다. 블루컬러란 내 **아이덴티티**를 사랑한다. 직장에서 푸른 옷을 입고 산업현장에서 사람들이 필요로 하는 물건을 만드는 **블루컬러**에 속한 한 사람으로서 자부심을 느끼며 또 내 일을 사랑한다.

두 번째는 푸른색이 가진 '창조'란 상징 때문이다. 푸른 바다에서 이 땅의 첫 생명이 탄생했듯, 파란색은 내게 창조를 상징한다. 직장에 다니면서 틈틈이 글을 쓰는 난 '창작'하는 사람이다.

우리도 저마다의 색깔을 가지고 살아간다. 원색처럼 사는 사람들도 있고 무채색으로 사는 사람들도 있다. 사실 우리 소시민들은 거의 무채색인 흰색처럼 산다. 흰옷을 입는 사람들은 모든 일에 조심해야 한다. 그래서 많은 사람들이 회색지대에 머문다. 조금 덜렁거려서 무슨 색깔인가를 옷에 떨어뜨려도 굳이 옷을 갈아입지 않아도 되는, 그런 색깔이 바로 회색이다. 포용력이 있는 색깔이 바로 회색이다.

하지만 가끔은 우리 소시민도 원색처럼 살 때도 있어야 한다. 왕가의 여자들만이 입을 수 있었던 조선시대 활옷(홍장삼)을 결혼식 때만은 예외적으로 일반 양반가에서도 입었던 것처럼, 우리 삶에는 '예외'란 특별한 시간이 주어질 때 힘든 걸 견디며 살아갈 수 있다.

내가 바르셀로나에서 보낸 시간은 그런 시간이었다. 늘 흰옷을 입고 살았던 내가 단 6개월, 화려한 원색의 옷을 입고 화려한 시간을 보낸 뒤 이제 다시 원래의 삶으로 돌아온 것이다. 그거면 충분하다. 사실 화려한 원색의 옷은 일상복으로 입기엔 불편하다. 난 불편한 일에 얽매여 살 때가 가장 싫다.

아웃사이더로 돌아가기 (Cienfuego, Cuba)

1

젊었을 땐 누구나 각자가 주인공이다. 세계는 자신을 중심으로 돌아간다고 믿는다. 아니, 믿어야 행복해진다. 하지만 나이가 들어갈수록 내가 주인공이 아닌 삶으로 돌아간다. 아니, 돌아가야만 이후의 삶이 편안해진다. 은퇴할 때가 다가오면 더욱 그렇다. 흔히 말하는 제2의 인생을 제대로 시작할 수 있는 전제조건이기도 하다. 당장은 아니지만 내게도 예비역이 되는 시간이 다가오고 있다.

나이를 먹는다는 건 많은 걸 포기하는 일이다. 계속 주인공이길 고집한다면 주변에서 나를 포기할지도 모른다. 그러니 행복해지려면 역설적으로 포기할 줄 알아야 한다. 타인에 대한 내 중력이 약해지고 타인이 내게서 조금씩 멀어진다는 사실을 받아들여야 한다.

바르셀로나는 그런 면에서 내게 중요했다. 바르셀로나에 있는 동안 교수들과 평균나이 19살의 친구들에게 난 〈Senor KIM〉이 아닌 그냥 〈KIM〉이었다. 그들의 또래가 된 것이다. 같은 또래가 돼서 17살도 20살도, 22살도 스스럼없이 내게 자신의 얘기를 했고 나도 그랬다.

학생이 되어 어린 친구들과 어울리면 내가 가졌던 사회적인 무게와 지위, 영향력은 자연스럽게 사라진다. 그 시공간에서는 결코 내가 주인공이 아니기 때문이다. 원 어브 뎀(One of them)이 된다. 처음엔 조금 낯설고 불편하지만 조금만 지나면 그 삶이 훨씬 편안하고 즐겁다는 걸 알게 된다. 다 내려놓으면 모두가 같아지고 그러면 같은 눈높이에서 함께 즐길 거리가 넘쳐난다. 누군가 내 자리에 일부러 찾아와 '이런 놀이가 있으니 함께하시지 않겠냐?'고 초대하지 않아도 자연스럽게 그 놀이의 일원이 되고 다른 동료처럼 일정량의 역할이 주어진다.

내가 다닌 학원에는 매주 신입생들이 몰려들었다. '몰려든다'는 표현을 하는 이유는 한 주에 약 30명에서 많게는 50명까지 새로운 학생들이 등록하기 때문이다. 나와 테니스를 치는 교장에게 확인한 바로는 코로나 펜데믹 이전에는 마드리드에도 EF 학원이 있었다는데 코로나 펜데믹으로 문을 닫았다. 지금은 바르셀로나와 말라가 두 곳만 운영 중인데 말라가보다는 바르셀로나가 선호 지역이기에 많은 학생들이 매주 등록한다.

학원에서는 매주 월요일 저녁이면 새로운 신입생들과 기존 학원생들이 서로 어울릴 수 있는 자리를 마련해 준다. 숙소에서 걸어서 15분 거리에 있는 펍(Pub) 전체를 빌려서 저녁 8시부터 새벽까지 즐길 수 있는 자리를 마련해 준다. 이름하여 〈웰컴 드링크(Welcome drink/Bebida de Bienvenida)〉 행사다. 물론 희망자에 한해서 참석한다. 그리고 대부분 희망한다. 젊음이 폭발하는 나이에 **뉴페이스**들이 몰려오는데 그걸 피할 젊음은 없다.

웰컴 드링크를 위한 이벤트는 아니지만 결과적으로 그 행사에 도움이 되는 일이 있다. 매주 금요일 오후면 새로 들어오는 신입생들의 정보가 학원 메인홀에 설치된 커다란 테이블에 일목요연하게 드러난다. 학원에서 다음 월요일에 신입생들이 학원에 들어서자마자 자신의 ID카드를 찾아가도록 테이블 위에 늘어놓기 때문이다. 그러니 학생들은 다음 신입생들의 출신 국가, 나이, 숙소, 사진을 낱낱이 볼 수 있다. 카드가 테이블에 놓이면 너나없이 몰려들어 어느 나라에서 누가 오는지, 나이와 외모는 어떤지 조사를 시작한다.

웰컴 드링크를 위해서 당연히 맘이 맞는 사람끼리 뭉친다. 마찬가지로 이성을 유혹하기 위해서 이성들이 좋아할 캐릭터를 가진 남자들의 조합이 자연스럽게 만들어진다. 물론 여자들도 마찬가지다. 최상의 조합을 만들기 위해 서로의 장점을 확인하는 건 당연한 일이다. 자신이 속한 조합에 있는 다른 멤버들이 멋진 사람일 때 성공 확률이 높다는 걸 누구나 알기 때문이다. 따라서 준수한 외모와 특별한 능력을 소유한 사람끼리의 조합에 끼기 위해 최선을 다한다.

낯선 땅에 막 발을 디딘 신입생들은 자신과 함께 긴 비행을 한 자신의 슈트케이스에서 가장 도발적이고 섹시한 옷을 찾아 입고 정성껏 치장한 후, 술과 조명과 게임과 음악이 준비된 화려한 무대에 나타난다. 또한 기존 학생들은 막 도착한 매혹적인 이성을 유혹하기 위해 눈을 반짝이며 전략을 짠다. 그것은 세계 젊은이들의 공통된 의식(儀式)이다. 그리고 젊은이라면 마땅히 그 의식을 위해 준비하고 또 즐겨야 한다.

시간이 지나면 어떤 이벤트엔 누구누구와 함께 할 것인지 자연스럽게 알게 되고 결국 또 그렇게 어울리게 된다. 우리 반에서는 독일에서 온 파비앙과 로버트, 네덜란드에서 온 스웨델, 프랑스에서 온 조르쥐 그리고 나까지 총 5명이 최종적으로 한 팀이 됐다. 난 웰컴 드링크 행사에 꼭 있어야 하는 그들의 **멤버**였다.

파비앙은 큰 키와(204㎝) 잘생긴 외모, 그리고 배려심으로 펍에서 여자들을 우리 주변으로 모이게 만든다. 또한 다른 남자팀에게 여자들의 시선을 뺏기지 않기 위한 게임(긴 테이블 양 끝에 물이 반쯤 든 컵을 늘어놓고 반대편에서 탁구공을 던져 넣는 게임)을 주도한다. 로버트는 178㎝의 키에 멋진 기타 솜씨와 노래 실력을 가지고 있고 그의 직업(헬스 트레이너)에 걸맞게 근육질의 몸을 가지고 있다. 프랑스에서 온 조르쥐는 183㎝의 키와 멋진 목소리의 소유자다. 조금 취해 자신의 모국어인 프랑스어로 말하는 모습은 내가 봐도 아주 매력적이다. 네덜란드 출신 스웨델은 187㎝의 키에 잘생긴 얼굴을 가졌고 뛰어난 유머 감각을 지니고 있다. 특히 물결치는 듯한 빛나는 노란 곱슬머리는 마치 브래드 피트를 보는 것 같은 착각이 들 때가 있다.

만약 내가 그들에게 나이 든 사람으로 인식되었다면 그들은 절대 날 그들의 멤버로 초대하지 않았을 터이다. 만약 내가 조금이라도 불편한 존재였다면 그들은 절대 날 그들의 놀이에 끼워주지 않았을 것이다. 만약 내가 그들의 눈높이에서 생각하지 않았다면 그들은 나와 전략을 상의하지 않았을 것이다. 만약 내가 그들에게 내가 먼저 맘을 열고 다가가지 않았다면 그들은 절대 내게 문을 열지 않았을 것이다. 그러니 난 기꺼이 그때까지 내가 머물던 영역을 벗어나 아웃사이더가 된 후 그들 영역에 머물 수 있었던 인사이더였던 셈이다.

2

아웃사이더로 돌아가기 위해 꼭 필요한 생활방식, 혹은 습관들이 있다. 정글에서 살아남기 위해 사냥술을 익히거나 나보다 강자가 나타나면 잘 숨어 있어야 하는 일들처럼 그것들은 훈련과 연습이 필요하다.

첫째, 잘 지는 법을 배워야 한다. 지금까진 남에게 지지 않기 위해 아등바등하며 살았다. 진다는 일은 곧 패배자처럼 생각됐다. 각종 스포츠에서도 이기려고 이를 악물었고 승진에서도 마찬가지였다. 하지만 이제 지는 법을 알아야 한다. 지는 일이 아름다워서가 아니라 이기기 위해 타인에게 상처를 주는 일을 피하기 위해서다. 남을 이기려고만 하면 남과 멀어지는 일이 생긴다.

둘째, 잘 지는 것에 더해 잘 포기하는 법도 깨달아야 한다. 안 되는 일을 무리하게 추진하면 여러 가지로 타인과 부딪히게 되고 자연히 적을 만든다. 나이가 들면 적이 없어야 한다. 바르셀로나에서 보낸 시간 이후 내게 일어난 변화는, 이전에는 상대가 답을 할 수 없는 것을 집요하게 물었다면, 지금은 상대가 답을 할 수 없는 질문은 삼간다. 이것도 분명 포기하는 것 중 하나다. 알고 싶고 따지고 싶은 것도 묻어둘 줄 알아야 한다.

시엔푸에고에서 인종차별이란 부당한 일을 겪었을 때도 마찬가지였다.

시엔푸에고(Cienfuego)에 도착한 건 쿠바에 도착 6일째 오후였다. 예약한 차에 올라 호텔 주소를 보여주니 기사는 추가요금부터 요구했다. 내가 예약한 호텔은 시내에서 벗어난 시 외곽 바닷가에 있다는 이유였다.

호텔은 기사의 말대로 시내에서 30분이나 더 달려야 도착하는 해변에 있었다. 해변도 바라데로와 달리 아주 작았다, 호텔의 위치도 주변엔 바다 말고는 아무것도 없는 곳이었다. 짐을 풀고 호텔과 연결된 산책로를 따라 해변에 가보니 10명 정도의 현지인들만 물놀이를 즐기고 있었다.

난 오히려 잘됐다 싶었다. 이곳에서 조용히 글을 쓸 수 있겠다 싶었다. 체크인 후 호텔직원들과 대화를 나눴는데 모두 기꺼이 대화 상대가 되어주었기에 다른 곳에 갈 필요를 느끼지 않았다.

대부분의 쿠바 호텔은 국영기업이다. 쿠바가 부족한 외화를 벌어들이기 위해 관광산업에 투자한다는 말을 들었던 터라 이해가 됐다. 내가 호텔에 머문 3일 동안 손님은 나와 캐나다에서 온 여자 둘뿐이었지만 근무하는 직원은 어림잡아도 10명에 가까웠다. 리셉션리스트 1명, 음료 판매 담당 1명, 식당 주방에 2명, 수영장 관리자 1명, 기념품 판매원 1명, 객실 담당 2명, 식당 서빙 1명, 그리고 그 모든 사람을 관리하는 총책임자 1명이 근무했다. 리셉션리스트와 식당 서빙, 수영장 관리자, 음료 판매 담당자는 24시간 근무로 4교대로 일한다고 하니 직원 수는 총 22명인 셈이다. 리셉션리스트와 식당 서빙을 하는 직원들은 모두 20대 초반의 여자들이었고 수영장 관리자는 모두 젊은 남자들이었으며 음료수 판매원과 식당 서빙을 하는 직원들은 남녀가 섞여 있었다.

난 낮에는 글을 쓰거나 누워 낮잠을 즐기다 저녁이 되면 밤근무를 하는 직원들과 함께 수영장에서 시간을 보냈다. 그들은 매일 밤 그곳에 모여 시간을 보내고 있었다. 모두가 밤엔 할 일이 없었다.

난 와인을 주문해서 그들과 함께 마시며 밤이 깊을 때까지 얘기를 나눴다. 첫날과 두 번째 날엔 아무 일 없이 지나갔다. 그리고 마지막 밤이었다. 난 지난 2일과 마찬가지로 저녁을 먹은 후 수영장으로 나갔고 역시 술을 주문해 함께 마셨다. 그런데 음료판매 담당자인 40대 초반으로 보이는 남자 직원이 날 "치노(Chino)"라고 놀렸다. 말뿐만 아니라 두 손으로 눈꼬리를 치켜올리며 놀렸다. 물론 그는 내가 한국인이란 걸 알고 있었다. 같이 있던 다른 직원들도 그를 말리지 않았다. 난 충격을 받았다. 난 그들에게 따지고 싶었다. 하지만 그곳에서 난 아웃사이더였다. 내가 그들에게 따진다고 그들의 편견이 사라질 리 없다는 걸 잘 알았다. 난 자리에서 일어나 방으로 돌아왔다. 예전의 나였다면 참지 않았을 것이다.

셋째는 정상에서 누렸던 것들에 대한 미련을 버려야 한다. 여기서 고 노무현 대통령의 연설 한 토막을 인용한다. 2004년 5월 27일 연세대학교에서 〈변화의 시대, 새로운 리더십〉이란 주제로 한 특강의 일부분이다.

【어떻든 권력을 추구한 사람으로서는 이제 하산길로 들어서고 있습니다. 하산을 무사히, 발 삐지 않고 잘했으면 좋겠습니다. 등산은 올라갈 때보다 내려올 때가 더 위험하다고 합니다. 무사하게 하산할 수 있었으면 좋겠고, **그러기 위해서는 정상의 경치에 대해서 미련을 갖지 않는 것이 중요합니다.** 정상의 경치가 저에게는 좋기도 하지만 골치 아픈 일도 많습니다. 미련을 갖지 않겠습니다. 이것은 말로 되는 것이 아니고 끊임없이 자기와의 승부 속에서 가능한 일입니다. 제 자신이 여유 있는 마음으로 하산할 수 있도록 자신을 다스려내는 것, 그것이 제가 해야될 남은 일입니다.】

대통령의 임기를 2003년 2월에 시작했으니 5년 임기에서 막 1년을 넘긴 시기였다. 3년 8개월의 임기가 남아 있던 때다. 하지만 그는 이때 '하산'을 말하고 있다. 올라갈 때 내려올 일을 생각하고 살았단 얘기다.

이 연설을 인용하는 이유는 그가 말한 내용이 맥락상 내가 말하고자 하는 바와 일맥상통하기 때문이다. 정상의 경치에 미련을 두지 않는 일, 올라갈 때 하산을 염두에 두는 것 등이 그것이다.

3

과거에 얽매여서는 새로운 시작을 할 수 없다. 과감히 버리고 다시 시작해야 한다. 물론 은퇴 후에도 혹은 은퇴할 나이가 지나서도 같은 영토에서 마르지 않는 우물을 길어 올리듯 모든 걸 변함없이 누리며 사는 사람들도 있다. 일테면 정치인들, 재벌들, 일부 관료들, '사'자 돌림의 법관들 말이다. 하지만 난 그들이 부럽지 않다. 난 다른 우물물을 마셔보고 싶다. 이제까지와는 다른 일을 하고 싶다. 그게 더 행복하다고 믿는다.

가족 (Trinidad, Cuba)

1

스페인어 수업 시간 동안 자주 가족에 관한 얘기를 해야만 했다. 형제가 몇인지, 부모의 나이와 직업은 무엇이지, 또 형제가 있다면 자신이 몇 번째 형제인지, 조부모 생존 및 동거 여부 등, 다양한 형태의 질문들을 받고 대답해야만 한다. 언어를 배우는 과정은 나와 타인의 생활환경을 묻고 답하는 기초적인 정보 교환에서부터 시작된다. 교재에도 많은 단원이 가족에 관한 내용으로 채워져 있다. 따라서 교수들도 그런 내용으로 수업을 진행하고 학생들끼리의 대화도 그런 방향으로 유도한다. 〈자기 얘기〉를 시키는 것이다. 안 할 수도 있지 않냐고 물을 수 있다. 가능할까? 불가능하다. 소설 쓰듯 이야기를 가공하면 내겐 말할 기회가 사라진다. 즉각적으로 말하지 않으면 한마디도 제대로 말하지 못한다. 셋 혹은 그 이상이 그룹을 만들어 진행되는 대화형 수업은 즉시 대답하고 또 즉시 묻지 않으면 기회가 없다. 내 머릿속에 들어있는 얘기를 실시간으로 말해야만 한다. 그러니 발가벗어야 한다. 이야기를 가공한다면 모국어가 아닌 낯선 언어로 표현할 수 없다. 사실이다. 따라서 수많은 내 얘기를 어린 친구들에게 말했다. 어떤 주제는 열 번도 넘게 말했다. 경찰서에서 취조받듯 지금의 얘기가 이전의 얘기와 다르면 알리바이에 문제가 생기고 신뢰를 잃는다. 그건 나만 그런 것이 아니라 모두가 같은 처지다.

내 학우들은 모두 젊으니 가족에 대해 말하면서 아픔이 없어 보였다. 부모들도 다 좋은 직업을 가졌다. 한번은 수업 시간에 교수가 부모의 직업을 물은 적이 있었다. 결과는 예상대로였다. 거의 다라고 말해도 될 정도로 그들의 부모들은 우리가 흔히 말하는 〈사(士)〉자로 끝나는 직업을 가지고 있었고 경제적으로도 최상위계층에 속했다(내가 속한 반은 최소 6개월 과정이며 총비용은 꽤 비싸다. 평균 18살에서 20살 사이의 젊은이가 스스로 감당할 수 있는 금액이 아니다). 하지만 난 다르다.

"Kim, ¿Cuantos tienes hermanos 형제가 몇이냐?" 난 답한다.

"Originalmente Tenia 6 hermanos, pero actualmente tengo 4 hermanas ahora 처음엔 7명이었는데 지금은 여형제 4명이야."

"¿Que pasa 무슨 일이 있었는데?"

2

시엔프에고(Cienfuego)에서 3일을 보낸 후 아침 9시에 트리니다드를 향해(Trinidad) 출발했다. 바라데로에서 날 시엔푸에고까지 태워온 기사가 트리니다드에서 달려왔다. 그는 트리니다드에 살고 있었고 바라데로에서 시엔푸에고로 오는 동안 내 다음 일정이 트리니다드라는 걸 듣고 차가 필요하면 자신에게 연락해달라며 전화번호를 줬었다.

3일 만에 만나는 나이 70살의 기사는 45년 된, 독일에서 만들어진 그의 차처럼 여전히 활기가 넘쳤다.

"¿Como fue Cienfuego? ¿Visitabas algunos lugares en Cinfuego centro?

"No, solo qeadaba en el hotel."

"¿Por que?"

"Queria descansar y escribir mis ensayos. Mientras podia hablar con los empleados en el hotel."

"Eentiendo. ¡Que bien!"

우리의 대화였다. 요약하면, 기사는 내게 시엔푸에고 시내 구경을 했느냐고 물었다. 왜냐하면 내가 머문 호텔은 시내에서 30분 이상 떨어진 변두리에 위치하기 때문이다. 내 대답은 난 시엔푸에고 시내에 가지 않고 3일 동안 호텔에만 머물렀고 그 이유는 호텔에서도 직원들과 대화할 수 있었고 호텔에서 휴식을 취하고 그사이 글을 썼단 얘기였다.

트리니다드 호텔에 도착한 시간은 막 점심시간이 지났을 때였다. 내가 예약한 호텔은 높은 언덕에 위치해서 시내가 한눈에 내려다보였다. 짐을 풀고 점심을 먹은 후 시내로 나갔다. 트리니다드는 시내 전체가 세계문화유산으로 등록된 곳이다. 시내 골목을 걸으면 노란색, 초록색, 빨간색 집들이 거리 양쪽으로 늘어서 있는 모습을 볼 수 있다. 도시가 총천연색인 셈이다.

트리니다드에서 가장 유명한 마요르광장(Plaza de Mayor)까지는 호텔에서 시내로 난 소로를 걸어 10분이면 도착할 수 있었다. 먼저 도착한 곳은 마요르광장 바로 앞에 있는 「건축박물관」이었다. 지금은 건축박물관이지만 그곳은 19세기 스페인식민지 시절 부유한 사탕수수 농장주인 **이즈나가**가 아내를 위해 지은 집이었다.

　내가 도착한 시간이 오후 5시쯤이었는데 박물관은 이미 문을 닫은 상태였다. 오후 4시까지만 입장할 수 있었다. 집 앞엔 3명의 중년 여성과 한 명의 젊은 남자가 뜨개질 비슷한 걸 하고 있었다. 여자들은 그렇다 치고 젊은 남자가 뜨개질하는 모습이 신기해서 그에게 말을 붙였다.

뜨개질로 기념품을 만드는 사람들

　내가 젊은 남자와 말을 시작하자 나머지 3명의 여자들이 우리 대화에 끼어들어 거의 30분 이상을 그들과 주저앉아 이야기했다. 내겐 고마운 일이었다. 그들의 친절 때문이었을까? 난 내가 시엔푸에고에서 당한 일을 꺼냈다.

"¿Por que algunos cubanos decien que 'Chino, Chino' a Koreano como Yo aunque digo soy Koreano siempre 왜 일부의 쿠바 사람들은 내가 한국인라고 말했는데도 내게 '치노 치노'하면서 놀리는 거죠?"

"Lo siento por tus incomodidades cuando escuchabas como si. Si, Ya algunos cubanos estan tenido el prejuicio como si a oriental 당신의 감정이 상했을텐데 대신 사과합니다. 맞아요. 아직도 일부 쿠바 사람들은 동양인에 대해 그런 편견을 가지고 있죠."

그들과 즐거운 대화를 나누고 「혁명 역사박물관」을 찾았지만 역시 문을 닫은 상태였다. 난 다시 마요르광장으로 돌아왔다. 시간은 저녁 6시였다. 광장 벤치에 앉아 노을이 지는 모습을 감상했다. 석양이 아름다웠다.

주위가 조금씩 어두워지고 있었지만 배가 고프진 않았다. 점심을 늦게 먹었기 때문이다.

저녁 일정은 「카사 데 라 뮤지카(Casa de la Musica)」에서 재즈공연과 살사댄스를 보는 거였다. 하지만 공연은 저녁 10시에 시작했고 시간은 많이 남아 있었다. 그래서 마요르광장 주변에 있는 카페 겸 식당을 찾았다. 가게 이름은 「Taberna La Botija」였다.

가게에 들어서니 손님은 나 혼자였다. 난 창문가 자리에 앉았다. 터번 비슷한 빨간 모자를 쓰고 흰 배꼽티를 입은 여자 종업원들이 서빙을 하고 있었다.

난 모히또를 주문했다. 모히또를 두 모금쯤 마셨을 때 창가로 나이가 든 노인이 다가왔다. 노인은 시가를 손에 들고 있었다.

"Compra el Cigarro, Por favor 시가 사세요."

난 2020년 6월 1일부터 담배를 끊었다. 그땐 인도네시아에 근무하고 있을 때였고 코로나 펜대믹이 절정으로 치닫고 있을 때였다. 사망자가 속출했고 인도네시아 정부가 사망자들을 공설운동장에 모아

화장한다는 소문이 파다했다. 실제로 스페인, 이탈리아 등 유럽에 있는 나라들도 시체를 처리할 방법이 없어 트럭에 실어 한꺼번에 매장한다는 뉴스가 인터넷을 떠돌던 때였다. 만약 흡연자인 내가 감염된다면 더 치명적일 거란 생각에 담배를 끊었고 그 이후로 금연을 유지하고 있었다.

난 그에게서 두 개의 시가를 샀다. 대화 중 그의 아픈 사연을 들은 뒤였다.

"Tengo ochenta y dos anos. Mi padre fue Espanol. El vino a Cuba de Espana en 1939 y El regreso a Espana en 1975. En ese momento, yo tuve 24 anos. Solo qeadabamos con mi madre despues de mi padre regresar a Espana 난 82살이야. 내 아버지는 스페인 사람이었어. 그는 1939년에 쿠바에 와서 1975년에 다시 스페인으로 돌아갔어. 그때 내 나이는 24살이었지. 아버지가 돌아가고 난 후 난 어머니와 살고 있어."

그의 말에 따르면 그의 아버지는 스페인 내전이 프랑코가 이끄는 우파 반란군의 승리로 끝난 뒤 보복을 피해 스페인을 떠난 50만 명의 망명자 중 한 사람이었다. 프랑코가 사망한 해가 1975년 11월이니까 그의 아버지는 프랑코가 죽자마자 스페인으로 돌아간 셈이었다.

한 치의 망설임도 없었다는 뜻이다. 쿠바에 와서 가정을 꾸리고 아이를 낳고 긴 세월을 함께 살았음에도 쿠바의 가정을 버리고 스페인으로 돌아간 셈이다. 프랑코는 11월 20일에 사망했다. 그리고 그의 아버지가 그 해가 가기 전에 스페인으로 돌아갔다면 그의 아버지는 이미 다 준비하고 있었단 추론이 가능하다. 잔인하단 생각이 들었다. 가족이란 관계는 그에게 결코 행복한 울타리가 아니라 고통을 주는, 타인보다도 못한 짐이었을 터였다. 당시 그가 느꼈을 상처와 상실감, 분노가 내 안에도 있었다. 난 내 어린 날들이 떠올랐다. 오래전에 아버지는 돌아가셨고 그때 난 아버지를 용서했지만 여전히 이해할 수는 없다. 내게 아버지는 아직도 **정의하지 못한 존재다.**

그래서 그에게서 두 개의 시가를 샀다.

"¿Quieres beber algo conmigo 나와 함께 한 잔 하지 않겠어요?"

"Vale. Que bueno 좋아요."

난 그를 내 자리에 초대했다. 난 그를 위해 모히또를 주문했다. 난 그와 이런저런 얘기를 나눴다.

"¿Pienso que, eatabas triste cuando tu padre habia vuelta a Espana, no 아버지가 돌아갔을 때 슬펐을 것 같네요?"

"Si. Mi madre tambien 맞아요. 내 어머니도 마찬가지였죠."

"¿Culpas tu parde 아버지가 미운가요?"

"Estaba culpado pero… ahora no. Estoy entiendo 미웠었죠, 하지만… 지금은 아니에요. 이해해요."

여기 몇 가지 사실들을 나열한다.

▷ 스페인 내전(스페인어: Guerra Civil Espanola, 문화어: 에스파냐 공민 전쟁)은 마누엘 아사냐가 이끄는 좌파 인민전선 정부와 프란시스코 프랑코를 중심으로 한 우파 반란군 사이에 있었던 스페인의 내전이다.

▷ 1936년 7월 17일, 모로코에서 프란시스코 프랑코 장군이 쿠데타를 일으켜 내전이 시작되었고, 1939년 4월 1일에 공화파 정부가 마드리드에서 항복하여 반란군 측의 승리로 끝났다. 이후엔 내전으로 인해 스페인 전 지역이 황폐화되었다.

▷ 소비에트 연방과 각국에서 모여든 의용군인 국제 여단(50여 국 35,000명 참전)이 반파시즘 진영인 인민전선을 지원하고, 파시스트 진영인 독일과 이탈리아, 그리고 안토니우 살라자르가 집권하고 있던 포르투갈이 반란군을 지원하여 제2차세계 대전의 전초전 양상을 띠었다. 아울러 스페인의 로마 가톨릭교회와 왕당파가 반란군인 우파를 지원하였다.

▷ 영국과 프랑스는 공화국 정부에 군수물자를 지원하였으나, 국제 연맹의 불간섭 조약을 이유로 공화국 정부에 대한 지원에 미온적이었다. 또한, 미국은 공식적으로 중립을 표방하였지만, 공화파와 지원국 소련 측에는 전투기와 같은 비행기를, 국민파 측에는 가솔린을 팔았다.

▷ 내전 중 사상자 : 총 103만 명(전투 중 사망 : 30만 명, 테러와 보복 : 10만 명, 기아 : 63만 명)

※ 1930년대 스페인 인구 : 약 2,300만 명

Trinidad, Cuba

※ 한국전쟁 3년 1개월 : 250만 명 사망

▷ 『1984』의 작가 조지오웰의 증언 : 내전 기간 및 내전 후 약 50만 명이 망명

▷ 프랑코 36년 독재 기간 납치 고문으로 인한 희생 : 파악 불가

"쿠데타가 일어났을 때 스페인 공화국의 정부는 마비 상태였다. 마드리드와 바르셀로나에서 노동자들은 스스로 무장하여 시민군으로서 반란군에 맞서 싸웠다. 그러나 공화국 정부는 군사 반란만큼이나 무장한 노동자 군대를 두렵게 느꼈기 때문에 반란군의 손에 희생당하는 그들을 방관하였다. 항구에는 정부의 군함이 있었지만 무용지물이었다. 그 결과 반란군은 스페인 전역을 점령하였고 결과적으로 정부 역시 무너지고 말았다."

- 노엄 촘스키 -

"정의가 패배할 수 있음을, 폭력이 정신을 꺾을 수 있음을, 용기가 보답받지 못할 수 있음을 배웠다."

- 앙드레 말로 -

3

내 생각에는 아이들이 없는 부부를 '가족'이라고 칭하지 않는다. 그러니 가족은 대를 잇는, 자기복제 과정을 전제로 성립되는 관계이며 집단이다. 가족이란 집단에 대해 정의한다면 난 3가지를 생

각한다.

첫째는 편한 관계다. 굳이 화장한 얼굴로 대하지 않아도 되는 사람들이 가족이다.

둘째는 많은 것을 공유하는 관계이다. 공간을 공유하고 음식을 공유하고 또 재산을 공유한다.

셋째는 서로에 대해 많은 걸 아는 관계이다. 가족은 그 누구보다 서로에 대해 많이 안다. 그건 당연히 오랜 시간과 공간을 공유하며 편하게 서로를 드러내 보였기 때문이다.

그렇다면 앞서 말한 세 가지 정의가 좋은 관계를 만드는 요인으로 작용할까? 난 그렇지 않다고 생각한다. 좋은 관계가 달성되려면 앞서 언급한 세 가지 요소가 적당한 선에서 유지되어야 한다. 심지어 남녀관계도 서로가 지나치게 편해지고 사적인 영역이 없이 너무 많은 걸 공유하려고 하거나 상대를 속속들이 아는 순간 나빠지기 시작한다. 좋은 관계는 역설적으로 일정한 거리를 유지하고 어느 정도는 사적공간이 확보될 때 만들어진다.

태양계의 모든 행성이 일정한 거리를 유지하며 자전과 공전을 할 때 안정적으로 유지되듯이 인간의 삶도 비슷하다. 관계가 미치는 자기장을 벗어나지 않는 범위에서 거리를 유지함으로써 안정감과 신선함을 느낄 수 있다. 또한 각자의 공간이 담보될 때 서로가 각자의 가치를 추구할 수 있다. 적어도 그 공간에서만큼은 홀로 고민하고 사유하고 치유될 수 있다.

인간은 집단생활을 바라지만 동시에 개인적인 시간이 동시에 필요한 존재다. 인간은 집단생활을 통해 문명을 발전시켰다. 정치와 기술의 진보가 그 영역에 속한다. 그리고 사적공간과 사유를 통해 예술이 탄생했고 '발전'이 아닌 그 형태를 바꿔가며 진화했다.

가족이란 집단도 마찬가지다. 편하고 많이 알고 모든 걸 공유하기 때문에 자주 상처받는다. 신비감이 없는, 더 이상 신비할 필요가 없는 관계가 가족이며 그래서 문제가 발생하고 가장 안전하고 안락해야 할 가정에서 불화가 발생하고 불행의 씨앗이 자란다.

가족은 우리가 배우고 때론 국가와 사회로부터 강요당한 것처럼 절대선(絕對善)은 결코 아니다. 가족도 세상의 모든 일들, 그리고 관계처럼 노력해야만 서로에게 기쁨을 줄 수 있다는 것이 내 생각이다. 그렇다면 우리가 추구해야 할 가족의 가치는 무엇일까? 모든 순간이 행복한 관계가 아니라 힘들 때 기댈 수 있는, 결국 날 위로하고 다시 일어설 수 있게 힘을 주는 것이 가족이 아닌가 싶다.

카페를 나와 저녁을 먹고도 카사 데 라 뮤지카에서 공연히 시작되려면 한참을 기다려야 해서 근처 술집에 들어가 종업원에게 시가에 불을 붙여달라고 부탁해 금연한 지 2년여 만에 다시 담배를 피웠다.

물론 그 이후 다시 금연 중이며 남은 한 개비의 시가는 쿠바에서 가져온 기념품들과 함께 장식품으로 내 책장에 진열되어 있다.

선택과 확신 (Santa Clara, Cuba)

1

2주간의 쿠바 여행에서 마지막으로 찾은 곳이 산타클라라다. 아바나에 3일을 머물고 바라데로, 시엔 푸에고, 트리니다드를 거쳐 산타클라라에 도착한 날은 쿠바 여행 10일 차였다. 2주간의 쿠바 여행에서 가장 중요한 일정은 체 게바라가 영면(永眠)하고 있는 산타클라라에서 그의 흔적들을 직접 보고 그걸 통해 그를 만나는 일이었다. 그런데도 난 가장 소중하고 중요한 건 마지막까지 아껴두고 싶은 마음에 산타클라라를 마지막 방문지로 결정했다.

쿠바혁명과 체 게바라 그리고 산타클라라, 이들 세 단어는 삼위일체라고 해도 과언이 아니다. 체 게바라가 정부군의 기차를 급습해 전쟁물자를 탈취하고 정부군의 항복을 받아냄으로써 전쟁의 물꼬를 바꾼 곳이 바로 산타클라라고 현재 체 게바라가 영면하고 있는 곳도 바로 산타클라라다. 당연히 체 게바라 기념관도 산타클라라에 있다.

트리니다드에서 전날 예약해 둔 차를 타고 아침 8시 반에 산타클라라로 향했다. 내가 탄 차는 정지할 때마다 시동이 꺼졌다. 그래서 출발할 때마다 다시 시동을 걸어야만 했다. 난 혹여라도 차가 시동이 걸리지 않으면 어쩌나 걱정했지만 그런 일은 다행히 일어나지 않았다. 내가 몸을 실은 차는 좁고 구부러진 산길을 따라 달렸다. 오후 3시에 출발하는 시외버스가 다니는 넓은 길이 있었지만 그 길은 내가 이미 지나왔던 **시엔 푸에고**를 들러서 가는 노선이라고 했다. 산을 넘어가는 좁은 길이지만 내가 달리는 길이 지름길인 셈이다.

난 차창 밖으로 스쳐 가는 낮은 구릉지대를 보며 체 게바라의 어록들을 하나씩 떠올렸다.

"뜨거운 가슴과 냉철한 이성으로 언제나 세상 모든 불의에 맞서 그대가 분노할 수 있다면 우리는 하나다."

"분노하지 않는 개인은 언제나 고립을 벗어날 수 없다. 분노하지 않는 우리는 언제나 억압을 떨쳐버릴 수가 없다. 분노하지 않는 민족은 야수 같은 적에게 승리할 수 없다. 분노하지 않는 정의는 결코 민중을 향한 사랑일 수 없다."

"세상 모든 불의 앞에서 우리는 이론을 만들지 말아야 한다. 우리가 해야 할 일은 오직 행동이다."

난 체의 이 말에 진심으로 동의한다. 그 역시 언젠가 내가 대면했던 부조리한 상황과 비슷한 일을 겪은 뒤에 이 말을 했을 터였다.

오래전 회사의 어용노조와 맞서 싸울 때 함께 싸우겠다는 사람들이 있었다. 그런데 그들 중 일부는 싸우기 위한 논리 개발에 몰두했었다. 정작 싸움터에서 동료가 죽어가는데도 그들은 아직 그들의 이론이 완성되지 않았다며 싸움터엔 나타나지도 않았었다.

"우리 모두 현실을 직시하자. 그러나 가슴 속엔 항상 불가능에 대한 꿈을 가지자."

유명한 체 게바라의 말. 세상을 향한 그의 다짐이자 가르침. 내가 그를 그리워하고 쿠바에서 그를 만나고 싶게 만든, 내 가슴에 깊게 새겨진 그의 선언. 아니, 이 말은 내겐 단순한 선언이 아니었다. 어떤 상황에서도 따라야 하는 계명(誡命)이었고 또한 포기하고 싶을 때마다 날 다시 일으켜 세워준, 날 추동한 에너지였다.

젊은 날 노동조합에 열심이었던 것도, 하지만 IMF라는 광풍에 노조를 통한 **나의 혁명**이 실패한 뒤 간부가 되어 한 직장에서 내게 주어진 일에 최선을 다한 것도, 그럼에도 틈틈이 세상에 하고 싶은 얘기를 글을 통해 쏟아낸 것도 모두 그의 가르침을 잊지 않았던 덕이었다. 그리고 마지막으론 내가 바르셀로나로 향하게 해준 고마운 '테제'였다.

"혁명은 다 익어 저절로 떨어지는 사과가 아니다. 떨어뜨려야 하는 것이다."

이 말은 혁명가로서 그가 혁명에 임한 자세였다.

혁명(革命).

혁명이란 단어를 듣거나 말할 때면 가슴이 뛴다. 사랑이란 단어를 말할 때 느끼는 감정과 비슷하다. 혁명과 사랑은 실패를 각오해야만 하는 일들이다. 때론 목숨을 걸어야만 하는 일이기도 하다. 당연히 가슴이 뛸 수밖에 없다.

체 게바라 역시 사랑과 혁명을 〈꽃〉과 〈열매〉의 관계로 인식했다. 혹은 사랑을 〈혁명의 동기〉로 혁명은 〈사랑의 실천〉이라고 이해해도 될 것이다. 체 게바라가 UN총회 참석차 뉴욕에 있을 때 "혁명가에게 가장 중요한 것은 무엇인가?"란 질문을 받고 그가 한 답이다.

"바보 같다고 생각될지 모르나, 진짜 혁명가는 위대한 사랑에 의해 인도된다. 인간에의 사랑, 정의에의 사랑, 진실에의 사랑, 사랑이 없는 진짜 혁명가를 상상하기는 불가능하다."

만약 내가 "사랑해."라는 말을 누군가에게 "Te quiero(직역하면 '너를 원해'다)" 혹은 "I love you."처럼 스페인어나 혹은 영어로 말하면 진정으로 사랑한다는 느낌을 가질 수 없다. 그건 당연히 두 언어가 나의 모국어가 아니라서 그 심성을 가질 수 없기 때문이다. 하지만 혁명이란 단어들은 다른 언어지만 뉘앙스가 비슷하다. 〈Revolucion/Revolution〉은 〈혁명〉이란 내 모국어의 느낌, 감성이 그대로 느껴진다.

2

2시간을 달려 산타클라라에 도착했다. 예약해 둔 호텔에 체크인하고 호텔 식당에 내려가 점심을 먹었다. 그리고 체 게바라가 1958년 정부군 열차를 습격했던 곳을 보기 위해 호텔을 나섰다. 호텔을 나서자 바로 레온시오 비달공원(Parque Leoncio Vidal)이었다. 1896년 쿠바 독립전쟁 중 전사한 레온시오 비달 장군에게 헌정된 공원이다. 공원엔 전쟁 중 부상당한 병사들을 위해 부츠를 벗어 물을 퍼 날랐던 소년을 기리기 위한 동상이 있다. 소년이 들고 있는 구멍 난 부츠에서 쉼 없이 물이 떨어져 내리고 있었다.

그곳에서 두 명의 쿠바 젊은이들을 만났다. 무척 수줍음을 타는 갓 20살이 된 청년들이었다.

난 그들의 연락처를 받고 다시 만날 것을 약속한 뒤 장갑차기념비(Monumento a la Toma del Tren Blindado)를 향해 걸었다. 가는 길에 헌책방이 있어 들어가니 나이 지긋한 남자가 졸고 있었다. 내가 체 게바라 관련 책이 있느냐고 물었더니 책 세 권을 찾아왔다. 그 책 중에 아바나 산호세시장에서 흥정하다 비싼 가격 때문에 구입을 포기한 책도 있었다. 체 게바라가 쿠바혁명을 성공한 뒤 산업부장관을 지내다 쿠바를 떠나 콩고를 거쳐 볼리비아로 간 뒤, 그곳에서 쓴 일기를 출판한 책이었다. 국내엔 번역서가 없다. 난『체 게바라 평전』을 읽었지만 그가 볼리비아에서 보낸 시간에 대한 정보는 없었다.
그래서 산호세시장에서도 그 책을 발견하고 흥정했었다. 산호세시장
에서 내게 제시한 가격은 100유로였었다. 난 그 책을 산타클라라 헌
책방에서 2유로에 샀다.

　장갑차 기념관은 1958년 체 게바라가 이끄는 24명의 혁명군이
무기를 실은 정부군 열차를 공격한 사건을 기념하기 위해 사건이 있
었던 바로 그 장소에 세워졌다. 체 게바라는 불도저를 이용해 철로를
제거하고 그 자리에 콘크리트 블록을 쌓아 달려오는 열차를 전복시
켰다. 기차가 전복된 후 열차에 타고 있던 300명이 넘는 정부군과 싸
워 항복을 받아내고 기차에 실려 있던 전쟁물자를 탈취했다. 그 전투
를 기념하기 위해 기념관엔 3가지 기념물이 전시되어 있다. 콘크리트
블록을 옮기기 위해 사용됐던 노란 불도저와 철길 위에 쌓았던 하얀
콘크리트 블록들을 세워 만든 콘크리트 탑, 그리고 당시 탈취한 열차
에 실려 있던 빨간 컨테이너가 그것들이다. 세 가지 기념물은 그리 크
지 않은 공간에 삼각형의 세 꼭짓점 자리에 위치해 있다.

　뜨거운 태양이 작열하는 오후, 눈에 보이는 역사적인 현장은 어떤 긴장감도 없었다. 당시의 긴박했던 사건을 구성하는 핵심적인 오브제들인 커다란 콘크리트 위에 올라간 노란 불도저, 아무런 의미 없이 교차돼 있는 길이가 각기 다른 하얀 콘크리트 블록들, 그리고 페인트칠이 벗겨진 빨간 컨테이너는 하나의 이야기로 연결되지 못한 채 개별적으로 또 산만하게 흩어져 있었다. 그곳에서 난 아무런 감흥도 얻을 수 없었다. 더구나 철길 옆에 세워진 체 게바라의 철제 조형물은 생경하고 우스꽝스럽기까지 했다. 난 그 조형물에 적인 문구를 읽었다.

〈Hasta La Victoria Simpre 승리할 때까지 영원히〉

이 말은 그가 혁명을 성공시키고 쿠바를 떠나 다시 파르티잔이 되기 위해 콩고행을 **선택한** 뒤 남긴 말로 그를 기리는 시그니처이

다. 난 그가 잠든 기념관을 향해 걸으면서 〈선택과 확신〉에 대해 생각했다.

우린 살면서 많은 선택을 해야만 한다. 점심 메뉴를 선택하는 것처럼 행복한 고민으로 끝나기도 하지만 어떤 선택은 그렇게 간단하지 않다. 하나의 선택으로 남은 인생에 엄청난 파급을 수반하기도 한다. 일테면 결혼, 직장, 큰돈이 필요한 투자 같은 것들이다. 그러니 당연히 선택은 힘들다. 잘못된 선택을 할 수도 있다는 걱정과 그로 인한 뒷감당이 두렵기 때문이다. 난 늘 〈선택〉이란 문제와 대면할 때면 어린 시절 교과서에 실렸던 시가 떠오른다. 로버트 프로스트(Robert Frost)의 《The Road Not Taken - 가지 않은 길》이란 시다.

《The Road Not Taken》

Two roads diverged in a yellow wood.
And sorry I could not travel both
And be one traveler, long I stood
And looked down one as far as I could
To where it bent in the undergrowth;

Then took the other, as just as fair,
And having perhaps the better claim,
Because it was grassy and wanted wear;
Though as for that the passing there

Had worn them really about the same,

And both that morning equally lay
In leaves no step had trodden black.
Oh, I kept the first for another day!
Yet knowing how way leads on to way,
I doubted if I should ever come back.

I shall be telling this with a sigh
Somewhere ages and ages hence;
Two roads diverged in a wood, and I-
I took the one less traveled by,
And that has made all the difference.

노란 숲속에 길이 두 갈래로 났었습니다.
나는 두 길을 다 가지 못하는 것을 안타깝게 생각하면서,
오랫동안 서서 한 길이 굽어 꺾여 내려간 데까지,
바라다볼 수 있는 데까지 멀리 바라다보았습니다.

그리고 똑같이 아름다운 다른 길을 택했습니다.
그 길에는 풀이 더 있고 사람이 걸은 자취가 적어,
아마 더 걸어야 할 길이라고 나는 생각했었던 게지요.
그 길을 걸으므로, 그 길도 거의 같아질 것이지만
그날 아침 두 길에는

낙엽을 밟은 자취는 없었습니다.

아, 나는 다음 날을 위하여 한 길은 남겨 두었습니다.

길은 길에 연하여 끝없으므로

내가 다시 돌아올 것을 의심하면서.

훗날에 훗날에 나는 어디선가

한숨을 쉬며 이야기할 것입니다.

숲속에 두 갈래 길이 있었다고.

나는 사람이 적게 간 길을 택하였다고.

그리고 그것 때문에 모든 것이 달라졌다고

— 번역 피천득

이 시는 내게 선택의 공포를 불러일으킨다. 왜일까? 이 시를 처음 읽었던 때 내겐 어떤 선택지도 없었다. 그래서 생겨난 공포일지도 모른다. 정말 그랬었다. 고등학교 진학마저 불투명했다. 그 나머지는 더 말해 뭐하겠는가. 그래서 마지막 행에 적힌 '그리고 그것 때문에 모든 것이 달라졌다고'란 시적 화자의 말은 〈**그의 선택이 불행한 결과를 불러일으켰다**〉는 암시처럼 다가왔다. 또한 '모든 것이 달라졌다'는 말이 내겐 〈**모든 것이 잘못됐다**〉로 읽혔다. 그리고 그때 〈**다른 길을 선택했다면 행복했을 것이다**〉고 말하는 듯하다. 그래서 선택은 늘 내게 두려웠다.

그럼에도 난 많은 선택을 했고 앞으로도 해야만 한다. 지긴 싫었다. 어쨌든 이겨내야만 했다. 그래서, 선택이 두려울 때 필요한 것이 **확신**이다. 물론 미래를 알 수는 없다. 확신을 가지고 결정한 선택이 잘못되는 경우도 흔하다. 그럼에도 난 내 선택이 항상 옳으리란 믿음이 있다.

내가 내 선택에 확신을 가질 수 있는 이유는 나만의 전제가 있기 때문이다. 그건 다름 아닌 아무리 어려운 선택도, 아무리 무거운 선택도 되돌릴 수 있다는 믿음이다. 처음 선택의 시간으로 돌아갈 수 없겠지만 어딘가에서 다시 한번 선택의 기회가 온다는 걸 믿는다.

선악의 개념이 배제된 선택이라면 어디쯤 가면 선택하지 않았던 길로 건너갈 수 있는 다리가 있다는 걸 알기 때문이다. 그것도 하나가 아닌 일정한 간격을 두고 여러 개의 다리가 내가 선택한 길과 선택하지 않은 길을 연결한다. 다만 그 다리는 언제나 거기 있는 상수(常數, Constante/Constant)는 아니다. 고속도로에 있는 가변차로처럼 상황에 따라 있기도 하고 없기도 하다. 다시 말하면 〈하기 나름〉이다. 그렇다면 무엇이 그 다리를 만날 수 있는 조건이며 전제일까?

그 다리를 보기 위해선 내가 선택한 길에서 **최선을 다해야만 한다.** 최선을 다하지 않는다면 그 다리를 결코 볼 수 없다. 포기하지 않고 최선을 다해 내가 선택한 길을 가다 보면 분명히 다리를 보게 된다. 그렇다고 정상에 올라야만 만날 수 있는 다리는 결코 아니다. 목표로 했던 일의 성공 여부와도 무관하다. 내가 선택한 길에서 최선을 다했지만 실패했다면, 더 이상 미련을 가지지 않을 수 있다. 그리고 위로처럼 그때 다리가 나타난다.

그런 확신이 오만이나 자만심은 결코 아니다. 오히려 자기암시와 다짐에 가깝다. 선택한 길에서 최선을 다하리란 다짐인 셈이다.

눈앞에 나타난 다리를 굳이 건너지 않고 이제까지 걸어온 내 길을 계속 가도 후회할 일 없이 충분히 행복하리란 확신이 들도록 살면 된다. 걸어온 길을 끝까지 걸은 후 그 길 끝에서 내가 선택하지 않은 길을 멀리 조망하는 여유를 즐기면 된다.

3

장갑차 기념관을 나와 체 게바라가 묻혀 있는 기념관을 찾았다. 하지만 내가 도착하자 기념관이 문을 닫을 시간이었다. 5시까지만 입장할 수 있었다. 사정했다면 입장이 가능할 수도 있었겠지만 난 뒤돌아섰다. 그렇게 그를 만나긴 싫었다. 만약을 위해 난 산타클라라에서 하루를 더 머물 예정이었다.

난 호텔로 돌아와 비달공원에서 만난 젊은 친구에게 연락했다. 우리는 내가 머물고 있는 호텔 식당에서 만났다. 우린 시원한 맥주를 주문해 마셨다. 장갑차 박물관과 기념관까지 그리고 다시 호텔까지 걸은 시간은 3시간이 넘었다. 그래서 맥주 맛이 좋았다.

두 친구는 고등학교를 졸업하고 대학 진학을 포기한 채 직장을 구하고 있다고 했다. 우리나라로 치면 실업계 고등학교를 졸업했다고 했다. 내가 전기관련 일을 하고 있다니까 그들도 자신들이 학교에서 배운 전공이 전기관련 학과라며 반가워했다. 하지만 직장을 구하는 건 쉬운 일이 아니라고 했다. 우리나라에서 직장을 구하기 위해 서울로 가는 것처럼 이들도 수도인 아바나행을 진지하게 고민하고 있었다.

"No tiene el trabajo nada aqui 여기엔 전혀 일자리가 없어요."

산타클라라엔 일할 곳이 없다는 말이었다. 다른 친구가 입을 열었다.

"Quiero ir a otros paises, por ejemplo Espana o Estados unidos pero no puedo salir. Asi que no tengo ninguna opcion. **다른 나라에 가고 싶어요. 일테면 스페인이나 미국 같은 나라요. 하지만 나갈 수가 없어요. 그러니 어떤 선택지도 없는 거죠.**"

스페인이나 미국으로 가고 싶지만 그들에겐 방법이 없다. 아예 비자가 발급이 안 된다. 몇 년 전 미국과 외교관계를 복원하고 아바나 말레콘 근처에 미국대사관이 문을 열었지만 쿠바는 여전히 미국으로부터 심각한 제재를 당하고 있다.

외국인도 쿠바를 경유하면 미국으로 입국이 어렵다. 전자비자 발급이 안 되기 때문이었다. 그들의 얘기를 들으면서 생각했다.

선택이 힘든 일이지만 선택마저 할 수 없어 고통을 받는 것에 비하면 선택할 수 있다는 것은 분명한 혜택이었다. 두 젊은이를 포함한 많은 쿠바에서 만난 젊은이들은 다시 태어난다면 다른 나라에서 태어나고 싶다고 말했다.

젊은이들과 헤어져 방으로 돌아와 난 체 게바라의 또 다른 선택에 대해 생각했다. 선택이란 어려운 문제와 혁명가였던 그의 삶에서 난 하나의 일화를 떠올렸다. 처음 카스트로를 멕시코에서 만나 의기투합했을 때까지 체 게바라는 의사로서 쿠바혁명에 참여할 생각이었고 카스트로도 그런 목적으로 체 게바라를 쿠바로 데려왔다. 하지만 쿠바에 도착한 직후 해프닝이 일어난다. 그 해프닝은 체 게바라에게 선택을 강요한다. 그의 선택은 **의사**로 남을 것인지 **혁명가 혹은 사령관**이 될 것인지를 결정하는 선택이었다.

1956년 12월, 그랜마호가 쿠바에 상륙한 직후, 알그리아 데 비오에서 정부군으로부터 돌연 집중포화를 받은 탓에 게릴라부대의 동지들이 사탕수수밭으로 도망갈 때, 동지 하나가 체 게바라의 발밑에 탄약상자를 두고 달아나버렸다. 그런데 의사인 그에겐 의약품이 가득 찬 배낭 있었다. 총알이 빗발치는 상황에서 전속력으로 달려야 하는데 무거운 탄약상자와 의약품 모두를 짊어지고 갈 수는 없었다. 의사로서의 천직과 혁명 전사로 변신 중 어느 쪽을 선택할 것인지 딜레마에 직면한 순간이었다. 그는 그때 탄약상자만을 들고 달려갔다.

"나는 돌이킬 수 없는 길 보다는 돌아오지 않는 길을 선택하겠다."

그렇게 체 게바라는 혁명 전사가 됐고 이곳 산타클라라에서 자신의 선택이 옳았음을 증명한다. 자신이 선택한 길에서 최선을 다해 싸우고 드디어 혁명을 성공시킨다. 하지만 그는 다시 선택한다. 쿠바를 떠나 아프리카 콩고로 향한 것이다. 물론 자신의 선택을 확신했을 것이다.

난 오래전부터 궁금했다. '왜 자신이 혁명을 성공시킨 쿠바를 떠나 아프리카를 거쳐 볼리비아로 갔을까? 그리고 그는 왜 다시 정글로 들어가 파르티잔이 됐는가?' 내 질문에 대한 답은 없었다. 평전을 다 읽고 책을 덮었어도 내 질문은 발뒤꿈치에 물음표를 매달고 날 졸졸 쫓아다녔다. 그래서 난 알지도 못하는 답을 답안지에 끄적이듯 그럴듯한 추론으로 대신해 채웠다. 직업이 혁명가라서? 탄약 냄새가 그리워서? 어쩌면 그에게 마초적인(마초, Macho: 스페인에서 유래한 '마초'란 단어는 '동물의 수컷'을 가리키는 단어이다. 암컷은 'Hembra'이다) 기질이 있어서? 실제로 마초적인 작가인 헤밍웨이도 전쟁을 찾아다니지 않았던가.

체 게바라는 멕시코에서 쿠바로 잠입하는 과정에서 수많은 동지를 잃고 겨우 몇 명만 살아남은 상황에서, 심지어 카스트로조차 낙담한 상황에도, 당시엔 겨우 군의관 신분이었던 그가 혁명의 성공을 장담했다. 수염을 기르고 고질적인 천식을 앓으면서도 담배를 즐기고 총알이 빗발치는 전장에서 독서를 즐긴 그였다. 혁명이 성공한 후 반역자들을 가차 없이 처단한 모습은 분명 마초였다. 하지만 내 그런 추론은 산타클라라에서 바뀌었다.

4

첫날 문을 닫아 관람하지 못한 기념관을 다음날 다시 찾았다. 기념관에 들어가기 위해서는 모든 소지품(특히 카메라 및 카메라가 달린 휴대폰)을 별도의 공간에 맡겨야만 했다. 당연히 사진 촬영이 철저히 금지됐다. 안으로 들어가서도 크지 않은 기념관 곳곳에 직원들이 배치돼 관람객의 일거수일투족을 감시하고 있었다. 따라서 설령 휴대폰이나 다른 카메라를 가지고 들어갔다 해도 촬영은 엄두도 못 낼 일이다. 그런 이유로 오직 그곳에만 전시된, 우리가 흔히 보는 체 게바라의 모습과는 동떨어진 사진은 세상에 나오지 못했던 것이다.

난 기념관 왼쪽에 있는 체 게바라의 묘지를 찾아 묵념하고 오른쪽에 있는 전시관으로 들어갔다. 그리고 전시관 깊숙한 곳에 이제까지 우리가 봐왔던 모습과는 완전히 다른 체 게바라를 만났다. 사진 3장이 유리 안쪽에 수직으로 걸려 있었다. 그 사진들을 보는 순간 난 체 게바라가 왜 쿠바를 떠나 콩고로 그리고 마지막으로는 볼리비아로 향했는지 알 것 같았다. 이제까지 발뒤꿈치에 매달려 있던 물음표가 순간적으로 굽은 몸을 똑바로 펴서 〈느낌표〉로 변했다. 그리고 그 느낌표는 내 몸을 한 바퀴 빙 돈 뒤 눈앞에서 흔들렸다.

사진 속 그의 모습은 혁명을 완성한 후 쿠바 중앙은행 총재를 지내던 순간들이었다. 첫 번째 사진은 그의 트레이드마크인 수염이 없는 사진이고 두 번째는 넥타이를 매고 자신의 집무실에서 여전히 군청색 군복을 입고 있는 카스트로와 함께 있는 사진이다. 그는 카스트로보다 한참 늙어 보였고 살이 쪄 노회한 졸부처럼 보였다. 흰 와이셔츠에 체크무늬 넥타이를 매고 시가를 문 세 번째 사진은 더욱 민망했다. 시가를 문 입 주위엔 볼살이 늘어져 있고 턱살도 막 두 겹이 되기 시작했다. 뱃살은 와이셔츠 단추깃을 따라 부풀어 올라 팽팽했다.

내 느낌을 솔직히 적으면, 히말라야의 표범을 잡아다 우리에 가둬 뒤룩뒤룩 살찐 한 마리 흰 돼지를 만든 꼴이었다. 그 사진을 보고 있는 내가 민망했다. 틀림없이 그 역시 아침마다 출근 전 넥타이를 매기 위해 거울 앞에 서서 비대해지는 자기 모습을 보고 또 봤을 것이다. 그리고 어느 날 이렇게 중얼거리지 않았을까?

'이 모습이 한때는 혁명가였던 나란 말인가?'

내가 본 세 장의 사진 속에 있던 그의 모습은 분명 우리가 아는 혁명가 체 게바라가 아니었다. 그는 매일 아침 튀어나오는 자신의 질문에 답했을 것이다.

'이건 내가 아냐. 그럼 난 어디로 사라졌지? 어떻게 하면 사라진 날 되찾을 수 있지?'

그는 확신했을 것이다.

'쿠바에서는 모든 일이 끝났다(이 말은 그가 쿠바를 떠나며 남긴 말이다). 혁명가였던 날 찾을 수 있는 곳으로 가자.'

그 선택에 약간의 망설임이 있었는지는 모르지만, 자신이 무얼

해야만 하는지는 확실히 깨달았을 것이다. 그리고 외쳤을 것이다.

"돌아가자, 파르티잔의 삶으로. 가자, 전장(戰場)이 있는 곳으로. 그곳이 혁명가인 내가 있어야 할 땅이다."

확신한다는 건 뭘까? 꿈을 믿는 것이다. 실패할 수 있다는 걸 알지만 그 길이 자신의 꿈으로 가는 길이란 걸 믿는 것이다. 실패에 대한 두려움과 실패에 따른 고통을 정면으로 마주 보며 문을 밀고 첫발을 떼는 것이다.

바르셀로나에서 다시 깨달은 사실은 〈시작이 반〉이란 사실이었다. 첫발만 떼면 그 나머지는 첫발의 추동력으로 계속 걷게 된다는 걸 난 새삼 깨달았다. 나 역시 두려웠다. 과연 내가 잘 해낼 수 있을까 걱정됐었다. 하지만 난 문을 열고 첫발을 뗐다. 내가 그토록 원하던 꿈을 향해서. 그리고 열심히 했고 끝내는 잘 해냈다.

확신은 두려움이나 망설임이 없는 감정이 아니다. 오히려 분명히 존재할(혹은 마주할) 위험과 상처, 비난, 고통과 마주할 용기다. 그러니 확신은 **〈오래된 꿈 혹은 신념〉**일지도 모른다. 따라서 확신은 자신이 가고자 하는 길에 대한 충분한 이해와 준비가 없으면 생길 수 없는 마음가짐이다. 그리고 어디쯤에선 성공 혹은 실패 여부와 상관없이 〈내가 가지 않은 길과 다시 만날 수 있는 다리〉가 있다는 걸 믿는 일이다. 그럼 틀림없이 그 다리를 보게 된다. 그것도 하나가 아닌, 일정한 간격으로 놓인 다리들을. 한쪽 길을 택했기에 무엇인가는 분명 달라졌겠지만, 사실 내가 가지 않은 길을 택했어도 한쪽 길을 따라 걸어온 지금과 전혀 다른 삶은 아니었다는 것을 마주한 다리를 건너보면 알게 된다. 아니, 굳이 건너지 않아도 다리 건너를 보기만 해도 알게 될 것이다. 왜냐하면 **무엇인가를 완전히 달라지게 하는 것은 우리가 선택한 길이 아니라, 길 위에서 우리가 지녔던 가치관과 취했던 태도**다.

전시관을 나와 광장으로 향했다. 기념관 앞 광장에는 높이 25m 의 체 게바라 동상이 서 있다.

그리고 체 게바라가 쿠바를 떠나며 카스트로에게 남겼다는 편지 가 그의 동상 옆에 별도로 세워진 대리석에 새겨져 있다. 카스트로가 답장으로 보낸 문구도 있다.

〈**Hasta Siempre**(Comandente) - **사령관이여 영원하라.**〉

그리고 난 또 다른 문장을 봤다.

〈Fue una estrella quien te puso aqui y te hizo de este pueblo〉
**여기 묻힌 당신은 별입니다. 그리고 이곳에 사는 우리가 당신을
별로 만들었습니다.**

영웅들의 이야기도 중요하지만, 문제는 영웅이 영원히 사라진
뒤 남은 사람들이 〈**그를 어떻게 기억하는가**〉라고 난 믿는다. 저 문장
은 국가가 세운 것이 아니다. 산타클라라 시민들이 자발적으로 세운
것이다. 그러니 산타클라라 시민들이 그를 기억하는 방식이다. 오로
지 그와 함께 싸운 그들만이 할 수 있는 말이다. 그들은 위대한 영웅,
아름다운 혁명가를 그들이 만들었다고 말하고 있었다. 멀리 있어 다
가갈 수 없는 별이지만 그 별은 그들이 만들어 하늘로 보냈다고 말하
고 있었다.

위 문장을 내가 의역한다면 이렇게 하고 싶다.

〈**산타클라라에서 다시 태어난 당신, 체 게바라는 여기에서 영원
히 우리와 함께 숨 쉬고 있습니다. 그리고 당신은 우리에겐 여전히
별처럼 빛나고 있습니다**〉

알지 못해서 즐기는 환상 (Habana, Cuba)

1

상상할 수 있는 능력은 인간에게 큰 축복이다. 우린 경험하지 못한 것들도 상상할 수 있다. 그리고 그 상상을 통해 기쁨을 얻는다. 하늘을 날 수 없지만 상상으론 얼마든지 가능하다. 난 에베레스트나 마터호른 정상에 오르지 못하지만 상상하면 그보다 훨씬 높은 곳에도 갈 수 있다.

상상이 앞서 말한 것처럼 불가능한 것을 체험하는 용도로만 사용되는 건 아니다. 계획한 일을 실행하기 전에 미리 머릿속으로 그려보거나 당장 실행할 수는 없지만 언젠가 여건이 허락하면 실행할 일들을 상상으로 미리 맛볼 수도 있다. 모든 경우에 상상은 결국 스토리(이야기)를 생산한다. 마치 소설을 쓰듯 상상을 스토리화(기승전결이 있는 논리적인 구조)하면 그 과정에서 저절로 구체적인 계획이 세워지는 부가적인 장점도 있다. 무엇보다 상상함으로써 얻을 수 있는 가장 큰 혜택은 성공했을 때 누릴 기쁨을 미리 그려보면 실천할 수 있는 동기유발이 일어나고 시작할 수 있는 에너지가 생긴다.

2

소설도 상상의 산물이다. 물론 소설은 현실을 바탕으로 한 이야기가 되어야 한다는 〈리얼리즘〉을 지지한다. 하지만 소설을 창작하기 위해서는 〈상상하기〉란 과정이 필요하다. 현실의 이야기를 다른 관점에서 상상하고 눈앞에 드러나지 않은 **디테일**, 드러난 문제의 **정수(핵심)**, **포괄적인 진실**을 상상한 후에야 인물들을 창작하고 플롯을 설계할 수 있다. 또한 소설, 혹은 이야기의 결말을 상정할 수 있다. 소설에 등장하는, 이야기를 구성하는 핵심 요소인 장소를 선택하거나 결정하는 일도 그 틀 안에서 이루어지며 작가는 그에 적합한 장소를 찾고 자신이 찾은 장소가 실제로 이야기의 담론을 표현할 수 있는지 현장에 가서 조사한다. 당연히 현장 조사는 여행을 통해 이루어진다. 그리고 여행이란 그 상상을 현실로 구현하는 과정이다.

소설은 **논리적인 문학 형식**이다. 그러니 각 플롯이 논리적으로 연결되어야만 한다. 소설이 시와 다른 점은 **조동일**의 주장처럼 문학의 갈래들을 세상과 나의 관계란 관점에서 바라본다면 **시가 세계의 자아화**라면 소설은 각성한 자아가 부조리한 세계와 끝내는 패배할 것을 알면서도 끝까지 싸운다는 점이다.

플라톤의 뒤를 이은 아리스토텔레스가 자신의 저서 『시학』에서 문학을 시, 희곡, 수필, 이렇게 세 갈래로 정의한 이후 그의 정의는 2,000년 동안 금과옥조처럼 여겨졌다. 하지만 조동일은 자신의 저서 『한국소설의 이해, 문학연구방법』에서 문학의 4갈래, 즉 서정갈래, 교술갈래, 서사갈래, 극갈래를 자아와 세계의 관계에서 새롭게 해석했다. 개인적으로 대단한 업적이라 생각한다. 적어도 **문학의 갈래**에 관한 한 조동일은 아리스토텔레스를 넘어선 셈이다. 장르, 쉽게 말해 문학이란 생태계에서 자라고 꽃을 피우는 〈문학의 종(種)〉을 발견한 것이다. 아리스토텔레스 이후 존재하지만 정의되지 못한 하나의 장르를 발견하고 생명력을 불어넣은 일이니 어찌 대단한 일이 아니겠는가. 그냥 장르를 나눈 것이 아니라 그 특질을 적확하게 드러내고 입증했다.

서사 갈래인 소설만을 소개하면, 서사 갈래의 정의는 【작품 외적 자아의 개입이 있는 자아와 세계와의 대결】이다. 시가 속한 서정 갈래가 【작품 외적 자아의 개입이 없는 자아의 세계화】라면 소설은 작가의 주관이 개입된 자아와 세계의 싸움인 셈이다.

소설은 기본적으로 대립과 대결이다. 그리고 당연히 모든 싸움은 논리적이어야 한다. 독자들도 내 소설이 논리적인 틀을 유지하는지 지켜본다. 그래서 소설을 쓰기 전에 자료를 준비하는 일이 가장 중요한 일이고, 난 그 일에 많은 시간을 할애한다.

소설가에게 소설을 쓰는 일만큼 중요한 일이 자료를 조사하는 일이다. 자료조사가 충실하면 글을 쓰는 속도도 빨라지고 내용도 충실해진다. 그래서 난 가능하면 소설 속에 나오는 장소는 꼭 가본 다음 자료들을 얻고 그곳에서 받은 느낌을 표현하려고 노력한다. 나의 첫 번째 장편소설 『사랑을 하는 두 가지 방법』에서는 일제강점기인 1942년부터 1945년 해방 때까지 일본의 오사카가 주요 무대의 한 곳이다. 그래서 난 오사카에 여러 번 방문했고 당시의 일본 사회와 문화를 당시의 자료를 통해 준비했다. 네 번째 소설집에 등장하는 아이티, 칠레, 일본은 실제로 내가 근무했거나 지진피해 조사를 위해 파견돼서 살아본 곳들이다.

내 그런 원칙에도 불구하고 난 가보지 않고 내 소설에 두 곳을 묘사했다. 두바이와 아바나가 그곳들이다. 두바이는 내 첫 번째 장편 소설『사랑을 하는 두 가지 방법』에서 마지막 장면을 위해 필요했다. 한때 사랑했던 남녀가 헤어진 뒤 오랜 시간이 지나고 또 먼 길을 돌아 마지막으로 재회하는 곳. 각자가 서로의 아픔과 상처를 다 알면서도 서로의 상처를 보듬지 못하고 안타깝게 사랑을 끝내는 곳이 두바이였다.

아바나는 네 번째 책이자 두 번째 소설집『김일의 박치기』중 단편소설인《자살의 이유》의 마지막 장면을 위한 무대이다. 부조리와 모순으로 가득 찬 그리고 그 부조리와 모순을 조장하는 특권계급이 버젓이 착한 사람들을 죽음으로 내몰거나 죽임을 철면피하게 부정하는 한국을 혐오하는 형제가 자살을 위해 선택한 장소다.

말레콘(제방), 아바나

결혼식 차량 퍼레이드, 아바나

내가 두바이와 아바나를 선택한 이유는 명확했다. 두바이는 끝없이 펼쳐진 거칠고 뜨거운 모래사막을 걷다 만나는 오아시스 같은 곳이라 생각했다. 사막의 모래폭풍을 피해 지친 몸을 누이면 꿈도 없는 깊은 잠을 잘 수 있는 은신처. 지친 나그네에게 김이 모락모락 오르는 갓 구워낸 빵 한 조각과 조금씩 그 맛을 음미하며 마셔야 하는 낙타젖을 작은 쟁반에 내어오는 배두인족이 사는 마을 같은 느낌을 표현했었다.

아바나는 코끼리가 죽을 때가 되면 찾아간다는 정글 속 외진 동굴이나 연어가 삶의 마지막을 위해 먼바다를 건너 회귀하는, 맑은 물이 흐르는 낮은 강 같은 곳이었다.

정리하면 난 내 소설 속에서 두 도시의 모습을, 아늑한 은신처로 묘사하고 싶었을 것이다. 엄마의 품처럼 회귀하고 싶은, 세상으로부터 공격당해 받은 상처를 치유할 수 있는 유일한 장소. 태어난 땅이 아닌(왜냐하면 **태어난 땅**은 결코 작품 속 **자아**가 안식을 취할 곳이 아닌, 자아를 겁박하거나 위협하는 **세계**이기 때문이다. 비유하면 조선 땅은 홍길동에겐 낙원이 아닌 지옥이었다. 홍길동이 선택한 곳은 조선으로부터 멀리 떨어진 곳, 조선의 관리들이 찾을 수 없는 먼바다에 있는 무인도, 율도국이 그의 낙원이다), 한국으로부터 먼 곳. 모래만 가득한 사막의 도시, 그리고 아직도 문명화된 세계로부터 멀리 떨어져 있지만 그래서 인간적인 따뜻함이 고스란히 남아 있는, 작지만 그래서 더 푸근한 곳을 원했을 터였다. 하지만 내가 직접 찾은 두바이와 아바나는 내가 표현하거나 암시했던 소설 속 모습과는 상당히 차이가 있었다.

두바이를 소설에서 묘사한 때는 2006년이었다. 그리고 아바나는 2017년이다. 책을 쓸 땐 그곳을 갈 처지가 아니었다. 난 인터넷을 뒤졌다. 여행 후일담으로 나온 자료였다. 난 내가 묘사하고자 하는 풍경만을 타인의 여행 후일담에서 취사 편집한 뒤 소설 속 주인공들의 감성으로 두 도시를 묘사했다. 물론 아늑하고 따뜻한, 이별마저도 시적 포용력과 감수성으로 승화시키는 곳, 살사(Salsa)댄스처럼 자살마저 몽환적인 예술적 퍼포먼스로 포장할 수 있는 곳이 바로 내가 생각한 두바이와 아바나였었다.

3

난 내가 상상한 두 도시에 가는 순간을 오래도록 꿈꾸며 살았다. 두바이와 아바나는 단지 소설만을 위한 무대로 끝나지 않고 내가 상상한 일들을 현실화하는 원더랜드이기도 했다.

내 상상은, 모히또와 다이끼리에 취해 아바나 시내를 걸어 말레콘에 닿으면 새로운 럼주의 뚜껑을 딴다. 뜨겁던 아바나의 태양이 열기를 잃고 조금씩 붉어지며 바다로 떨어지는 광경을 보며 목울대가

꿀럭거리도록 내 목에 럼주를 들이부어 취하는 것이다. 담배를 끊었
지만 그때만큼은 쿠바산 시가를 입에 물고 입담배를 피우며 흐르는
눈물은 담배 연기가 매워서라고 변명하고 싶었다.

눈물이 흐르는 이유는 체 게바라 때문일 수도 있고 아니면 체 게
바라처럼 혁명을 꿈꿨지만 실패한 내 삶을 위해서였을 수도 있었다.
그것도 아니라면 **'글이 써지지 않는다'**는 절규와 함께 자신에게 산탄
총을 발사한 헤밍웨이의 처지가 꼭 나 같아서였을 수도 있다.

언젠가는 그곳에 가서 내가 상상한 것들을 즐길 생각을 포기하
지 않았었다. 호시탐탐 기회를 노렸다. 그리고 마침내 난 내가 상상
만 했던 두 도시로 날아갔다. 내가 두바이에 간 때는 2019년 10월,
아바나는 2023년 6월이다. 책을 쓴 뒤 각각 12년, 5년 뒤였다.

두바이

두바이는 지나치게 화려했다. 주인은 어딘가에 꼭꼭 숨어 있고 여행객들만 넘쳐나는, 결코 주인의 환대를 기대할 수 없는 도시였다. 아바나는 생각보다 더 폐허였다. 주인은 필요 없이 손님의 사적공간에 찾아와 휴식을 방해했다. 또한 무례한 주인으로부터 역시 끔찍한 부조리를 경험할 수밖에 없는 도시였다. 그러니 내가 소설을 쓰기 전에 두 도시를 미리 경험했다면 당연히 두 도시는 내 소설에 등장하지 않았을 가능성이 매우 크다.

4

나를 짧게 표현하면 **〈언어감각은 뛰어나지만, 방향감각은 뒤떨어지는 인간〉**이다. 하지만 난 더 이상 부족한 방향감각 때문에 곤란을 겪지 않아도 되는 시대를 살고 있다. 각종 길찾기 애플리케이션을 마음대로 이용하는 시대가 왔기 때문이다. 하지만 그건 내 착각이었다. 적어도 쿠바에서만큼은 난 고스란히 위험에 노출됐다. 첫째 우리나라 번호는 국교관계가 없다는 이유로 로밍서비스를 받을 수 없고, 둘째, 워낙 인터넷 환경이 열악해서 길거리에서 인터넷 접속이 불가능했다. 그래서 마지막으로 찾은 해답이 오프라인 지도를 사용하는 거였다. 하지만 정작 쿠바에 도착하니 오프라인 지도를 이용할 수 있는 곳은 아바나 시내에서도 가장 번화한 거리인 오비스포 거리나 말레콘 정도였다.

내가 아바나에 머문 기간은 총 8일이다. 처음 쿠바에 도착해서 3일, 떠나기 전 5일 머물렀다. 8일 동안 불쾌한 경험을 두 번이나 했다.

첫날 도착해서 오비스포 거리를 걸을 때, 어린아이를 안은 부부를 아르마스 광장에서 만났다. 그들은 내게 다가와 광장에 대한 설명을 시작했다. 그리고 오비스포 거리 이곳저곳을 안내했다. 그렇게 30분쯤 거리를 걷고 난 뒤, 점심시간이 가까워지자 식사할 거면 자신들이 좋은 식당을 소개하겠다고 했다. 난 그들이 고마웠다. 그래서 기꺼이 그들과 함께 식당으로 향했다. 10분쯤 걸어서 간 식당은 뒷골목에 있었다. 자리에 앉자마자 부부와 종업원들이 무슨 얘기인가를 나눴고 곧이어 음식이 나왔다. 난 음식값을 물었다. 주문한 음식값이 200유로였다. 터무니없는 가격이었다. 바가지를 쓴 것이다.

두 번째는 내가 쿠바의 다른 도시를 방문하고 돌아온 뒤 첫 번째 방문에서 만난 애니깽의 후예들을 만나기 위해 머물고 있던 호텔에서 택시를 탔을 때다.

애니깽의 후예들

분명 내가 택시기사에게 장소를 알려줬는데 내려보니 엉뚱한 곳이었다. 그리고 내 앞으로 자전거택시를 모든 젊은 남자가 다가왔다. 난 다시 그에게 약속 장소를 알려줬다. 하지만 그는 날 약속 장소로 데려가지 않고 좁은 골목을 따라 이곳저곳으로 돌아다녔다. 그렇게 20분쯤 지나서 내가 내리겠다고 하자 내게 50유로(50유로는 아바나 시내 고급호텔 1박 요금이다)를 요구했다. 그러면서 자신이 목에 걸고 있는 코팅된 종이를 내밀었다. 거기엔 1km에 10유로라고 적혀 있었다. 난 말도 안 되는 그의 요구에 항의했지만 그는 내게 경찰서에 가자고 윽박지르고 내 팔을 잡아끌었다. 난 어쩔 수 없이 50유로를 빼앗길 수밖에 없었다. 내가 지갑을 열 때 내 지갑에 50유로 지폐가 더 있는 걸 본 그는, 내가 거리를 걷고 있는데 경찰을 데리고 내 앞을 막아섰다. 난 경찰에게 상황을 설명하고 부당함을 설명했지만, 경찰은 '자신들은 이전 상황을 모르니 돈을 지불하라'고 말했다. 모두가 한 통속이었다.

부주의했던 내 잘못도 있고 오래전에 우리나라 역시 외국인들에게 바가지요금을 씌웠던 시절도 있다. 이해하려면 이해할 수도 있었지만, 시엔푸에고에서 겪은 불쾌한 기억에 더해 당장 쿠바를 떠나고 싶어졌다. 그리고 지금도 다시 가고 싶지 않다.

내가 가졌던 쿠바에 대한 환상은 산산조각 났다. 물론 여행자에게 생길 수 있는 해프닝으로 치부할 수도 있다. 하지만 내게 아바나는 단순한 여행지가 아니었다. 앞서 설명한 것처럼 아바나는 내가 그리던, 아늑하고 따뜻한 곳이어야만 했다. 그것이 내 무의식이었다.

　말레콘의 석양은 아름답다. 적어도 그 한 가지만은 변함없이 유효하다. 내가 소설 속에서 묘사한 그대로 태어나서 한 번은 꼭 말레콘에 앉아 노릇노릇해지는 석양을 보며 럼주를 마셔봐야만 한다. 하지만 말레콘의 석양이 아무리 아름다워도, 다이끼리와 모히또가 아무리 맛있어도, 난 체 게바라가 아니며 혁명을 꿈꾸기엔 이미 나이가 들었다. 쿠바를 그토록 사랑했던 헤밍웨이와 체 게바라가 쿠바혁명 후 쿠바를 떠났듯이 나도 그곳에서 다시 비탈에 서고 싶진 않다. 가장 먼저 안전이 담보되고 다음엔 내가 사랑하고 싶은 사람들이 사는 곳에서 내 행복을 즐기고 싶다. 다이끼리와 모히또에 취한다면 더욱 안전한 곳이 필요하다.

　내가 소설을 완성하기 전 두바이와 아바나를 알았다면 두 도시는 후보가 아니었을 테고, 대신 인도네시아 발리와 노르웨이의 노포텐이 그 무대가 아니었을까 상상해본다. 발리와 노포텐은 이별도 자살도 쉽게 할 수 있을 것 같은 몽환적이며 비현실적인 공간이기 때문이다.

5

상상했던 것들이 상상과 달라 받는 상처는 '상상하기'의 부작용이다. 그리고 드문 경험도 아니다. 살다 보면 누구나 한두 번은 겪는 해프닝이다. 그러니 상상하는 일을 멈추는 건 답이 아니다. 물론 그럴 수도 없다. 우린 본능적으로 상상하기 때문이다. 해프닝 뒤엔 냉정히 그 상황을 판단하고 다음에 똑같은 실수를 하지 않도록 자신만의 기준을 만들면 그걸로 족하다.

나이가 들어도 상상은 얼마든지 가능하다. 아니, 나이가 들수록 상상의 효용이 늘어난다. 나이가 들면서 어쩔 수 없이 실행을 포기해야만 하는 것들이 늘어난다. 그러니 상상과 환상을 즐겨야만 한다. 우린 마약을 할 수는 없다. 하지만 가끔 한 잔 술에 취해 망상에 사로잡히고 꿈속에서 환각을 즐기는 일도 필요하다.

낙천주의자의 변명 (Cancun, Cuba)

1

난 자칭 낙천주의자다. 스페인어로 표현하면, ⟨**Soy optimista**⟩
이다. 난 나쁜 일이 생기면 그 일은 더 최악의 나쁜 일을 회피하게 해
준 고마운 **액땜**이라고 생각한다. 또한 어떤 일에 실패하면 빨리 다른
일을 준비하고 이전의 실패가 **전화위복**이 되리라 생각한다. 물론 누
구나 그렇듯 나도 나쁜 일을 당하면 기분이 상하고 최선을 다했는데
도 원하는 결과를 얻지 못하면 낙담한다. 하지만 상한 기분과 낙담한
채로 상처와 실패를 오래 들여다본다고 결과가 달라질 리 없다. 오히
려 남 탓을 하거나 혹은 자책하다 자포자기에 빠지는 최악의 상황에
빠질 수도 있다. 쓰리고 아프지만 빨리 그 상처로부터 멀어지는 것이
현명한 처신이고 그러기 위해서 낙천적인 자세가 도움이 된다는 걸
경험으로 안다.

낙천적인 자세는 일을 성공시킬 확률이 비관적 자세보다 높다
는 이유도 내가 낙천주의자로 사는 이유다. 비관적 자세는 닥쳐올 위
험을 면밀히 분석하고 조금 더 준비할 수 있다는 장점은 있지만 일이
난관에 부딪혀 성패(成敗) 여부가 불분명할 때 포기할 가능성도 높아
진다. 성패의 가능성이 비슷하다면 '렛츠 고'를 외치고 '성공할 수 있
다'에 배팅하는 게 마땅하다. 왜냐하면 그 길이 ⟨**했으면 성공했을지**

도 모르는데〉하는 후회를 만들지 않기 때문이다. 실패해도 후회를 남기지 말아야 다시 시작할 수 있다. 이때 읽으면 좋을 사례가 있어 소개한다.

〈후회 최소의 법칙(Regret Minimization Framework)〉. 아마존 창립자 제프 베조스의 말이다. 그가 창업을 고민하면서 내린 결론이다.

"목표는 제가 후회할 일을 최소화하는 것이었습니다. 분명한 것은 80살이 된 제가 '무언가를 시도했던 순간들'을 후회할 리 없다는 것이었습니다. 심지어 제가 그것을 실패했다고 하더라도 저는 후회하지 않을 것이었습니다. 하지만 제가 후회할지도 모르는 한 가지가 있었는데요. 그것은 시도조차 안 했을 경우였습니다."

2

쿠바는 오래전부터 꼭 가보고 싶었던 곳이었지만 사실 멕시코는 망설여지는 나라였다. 망설인 이유는 불안한 치안 때문이었다. 쿠바는 불편하지만 치안 상태는 나쁘지 않다고 들었고 실제로도 그랬다. 밤늦은 시간까지 거리를 돌아다녀도 신체적 위험은 전혀 느끼지 못했다.

난 여행을 좋아하고 세계 모든 나라를 여행해보고 싶지만 내겐 하나의 철칙이 있다. 안전하지 않은 나라는 가지 않는다는 것이다. 그런 이유로 내 여행목록에서 중국, 필리핀, 멕시코를 비롯한 일부 남미국가와 대부분의 중동 및 아프리카 국가들이 제외됐다. 튀르키예나 러시아는 다행히 지금처럼 정치적으로 불안하지 않았던 오래전에 다녀왔지만 지금 다시 가고 싶지는 않다.

사람마다 안전에 대한 기준이 다를 것이다. 누군가는 중국이나 필리핀, 혹은 멕시코를 위험한 국가로 분류하는 내 기준에 동의하지 않을 수도 있다. 하지만 난 내 기준을 가지고 있다. 그 기준이란 내가 그 나라에 있는 모든 도시의 뒷골목에서도 안전하다고 느끼며 마음껏 걸을 수 있는지 그렇지 못한지로 구분한다. 여행사를 통해 여행한다면 가이드의 안내에 따라 안전한 곳만을 다닐 수 있겠지만 난 아직 여행사를 통해 여행할 생각이 없다.

내 여행의 목적은 두 가지다. 첫째, 난 그 나라의 속살들을 내 눈으로 보고 싶고 그래서 자주 계획하지 않은 곳에도 즉흥적으로 발을 들인다. 두 번째는 난 여행 중 그 나라, 그 도시 사람들과 만나고 대화하고 또 가능하다면 함께 시간을 보내길 원한다. 당연히 내 안전에 대한 기준은 좀 더 엄격해질 수밖에 없다. 그래서 난 멕시코를 빨간색 동그라미로 위험표시를 해 놓았었다.

내가 멕시코를 선택할 수밖에 없었던 건 귀국을 위해서 다른 선택지가 없었기 때문이다. 쿠바에서 한국으로 돌아오기 위해서는 멕시코를 경유해야만 했다. 쿠바에서 다시 스페인으로 돌아가 거기서 유럽과 아시아 하늘을 날아 한국으로 돌아오는 여정은 멕시코에서 일본을 경유(멕시코에서 한국 노선은 펜데믹 이후 취항하지 않고 있다)해서 인천에 내리는 여정에 비해 비행시간만 따져도 10시간 이상 긴 경로다. 더구나 스페인에 입국한 후에는 최소 하루 이상을 머물러야만 한국행 비행기를 탈 수 있으니 날짜로 치면 2일 이상 더 소요되는 일정이었다.

어쩔 수 없이 멕시코 땅을 밟아야 한다면 그중 가장 안전한 곳이라고 알려진 칸쿤(Cancun)과 멕시코시티에서 2주간 머물기로 했다.

칸쿤은 우리나라 신혼부부의 신혼여행지로 손가락 안에 꼽히는 곳이고 예능프로그램에도 자주 나오는 곳이라는 사실도 검색을 통해 알게 됐다. 미국 플로리다에서 온 학교 친구 스콧(Scott)도 칸쿤을 방문했다며 휴양지라서 안전하다고 말했다.

3

마지막 며칠 동안 불쾌한 기억을 남긴 쿠바를 떠나 멕시코시티를 경유해서 칸쿤 공항에 착륙한 시간은 이미 밤 11시가 넘었다. 짐을 찾고 날 기다리는 차를 타기 위해 게이트를 나가니 도로는 난장판이었다. 수많은 차가 전체길이 약 50m 정도의 공항 앞 도로에 뒤엉켜 경적을 울려댔고 그 와중에 경찰은 빨리 차를 빼라고 연신 날카롭게 호루라기를 불고 있었다. 난 문자메시지로 받은 차 번호 하나만 들여다보며 어디쯤에서 날 데려갈 차를 만날 수 있을지 두리번거렸다. 그렇게 20분이나 지나서 겨우 차를 발견하고 급하게 올라탔다. 내가 차에 오르자 기사는 '나를 발견하지 못해 공항 주위를 몇 바퀴나 돌았다'고 말했지만 불평은 아니었고 인상도 좋았다. 내가 쿠바에서 오는 길이라고 말하자 기사가 말했다.

"Soy Cubano 나 쿠바 사람이야. ¿Como fue Cuba 쿠바는 어땠어?"

"¡Muy bien! Me gustan Cuba y Cubano mucho 아주 좋았어. 난 쿠바와 쿠바 사람을 좋아해."

예의라도 좋았다고 말할 수밖에 없었다. 자신이 쿠바 출신이라고 말한 기사는 내가 Air BNB를 통해 예약한 숙소 주인의 친구라고 했다. 멕시코에 온 지는 벌써 15년이 넘었다는 말도 덧붙였다.

"¿Por que no viene el dueno para recogerme 왜 주인이 날 데려가지 않지?"

그 이유는 집주인이 야간에 칸쿤 해변에 있는 호텔 바에서 새벽까지 드럼연주를 한다고 했다. 40여 분을 달려 숙소인 단독주택에 도착하니 새벽이었다. 내가 예약한 숙소는 관광객들이 머물고 있는 '올-인클루시브 호텔'이 가득한 칸쿤 해변과 상당히 먼 칸쿤 시내에 있는 집이었다.

이 숙소를 예약한 게 실수란 걸 금방 알 수 있었다. 난 일반적인 여행은 편안한 숙소에 머무르는 것이 중요하다고 생각했고 그래서 특별한 경우가 아니면 나름 좋은 호텔을 선택하곤 한다. 하지만 이 여행의 목적이 관광지를 보는 것보다 현지인들과 대화하는 것이었기에 호텔보다 대화의 기회가 많다고 생각해서 이 숙소를 선택했던 것이다.

다음 날 아침을 먹기 위해 식당에 내려갔지만 식당은 썰렁했다. 난 주인에게 메시지를 보냈다. 하지만 주인을 만난 건 그날 점심시간이 지나서였다. 숙소에서 식사 제공은 안 된다는 답이었다. 예약사이트에는 분명 비용을 지불하면 식사가 가능하다고 돼 있었지만 사실과 달랐다. 도리없이 나가서 해결할 수밖에 없었다. 근처에 식당을 추천해달라고 하자 몇 집을 소개해줬다. 식당 소개를 받고 치첸이트사(Chichen Itza)에 가고 싶으니 여행사를 알아봐달라고 부탁한 후 집을 나서 식당을 찾아갔다.

식당을 찾아가기 위해 거리를 걷는 내 눈에 집집마다 설치된 철제창살이 눈에 들어왔다. 한 집도 예외 없이 개방된 곳(문과 창문)에는 어김없이 굵은 철제창살이 견고하게 설치되어 있었다. 그 모습을 보니 불현듯 불안해졌다. 이곳은 관광지와 멀고 그렇다면 멕시코의 다른 지방과 마찬가지로 치안이 불안하다는 방증이란 생각이 들었다. 거리 어디를 둘러봐도 동양인은 나 혼자였고 관광객도 눈에 띄지 않았다.

식사를 마치고 돌아와 주인에게 여행사에 대해 물었지만 알아보고 있다는 말뿐이었다. 다음 날 오전까지도 주인에게서는 아무런 답이 없었다. 난 걸어서 시내에 나갔다. 터미널 근처에는 아마도 여행객을 기다리는 호객꾼이 있지 않을까 싶었기 때문이다. 짐작대로 걸어서 30분 거리에 있는 버스터미널 근처에는 치첸이트사와 세노테 (Senote) 사진을 세워놓고 여행객을 모집하는 호객꾼들이 여럿 있었다. 하지만 난 끝내 치첸이트사행을 포기했다. 치첸이트사는 거리가 멀어 여행을 마치고 다시 칸쿤 시내에 도착하는 시간이 밤 9시나 돼야 한다고 했다. 자칫 여정이 늦어지면 그보다 더 늦게 도착할 수도 있다는 말에 난 방문을 포기했다. 밤에, 그것도 심야에 터미널에 도착하고 싶지 않았다. 도착해서 다시 택시를 타고 숙소까지 와야 하는 일정이 내키지 않았다. 내가 머물고 있는 숙소까지 데려다 줄 수 없냐고 물었지만 고개만 저었다.

내가 유난히 겁을 낸다고 생각할 수도 있다. 하지만 그건 내 기준에서 보면 유난하지 않다. 난 여행은 언제나 즐거워야 한다고 생각한다. 불안한 마음으로 하는 여행은 제대로 된 여행이 아니라는 게 내 생각이다. 아무리 내가 낙천주의자라도 내 신체의 안전이 걸린 문제에는 절대 낙천적으로 접근하지 않는다.

누구의 말인지 정확히 알 수는 없지만 오래전부터 지키려고 노력하는 한 가지 경구(驚句)가 있다.

【행복한 인생을 살고 싶다면 '10분 후'와 '하루 뒤'와 '일 년 뒤' 그리고 '10년 뒤'에 일어날 일을 동시에 생각하고 행동하고 결정해라.】

난 각 시간 단위별로 내가 고려해야 할 행동준칙을 정했다.

▷ 10분 후 : 안전이다. 지금 내가 이 결정을 하고 10분 뒤에도 난 여전히 안전한 상태인가?
▷ 하루 뒤 : 반성이다. 어제 하루 동안 내가 해야 할 일을 제대로 처리했는가?
▷ 1년 뒤 : 점검과 수정이다. 내가 장기적으로 목표한 일을 위해 세웠던 계획이 1년이 지난 뒤에 여전히 유효하며 일정한 성과도 있는가?
▷ 10년 뒤 : 삶의 가치관이다. 내 인생을 지금과 같은 가치관 또는 방법으로 살면 삶의 마지막 순간에 내가 살아온 세월에 대해 만족할 수 있는가?

그러니 상징적인 시간이지만 10분 후 내가 안전하지 않다면 그 이후의 시간은 전혀 의미가 없다. 아니 최악의 경우엔 이후의 시간이 존재하지도 않을 것이다. 당연히 안전해야만 행복할 수 있고 안전해야만 꿈을 이룰 수 있고 안전해야만 경로를 수정할 수도 있다. 그러니 천 번을 강조해도 부족하다. Seguridad Primero(Safety First)다.

4

난 치첸이트사를 가려고 했지만 포기했다. 그래서 가까운 툴룸 (Tulum)을 선택했고 그 결과는 만족스러웠다.

사실 툴룸은 유적 그 자체로만 보면 내겐 시들했다. 툴룸은 고대 마야인들의 살았던 모습을 볼 수 있다는 이유로 관광객이 찾는 곳이다. 무역을 위해 바닷가에 건설된 항구도시였지만 16세기에 사람이 살지 않는 버려진 도시로 변한 곳이다. 유적은 폐허가 됐고 그마저도 제대로 관리하지 않아 황량하기만 했다. 다 무너진 신전과 사원, 성벽 그리고 일반인이 거주했던 집터가 바닷가에 흩어져 있었다. 그럼에도 내가 내 선택에 만족한 이유는 그곳에서 사람을 만났기 때문이다.

유적지를 구경한 후 바닷가로 내려가는 길에 한 무리의 젊은 남자들을 만났다. 버스정류장으로 되돌아나가는 길을 물었는데 출구는 내가 가고 있는 반대 방향이라면서 지금은 바닷가로 가는 길이고 바닷가를 보고 난 후 자신들도 그곳으로 갈 예정이라고 해서 동행하게됐다. 그들은 미국에서 왔는데 부모가 멕시코 사람이었다. 그래서 영어와 멕시코어를 다 말할 수 있다고 했다. 내가 한국인이라고 말하자 사촌이 지금 한국에서 일하고 있다고 했다.

폐허로 변한 툴룸 마야 유적지

난 무척 기뻤다. 왜냐하면 내가 한국에 돌아가면 스페인어를 쓸 일이 없고 또한 외국어는 사용하지 않으면 금방 잊는다는 걸 알기에 (인도네시아 능력이 많이 줄었다. 물론 조금 공부하면 다시 잘할 수 있을 것이다) 어떻게든 말할 기회를 만들어야 했고 한국에서 스페인어를 말하는 사람들을 찾으리라 다짐하고 있었기 때문이다.

그는 사촌에게 물어서 내게 연락처를 알려주겠다고 했다. 다음 날 한국에 있는 그의 사촌의 연락처를 받았고 채팅을 시작했다. 그녀의 이름은 Yadira다. 그녀 역시 영어와 스페인어를 다 자유롭게 구사하는 Bilingual이다.

한국에 사는 멕시코계 미국인과 페루계 한국인

5

툴룸에 다녀온 후 난 칸쿤 해변에 위치한 올-인클루시브 호텔인 힐튼호텔로 숙소를 옮겼다. 다행히 50% 할인된 가격에 나온 방이 있었다. 안전을 위해서 비용을 지불한 셈이다. 호텔이 위치한 해변은 쿠바의 바라데로 해변에 비해 형편없었다. 물은 탁했고 좁은 해변엔 해초찌꺼기가 밀려와 청소차로 연신 긁어내고 있었다. 투숙객들도 바다에 몸을 담그는 사람은 거의 없었다. 그래서 작지 않은 수영장이지만 발 담글 엄두가 나지 않을 정도로 아침부터 사람들이 가득했다.

난 호텔에서 하루 동안 휴식을 취했다. 모든 술이 무제한으로 제공되고 언제라도 식당에 내려가면 음식들이 쌓여 있었지만 술이나 음식도 크게 생각나지 않았다. 특급호텔이란 명성답게 24시간 열려 있는 커다란 뷔페식당과 수영장에 있는 음식 코너들 외에도 이탈리아 식당, 멕시코 식당, 일본 식당이 별도의 예약을 받아 아침, 점심, 저녁 식사를 제공하고 있었지만, 음식이 별미까지는 아니어서 4일 동안 한 번 이용하고 더는 가지 않았다.

쿠바에서는 호텔에 머물며 특별히 바쁠 일 없는 직원들과 언제든, 심지어 밤늦게까지도 대화가 가능했었는데 칸쿤에선 분위기가 사뭇 달랐다. 모두가 바삐 움직였고 나와 대화하고 있는 모습을 보면 상사인 듯한 사람이 당장 나타나니 직원들도 대화를 꺼렸다.

난 호텔에 나와 있는 여행 에이전트를 통해 치첸이트사로 가는 일일 투어에 합류했다.

6

미니버스를 타고 나와 멕시코시티에서 왔다는 가족 4명이 호텔을 출발한 시간이 오전 8시 반쯤이었다. 20분을 달려 우리는 대형 버스로 갈아탔다. 버스엔 다른 곳에서 먼저 탄 관광객들이 버스를 가득 메우고 있었다. 9시에 버스가 출발했다. 목적지인 치첸이트사에 도착한 시간은 오후 1시였다. 중간에 마야인들이 운영하는 휴게소에 들러 점심을 먹은 뒤였다.

치첸이트사에 도착하니 젊은 가이드가 우리를 기다리고 있었다. 유적에 대해 설명해 주는 사람이었다. 습기를 머금고 열에 노출된 공기는 끈적거리며 목에 달라붙었다. 치첸이트사의 메인 건축물인 엘 카스티요(El Castillo, 스페인어로 '성'이란 뜻이다) 앞에 서 있는 몇 그루 나무 밑을 제외하면 사방은 강렬한 햇볕에 노출돼 있었다. 젊은 가이드는 우리를 나무 그늘로 데려간 후 설명을 시작했다.

엘 카스티요는 날개 달린 뱀의 신, **〈쿠쿨칸〉**을 위한 신전이며 높이 30m로 9세기에 건설됐다. 계단은 4면에 각 91개씩 총 364개에 신전으로 들어가는 하나의 계단을 더하면 총 365개가 된다. 마야인들은 9세기에 이미 일 년이 365일이라는 걸 알고 있었다. 춘분과 추분이 되면 신전 꼭대기에서부터 바닥까지 빛에 의해 생긴 긴 그림자가 나타나는데 이 모습이 흡사 긴 뱀의 몸통으로 보인다. 그리고 그 몸통은 신전의 한 면 바닥에 있는 석조물로 쿠쿨칸을 상징하는 커다란 뱀머리와 연결되어 완전한 뱀의 형상이 나타난다. 또한 완전체가 된 30m가 넘는 뱀(쿠쿨간)은 마야인들이 사후세계가 있다고 믿은 지하세계를 향해 미끄러져 들어가는 것처럼 보인다.

조사에 의하면 우리가 보는 신전 안쪽에 이전 왕조가 건설한 또 하나의 신전이 중첩되며, 짐작건대 신전 아래 어딘가에는 세노테로 통하는 연결통로가 있고 그 통로를 따라가면 엄청난 보물들이 숨겨져 있다고 믿는 사람들이 그 통로를 찾고 있다는 것이다.

거기까지 설명을 마친 가이드는 우리를 그늘 속에서 끄집어내 신전 앞으로 데려간 뒤 박수를 치기 시작했다. 박수 소리는 신전에 부딪혀 되돌아오며 새 울음소리를 만들었다. 신기한 현상이었다.

우리는 엘 카스티요에서 이동해 엘 카스티요의 오른쪽에 위치한 커다란 건물로 향했다. 그곳은 수많은 기둥이 있다 하여 '천 개의 기둥 신전'이라고도 불리는 '전사의 신전'이었다.

Cancun, Cuba

전사의 신전 가장 높은 곳엔 먀야인들이 '비의 신'으로 모셨던 〈차크〉의 석상이 있다고 하는데 땅에서는 희미하게 형체만 보일 뿐이었다(난 그 석상을 멕시코시티에 있는 자연사박물관에서 봤다. 전체 크기는 약 1m 정도로 크지 않았다. 다양한 모양의 차크 석상들이 있었고 누워 있는 모든 석상의 배엔 인신공양을 할 때 희생자의 심장을 올려놓을 수 있는 지름 약 30cm 정도의 평평하게 다듬어진 부분이 있었다).

농경사회였던 마야에 비는 가장 중요한 물의 공급원이었고 가뭄
이 들면 차크가 분노해서 생긴 일로 알고 차크의 분노를 달래기 위해
인신공양을 했다는 것이다.

다음 장소는 마야인들이 희생자들을 선발하기 위해 공을 가지고 경기를 했다는 '주에고 데 페로타'(Juego de Pelota, 스페인식 발음은 '푸에고 데 펠로타'이며 '공놀이 혹은 공으로 하는 경기'란 뜻이다)였다. 엘 카스티요에서 보면 왼쪽에 있었다. 경기장은 길이가 147m 넓이가 47m에 이르는 엄청난 크기였다.

그런데 재미있는 건 선수들이 손을 제외한 몸을 이용해 공을 넣을 수 있는 '골문'은 겨우 지름이 35cm나 될까 말까 하다. 더구나 그마저도 땅에 있는 게 아니라 경기장 양쪽에 세워진 높은 벽 상부에 달려있었다.

더 큰 난관은 그 작은 골문마저 벽에 정면으로 구멍이 나 있는 것이 아니라 긴 벽과 같은 방향으로 설치가 되어 있다. 경기장에 있는 선수의 위치에서 보면 골문(구멍)이 보이는 것이 아니라 고리로 된 원의 옆면(폭 30cm의 직사각형 돌)만 보이는 꼴이었다. 선수가 잘 훈련된 상대 수비를 따돌리고 그 높고 작은 골문에 그것도 긴 벽을 따라 몸을 옆으로 비켜 세워야만 겨우 보이는 골문에 공을 넣는 건 정말 어려운 일이었을 것이다. 그러니 경기는 대개 며칠이고 계속됐을 것이다. 왜 그렇게 난해한 구조로 경기장을 만들었을까? 아마도 경기를 오래 지속하기 위한 설계라 짐작한다. 만약 한두 시간 만에 골을 넣어 경기가 끝나고 희생자들이 정해진다면 비는 내리지 않는데 희생자는 계속 늘었을 테니 가능하면 시간을 끌어 비가 올 때까지 기다리기 위한 고려가 아니었을까 싶지만 짐작일 뿐이다.

마지막으로 들른 곳은 제물로 바쳐진 사람들을 돌에 해골 문양으로 양각해서 긴 벽으로 장식한 '촘판들리 제단'이었다.

특이한 점은 제물로 바쳐질 사람이 승리한 팀에서 선발됐다는 것이다. 마야인들은 신에게 자신의 심장을 바치는 일을 세상에서 가장 큰 영광으로 알았기에 승리한 선수만이 그 영광을 차지할 수 있었단다(물론 패배한 팀의 선수들은 처형됐다). 삶과 죽음이 연결되어 있고 사후세계를 믿었던 마야인에게 신을 위한 인신공양은 부활로 가는 가장 확실한 길이란 믿음이 있었을 터이다. 그것도 다음 생은 평민이 아닌 왕이나 최소한 귀족으로 다시 태어난다는 믿음이 그런 퍼포먼스를 가능케 했을 것이다.

　　치첸이트사에서 나와 근처 세노테에 들러 1시간 정도 머물며 수영과 휴식을 취했다.

세토테는 소행성이 유카탄반도와 충돌한 후 오랜 시간이 지나 석회암지대가 함몰하면서 생겼다는 설명이었다. 우주적인 서사가 담긴 장소였고 또한 마야문명이 탄생할 수 있었던 근거를 제공한 중요한 자연현상이었다. 마지막으로 버스는 스페인식민지 시절에 번창했다는 바야돌리드(Valladolid)라는 도시에 잠깐 들렀다 칸쿤으로 돌아왔다. 호텔에 도착하니 이미 밤 9시가 넘어 있었다.

7

치첸이트사는 현시대의 세계 7대 불가사의 중 하나다. 물론 충분히 그럴만한 가치가 있는 인류의 소중한 유적임에는 분명하다. 또한 마야인들은 대단한 천문지식과 건축술을 가졌고 '0'이란 숫자를 수학에 적용한 뛰어난 민족임이 분명하다. 하지만 내겐 큰 감흥을 일으키진 못했다. 치첸이트사는 마야라는 신비한 문명이 남긴 다양한 문화와 종교 그리고 세계관을 압축적으로 보여주는 유산이지만 무신론자인 내겐 동시대에 남아메리카에 있었던 잉카문명이 남긴 마추픽추와 큰 차이가 없었다. 칠레에 근무하던 2010년에 고생하며 찾은 마추픽추를 보고 실망한 기분을 치첸이트사에서도 비슷하게 느꼈다.

치첸이트사에서 만난 마야의 건축물들과 인신공양 문화는 지배계급이 피지배자들을 종교라는 저항할 수 없는 기제를 동원해 자신들의 권력을 유지를 위해 이용했다는 조금은 극단적인 생각만 남겼다. 종교를 이용해 권력에 절대 대항하지 못하게 두려움을 조장하고 또한 사후세계를 믿게 하여 희생을 신성한 일로 둔갑시킨 건 아닐까.

인신공양을 위해 만든 거대한 경기장과 그렇게 선택된 희생자들을 찬양하기 위해 만든 해골벽인 '촘판틀리 제단'을 보면서 난 우리 이야기가 떠올랐다.

우리나라는 예로부터 가뭄이 들면 최고통치자(왕)가 불민하고 정치를 잘못해서 하늘이 벌을 내린다고 여겼다. 그런 믿음과 사상이 있었기에 왕이 몸소 하늘에 용서를 비는 기우제를 지냈었다. 또한 단군신화에는 신의 아들인 환웅이 〈널리 인간을 이롭게 하려고(홍익인간, 弘益人間)〉 하늘에서 신과 함께 살던 운사(구름을 관장)와 풍백(바람을 관장) 그리고 우사(바람을 관장)를 신하로 삼아 데리고 내려왔다고하니, 마야문명에 비해 우리가 가진 문화와 전통은 얼마나 인간적이며 민중 친화적인가.

종교가 없으니 난 신을 믿지 않는다. 신을 믿지 않는 난 〈**긍정의 힘**〉을 믿는다. 종교를 가지지 않았기에 무엇인가를 얻기 위해 혹은 무슨 일의 성공을 위해 신에게 빌어본 적이 없다.

신이 사람을 만들었는지 반대로 사람이 신을 만들었는지는 모른다. 만약 사람이 신을 만들었다면 그 목적은 분명하다. 신의 기능은 일테면 〈**예방주사**〉 같은 것이다. 인간이 가진 선(善)과 악(惡) 중 악을 억제하는 역할이다. 사자성어로 말하면 권선징악(勸善懲惡)이다. 따라서 신은 인간이 나쁜 일을 저지르면 언제나 벌을 준다. 하지만 인간이 좋은 일을 한다고 상을 주는 신은 없다. 왜냐하면 그런 일은 신의 **직무**가 아니기 때문이다. 만약 상을 내리는 신이 있다면 그건 **설화나 전설의 영역**이다. 신에게 복을 비는 건 재판을 하는 법정에 가서 좋은 음식이나 좋은 옷을 구하는 거나 마찬가지 행동인 셈이다.

내가 믿는 건 〈에너지 혹은 기(氣)〉다. 난 산에 갔을 때 커다란 돌무더기가 보이면 예외 없이 돌 하나를 찾아 돌무더기에 올린 뒤 두 손을 돌무더기에 대고 약 1분 정도 머물며 원하는 걸 떠올린다. 내가 그렇게 행동하는 이유는 에너지를 받기 위해서다. 많은 사람들이 자신이 바라는 소원을 빌며 긴 시간 동안 쌓아 올린 돌무더기엔 선한 기운이 축적돼 있다고 믿는다. 그 순간 좋은 에너지가 내 몸을 흐를 때 내가 바라는 걸 떠올리면 그 일에도 좋은 에너지가 퍼져 성공할 확률이 높아지리란 기대가 있기 때문이다.

우리가 사는 공간(우주라고 말해도 크게 틀리지 않는다)에는 좋은 에너지와 나쁜 에너지가 항상 공존한다. 그렇다고 그런 에너지가 영역을 나눠 존재하지도 않는다. 좋은 사람과 나쁜 사람이 섞여 사는 게

이 세상이듯, 혹은 선함과 악함을 동시에 가지고 있는 존재가 우리 인간이듯 좋은 에너지와 나쁜 에너지도 항상 공존한다. 좋은 에너지의 파도가 밀려오고 뒤이어 나쁜 에너지의 파도가 따라온다. 그중 어떤 파도에 올라탈 것인지는 각자의 의지에 달렸다. 제비뽑기도 복불복도 아니란 뜻이다. 그때 필요한 자세가 〈최선을 다하는〉 것과 〈긍정적인 생각〉이다. 선순환의 고리에 들면 에너지가 발생한다. 그게 바로 긍정의 힘이고 낙천적인 생각의 기운이다.

살면서 성공보다는 실패가 더 많았고 기뻤던 시간보다 아팠던 시간이 훨씬 길었지만 난 내가 운이 좋은 사람이라 믿는다. 그리고 그럴만한 결과도 많다. 지금 안정적인 직장에서 보람 있는 일을 할 수 있는 삶, 회사를 그만두지 않고 휴직이란 제도를 통해 유럽에서 젊은 친구들과 학우가 되어 일정 기간을 살 수 있는 삶과 풍족하진 않지만 최소한의 경제적 여유, 회사에 다녀서 자연스럽게 얻은 언어능력 등, 내가 현재 가진 것들은 내 삶을 풍요롭게 만들기에 차고 넘친다.

난 심지어 내가 미각이 둔한 것도 복이라고 생각한다. 만약 내가 예민한 미각을 가진 미식가였다면 한국 음식을 먹기 어려운 2년 혹은 3년이 넘는 장기 해외 근무를 지원하지 못했을 것이 틀림없다. 음식 때문에 세상을 더 경험할 수 있는 기회를 놓친다면 그건 내게 불행한 일임에 틀림없다. 인생사 새옹지마라는 말, 혹은 전화위복이란 말을 난 삶의 중요한 철칙으로 믿는다. 왜냐하면 우리 인생은 **단판 승부**가 아니기 때문이다. 그런 전제에서 2년 전의 아파트 청약 실패도 지금 생각하면 내겐 전화위복이었던 사건이다.

휴직을 하고 바르셀로나에 가기 일 년 전, 난 태어나서 처음으로 청약이란 걸 시도했다. 내가 청약을 한 아파트는 입지가 완벽했다. KTX 천안아산역과 불과 몇백 미터 떨어져 있고, 새롭게 생기는 1호선 전철 탕정역 바로 앞이었고 당진—천안간 고속도로의 서아산 톨게이트가 엎어지면 코닿을 거리였다. 또한 아파트 뒤쪽으론 내가 섬진강 다음으로 물길이 아름답다고 믿는 곡교천이 흐르고 그 곡교천에 생태공원이 들어설 예정이었다.

입지가 그렇게 좋으니 당첨만 된다면 프리미엄을 얻는 건 당연해 보였다. 하지만 정작 내가 그곳을 원한 건 텃밭이 있는 합덕까지 아름다운 곡교천 물길을 따라 만들어진 자전거도로를 이용해 안전하게 갈 수 있다는 사실 때문이었다. 거리도 합덕 텃밭까진 35㎞로 한 시간 반이면 닿을 수 있는 거리였다.

청약이 시작됐고 경쟁률은 청약이 시작되자마자 치솟기 시작했다. 그리고 결과는 당연한 듯 낙첨이었다. 낙타가 바늘구멍 뚫기란 걸 알았지만 서운했었다. 하지만 그것이 내겐 전화위복이 된 셈이다.

지금 생각하면 만약 그때 당첨이 됐더라면 난 바르셀로나에 가지 못했을 것이다. 후분양 특성상 당첨되고 입주까진 불과 반년의 시간이 남아 있었고 난 잔금 모두를 빚 없이 지불할 여력이 없었다. 대출은 필수 조건이었다. 또한 유럽에서 학업과 여행을 동시에 즐기기 위해서는 상당한 지출이 필요한데 휴직 기간엔 수입이 전혀 없었다. 따라서 휴직은 마음의 부담으로 작용했을 것임이 틀림없다. 낙첨되면서 결과적으로 그 후 휴직을 결정할 수 있었던 것이다.

인도네시아 근무도 마찬가지다. 사실 난 인도네시아에 가기 전에 다른 일과 다른 근무지를 원했었고 그 목적을 위해 몇 년 동안 열심히 준비했었다. 하지만 내 최선의 노력에도 난 내가 원한 근무지에서 내가 원한 일을 하지 못했다. 그건 회사의 사정도 있었고 승진 과도 관련돼 있었다. 그래서 선택한 곳이 인도네시아였다. 그리고 난 만족했다.

내가 원한 일과 자리보다 더 중요한 일이었고 더 보람을 느끼고 책임도 더 큰 **기술이사**로 회사의 첫 해외 투자프로젝트를 성공시키는 경험을 할 수 있었다. 수많은 기술적 문제들과 파이낸싱에 따른 문제들, 특히 전세계를 공황상태로 몰아넣은 COVID19 펜대믹이란 초유의 사태에도 발전소를 성공적으로 건설하고 시운전을 거쳐 준공시켰다. 상업운전을 시작하고는 인도네시아 최고등급의 효율 달성과 무고장 운전, 98%에 이르는 이용률을 기록하여 인도네시아 최고의 발전소로 등극시켰다(우리나라로 치면 한국전력에 해당하는 PLN으로부터 최우수발전소상을 2021년 말에 수상했다).

인도네시아에서 근무할 땐 세계인과 매일 함께 호흡하고 내가 국내에서는 접할 수 없는, 훨씬 다양한 경험들을 할 수 있었다. 프로젝트 파이낸싱과 그에 따른 법률적인 일들, 현지 직원 채용, 인도네시아 스폰서와 협업, 구매와 노무관리 등 경영진(이사가 세 명이었다. 두 명은 인도네시아 합작사 출신이었고 난 우리 회사 몫으로 배정된 한 명의 이사였다)으로서 회사를 책임지고 이끄는 경험을 할 수 있었다. 그런 경험과 보람을 느낀 시간을 통해 난 그만 접어버렸던 세상에 대한 호기심을 다시 펼쳤다. 내가 모르는 세상에 대해 더 알고 싶었고 그래서 세계 2번째 공용어인 스페인어를 배우기 위해 바르셀로나에 살았다.

좋은 일만 있었던 건 아니다. COVID19 펜대믹이란 고통스러운 시간도 내 경험에 포함된다. 인도네시아 전체가 봉쇄조치(lockdown)되어 무려 6개월 동안 한 곳에 갇혀 있어야만 했고 그사이

어머니가 세상을 떠났지만, 난 귀국조차 할 수 없었다. 주변에서 사망자가 속출할 땐 몸이 아파도 감염의 두려움 때문에 병원조차 갈 수 없었다. 코로나바이러스 예방에 좋다고 과다복용한 비타민 C로 인해 요로결석 증상이 나타났고 제대로 치료하지 못한 감기 때문에 부비동염이 심해져도 귀국이 가능할 때까지 견뎌내야만 했다.

난 그 6개월 동안 갇힌다는 문제에 침잠했다. 제도에 갇히고 감정에 갇힌다는 게 어떤 건지 절감한 뒤였다. 역설적으로 갇혀 있으며 더 넓은 열린 세상과 공간을 꿈꿨고 고통 속에서 희망을 상상했으며 평범한 일상의 소중함을 깨달았다. 그리고 행복이 더 간절해졌다. 어머니의 마지막을 멀리서 지켜보면서 가족을 생각했다. 그 시간을 견디기 위해 가장 두꺼운 책들인 평전을 읽으며 패배를 경험한 인간이 그 위기를 극복하는 힘을 기를 수 있는 정연한 자세를 배웠다. 꼬박 세 달 동안 읽은 도쿠가와 이에야스가 주인공인 〈대망, 大望〉에서 인내의 가치와 힘을 발견하기도 했다. 그 책들은 말로만 배웠던 〈실패는 성공의 어머니〉란 격언을 실증적으로 보여주는 좋은 사례가 돼줬다.

그런 시간을 겪은 난 이전의 나와 조금은 좋게 달라졌다. 결과를 인정하고 패배에서 성공을 위한 가르침을 배우려고 노력한다. 다시 말하지만 난 나쁜 일이 생기면 그 일은 더 최악의 일을 회피하게 만든 고마운 액땜이라고 생각한다. 또한 어떤 일에 실패하면 다른 일을 준비하고 전화위복이 되리라 생각한다. 낙천주의자인 내가 나쁜 에너지로부터 빨리 달아나 '좋은 에너지'로 갈아타기 위한 내 전술인 셈이다. 그리고 다시 시작한 일이 잘되리란 굳건한 믿음은 '선순환 고리'에 올라타기 위한 또 하나의 전술이다.

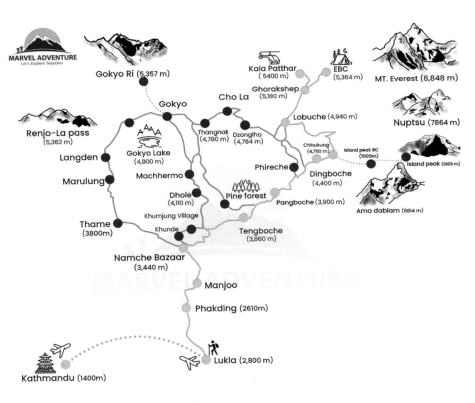

MARVEL ADVENTURE
Let's Explore Together

Gokyo Ri (5,357 m)

Kala Patthar (5400 m)

EBC (5,364 m)

MT. Everest (8,848 m)

Cho La

Ghorakshep (5,180 m)

Gokyo

Lobuche (4,940 m)

Nuptsu (7864 m)

Renjo-La pass (5,362 m)

Thangnak (4,780 m)

Dzonglha (4,784 m)

Chhukung (4,760 m)

Island peak BC (5100m)

Island peak (6189 m)

Gokyo Lake (4,800 m)

Langden

Phireche

Dingboche (4,400 m)

Machhermo

Marulung

Dhole (4,110 m)

Pine forest

Pangboche (3,900 m)

Ama dablam (6814 m)

Khumjung Village

Thame (3800m)

Khunde

Tengboche (3,860 m)

Namche Bazaar (3,440 m)

Manjoo

Phakding (2610m)

Kathmandu (1400m)

Lukla (2,800 m)

친구와 신의 경계, 히말라야 (Khumbu, Nepal)

2022년 12월4일. 휴직 3일 후 난 네팔로 달려갔다. 히말라야산맥에 있는 EBC(Everest Base Camp) 코스 트레킹을 위해서였다. 히말라야 트레킹은 내 버킷리스트 중에서도 가장 중요한 일이었다. 난 늘 그곳에 가고 싶었다. 하지만 직장생활을 하면서 20일의 시간을 내기는 어려워서 미루고 또 미루던 일이었다.

언젠가 히말라야를 만날 날을 기다리며 난 시간이 날 때마다 그리고 여건이 될 때마다 준비했다. 내 준비는 가능한 많이 그리고 높은 산에 오르는 것이었다. 고산증에 대한 적응훈련일 수도 있었다.

우리나라에서 높다는 산들은 최소 몇 번씩 계절마다 올랐다. 칠레에 근무할 때는 해발 2,500에서 3,000m 정도의 페루 마추픽추와 쿠스코에 다녀왔다. 볼리비아의 우유니 사막과 칠레 아타카마 사막에도 다녀왔다. 그곳은 해발 3,500에서 4,000m급이다. 인도네시아에서 근무할 땐 칼리만탄(Kalimantan)섬 말레이시아령에 있는 키나발루산(4,095m)을 올랐고 인도네시아 롬복에 있는 린자니산(3,726m)에도 올랐다. 한 번도 고산증을 경험하지 않았다.

키나발루산 정상 일출 [INKBLUE]가 선명하다

내 경험에 의하면 고산증은 개인의 나이나 체력 혹은 건강 상태와 직접적인 연관성은 크지 않다. 배멀미나 차멀미를 하는 사람과 그렇지 않은 사람처럼 개인의 신체적 특징에 가깝다. 왜냐하면 아타카마 사막에 갔을 때 아주 건강한 20대 통역사가 3,000m가 넘자 극심한 고산증을 앓는 걸 봤기 때문이다. 한 번 고산증이 오면 그곳에 있을 수 없다. 즉시 하산해야만 한다. 고도를 낮추는 것만이 고산증을 치료할 수 있는 유일한 길이다. 그래서 히말라야엔 헬기가 많다. 언제든 고산증 증세가 나타난 등산객을 실어서 낮은 곳으로 데려가기 위해서다.

　　세계의 지붕이라 불리는 네팔령 히말라야에는 다양한 트레킹(Trekking)코스가 있다. 그중에 대표적인 트레킹코스는 ABC(Annapurna Base Camp) 코스, 랑탕(Langtang) 코스, 그리고 내가 다녀온 EBC(Everest Base Camp) 코스가 있다. 히말라야 3대 트레킹코스다. 난이도는 코스마다 다양한 루트가 있어 어느 것이 더 난이도가 높다고 말할 수는 없을 것 같다.

　　히말라야를 경험하는 방법도 코스별로 조금씩 다르다. 안나푸르나 코스에선 푼힐 전망대에 올라 히말라야에 있는 7,000에서 8,000m급 산군(山群)을 감상할 수 있다. 또한 세계 3대 미봉 중 하나인 마차푸차레를 볼 수 있는 게 매력적인 포인트다. 랑탕 코스에선 5,000에서 6,000m급 만년설산을 파노라마 뷰로 감상할 수 있고 세계에서 가장 아름다운 계곡인 랑탕 계곡과 깊은 원시림을 감상할 수 있다. 마지막으로 EBC 코스다. 내가 경험한 것들을 이제부터 풀어볼 생각이다.

　　EBC 코스의 최종 목적지인 에베레스트 베이스캠프는 해발

5,364m에 위치한다. 전문 산악인들이 에베레스트산 등반을 위해 베이스캠프를 설치하는 곳이다. 나 같은 일반인은 루크라(Lukla)에서 최단코스로 걸어도 약 일주일을 걸어 올라가야 도착할 수 있는 곳이다. 난 2일간의 적응(Acclimatization) 산행을 포함해 8일 만에 EBC에 도착했다. 그리고 하산에 3일이 소요되어 총 11일의 여정이었다.

인천을 출발해 약 7시간을 날아 네팔의 수도인 카두만두(Kathmandu) 공항에 도착하니 가이드인 산토스(Santosh)가 공항에서 날 기다리고 있었다. 안경을 낀 첫인상이 학생들을 가르치는 선생님 같은 인상이었다. 만나기 전에 상상한 산사나이의 모습은 전혀 찾아볼 수 없었다. 난 그의 차를 타고 시내에 있는 호텔로 향했다. 호텔에 도착해 전체 일정에 대한 간단한 설명을 들은 후 난 혼자 시내로 나갔다.

아직 코로나 펜대믹의 영향이 완전히 사라지지 않은 탓인지 시내는 한산했다. 난 뜨거운 물을 담을 보온병과 그 뜨거운 물을 담아도 깨지거나 쪼그라들지 않는 플라스틱 물병을 사고 시내에 있는 한국식당을 찾았다. 산행 중엔 고기를 먹지 못한다는 말을 들은 터라 산행 시작 전 고기를 실컷 먹어두기 위해서였다. 삼겹살을 시켰는데 고기맛이 좋았다. 한국 소주와 맥주도 팔았다. 한국인들이 많이 찾았던 탓인지 주인은 한국인이 아닌데 삼겹살은 쌈채소까지 제대로 갖춰서 나왔다. 난 즐거운 식사를 마치고 돌아와 일찍 잠자리에 들었다. 트레킹을 마치고 3일간 카트만두에 머물 예정이었기 때문에 미련은 없었다.

12월 5일. 루크라로 가는 12인승 경비행기는 정시에 카트만두공항을 이륙했다. 날이 도와준 덕이다. 가이드인 산토스의 말에 의하면 날이 좋지 않으면 아예 비행기가 뜨지 않고 하루나 이틀을 기다려야 할 때도 많고 안개가 끼면 한나절 지연되는 일이 잦단다. 카트만두공항의 날씨보다 루크라공항(텐징-힐러리공항)의 날씨가 더 문제라는 설명이었다. 이륙 후 40분 만에 루크라공항에 도착하니 왜 그런지 단번에 이해가 됐다.

루크라공항을 직접 보니 세계에서 가장 위험한 공항이란 말이 괜한 말이 아니었다. 이 공항은 히말라야산맥에 있는 높은 산 중턱 비탈을 깎아서 만들었는데 폭은 20m, 활주로 길이는 527m에 불과하다. 비행기가 착륙할 때는 가파른 경사로를 올라가고 이륙할 때는 가파른 내리막을 달려 내려간다. 마치 낭떠러지를 향해 달려가는 기분이다. 트레킹을 마치고 카트만두로 돌아올 때 비행기에서 느낀 이륙 순간은, 내가 새가 돼서 나뭇가지에서 바닥으로 뛰어내리는 느낌이었다. 뛰는 순간은 중력에 의해 땅으로 곤두박질치다가 땅에 부딪히기 직전 날갯짓을 통해 얻은 양력의 힘으로 하늘로 솟구쳐 오르는 느낌이었다. 롤러코스터를 타는 느낌과 비슷했다.

히말라야 같은 깊디깊은 산속에서는 날씨가 무엇보다 중요하다. 날씨가 도와주지 않으면 깊은 산에선 아무것도 할 수 없다. 다행히 10박 11일의 트레킹 기간 동안 날씨는 언제나 좋았다. 감사한 일이다.

작은 비행기엔 나를 포함해 미국에서 온 단체 트레커들이 함께 탔다. 미국에서 온 젊은 여자들은 비행시간 내내 쉬지 않고 말을 했다. 기대가 그만큼 크다는 반증이니 이해가 되고도 남았다. 나 역시 기대와 흥분, 두려움이 교차하고 있었다.

루크라(2,840m)에 도착해 공항 옆에 있는 롯지에서 짐을 나르는 포터를 만났다. 이름은 티카(Tikka)다. 젊고 잘생겼다. 보통 포터들은 영어를 못한다고 들었는데 그는 영어도 잘했다. 후에 들은 얘기지만 코로나 펜데믹이 아니었으면 진작에 가이드시험을 통과해 가이드가 됐을 텐데, 펜데믹으로 외국인 입국이 제한되자 동시에 시험도 무기한 연기됐다는 거였다. 다행히 다시 시험이 시작됐고 내가 루크라에 돌아온 2일 후(12월17일)가 시험일이었다. 난 그가 지금은 가이드로 활동할 거라 믿는다.

12월5일 12시. 롯지에서 점심을 먹고 드디어 출발했다. 루크라 시내를 지나 10분쯤 걷자 국립공원 입산을 신고하는 초소가 나타났다. 초소를 통과해 3시간을 천천히 걸어 Phakding(2,660m)에 도착한 시간은 오후 3시쯤이었다. 고도로만 보면 산을 올라온 게 아니라 180m를 내려온 셈이다. 보통 다른 등산객들은 루크라에서 자고 아침 일찍 출발해 남체 바자르까지 가는데 난 아침에 카트만두에서 출발해서 더 갈 수가 없었다. 산을 오르는 대신 남는 시간은 가이드를 따라 빵이 맛있다는 집을 찾아갔다. 깊은 산속에서 먹는 빵은 맛있었다. 빵집을 찾아가는 길엔 전문산악인을 도와 정상에 오르는 〈셰르파〉를 위한 병원도 있었다.

12월6일. 아침 7시에 출발해 약 6시간을 걸어 히말라야 산속에서 가장 큰 마을인 남체 바자르(Namche Bazaar, 3,420m)에 도착했다. 남체 바자르는 차도 닿지 않는 깊은 히말라야 산속에 이토록 큰 마을이 있을까 싶은, 규모가 상당히 큰 마을이다. 아니, 마을로 표현하기엔 그 규모가 훨씬 크다. 우리나라 작은 읍정도의 규모다. 곳곳에 들어선 호텔들, 그 아래 등급인 수많은 롯지〈Lodge 혹은 티하우스(Tea House)라고 부르기도 한다〉들이 있다.

콩데산(Kongde, 6,093m)에 둘러싸인 남체 바자르

이름난 브랜드의 등산복 가게들, 각양각색의 기념품 가게들, 서양음식에서 동양음식, 네팔과 티베트의 전통음식을 파는 다양한 식당들, 술을 마실 수 있는 바(Bar)와 펍(Pub)도 많았다. 한마디로 없는 게 없다. 이유가 있었다. 가이드의 설명에 따르면 남체 바자르는 오래전부터 티베트 상인과 네팔 상인들이 서로 물건을 사고파는 장이 서는 동네로 상업적 요충지였다. 지금도 정기적으로 장이 선단다.

난 히말라야에 있는 세계에서 가장 높은 산들을 무거운 짐을 지고 넘는 상인들을 생각했다. 철새와 텃새가 있듯, 한곳에 정착해서 사는 삶이 편해 그걸 추구하는 사람도 있고 앞 장에서 말했던 것처럼 노벨이나 또 나같이 방랑벽이 있어 한곳에 머물지 못하고 세상을 떠도는 삶을 원하는 사람도 분명히 있다. 그러니 히말라야 상인들은 히말라야를 넘는 철새들인 셈이다. 한곳에 정착해서 살 수 없는, 텃새의 기질을 타고나지 못해 철새로 살아야만 하는 운명을 타고난 사람들이다.

조선후기 보부상들의 삶과 애환을 방대한 분량으로 재현한 김주영 작가가 쓴 대하소설 『객주』에서 작품 속 주인공들이 가장 많이 하는 말은 〈세상을 떠돌 팔자를 타고 났다〉는 자조적인 탄식의 말이다. 맞다. 그건 타고난 운명, 즉 팔자다. 팔자대로 살아야 탈이 없다.

덧붙여 내 직업에 대해 말하면, 난 한 사무실에서 평생 일해야만 하는 직장, 혹은 직업을 가지지 않은 걸 천만다행이라 여긴다. 만약 그랬다면 난 아마 견디지 못했을지도 모른다. 우리 회사는 전국에 사업장이 있다. 또한 해외에도 사업장이 있어 원하고 노력하면 해외에서 근무도 가능하다. 그래서 난 칠레, 인도네시아, 아이티, 미국에 머물 수 있었고 그 시간을 감사하게 여긴다.

남체 바자르는 지리적으로도 요충지다. 비유하자면 우리나라 천안삼거리가 있는 천안시 같은 곳이다. 그곳에서 에베레스트나 아마다블람을 오를 수 있는 EBC 코스, 또 나는 가보지 못했지만 히말라야에서 가장 경치가 좋다는 고쿄리(Gokyo Ri), 추쿵리(Chhukung Ri)로 가는 길이 나뉘는 길목에 위치해 있기 때문이다.

12월7일은 3,000m 적응산행을 했다. 에베레스트가 보이는 호텔 (Everest View Hotel)에 다녀오는 코스다. 가벼운 차림으로 출발해 2시간을 오르면 Hotel Everest View(3,880m)에 도착한다.

말 그대로 에베레스트가 보이는 곳에 호텔을 지었다. 트레킹을 하지 못하거나 원하지 않는 사람이 에베레스트와 히말라야에 있는 산들을 보고 싶다면 카트만두에서 헬기를 타고 이곳에 와서 숙박하면 된다. 그런 손님을 실어 나르기 위해 호텔 앞 언덕엔 여러 대의 헬기가 날아다니고 있었다. 물론 헬기는 그런 손님만 실어 나르지 않는다. 고산증을 앓는 트레커나 부상자들, 그리고 조난자 구조를 위해 대기하고 있는 헬기도 있다. 내가 호텔에 도착했을 때도 헬기가 2대나 있었고 팡보체에서 딩보체로 가는 길에도 헬기 착륙장이 있었고 헬기들이 수없이 뜨고 내리는 걸 봤다.

　호텔 식당에 앉으면 에베레스트가 보인다. 하지만 내겐 멀리 희미하게, 그것도 꼭대기만 보이는 에베레스트엔 별 감흥이 없었다. 내 눈을 휘어잡은 산은 스위스 체르마트에 있는 마터호른, 히말라야 안나푸르나에 있는 마차푸차레와 함께 세계 3대 미봉으로 유명한 아마다블람(Ama Dablam, 6,856m)이었다.

　그날 난 내가 가장 사랑하게 된 산, 아마다블람을 만났다. 사실 EBC 코스 산행은 아마다블람과 함께하는 산행이라고 해도 과언이 아니다. 11일의 여정 중 8일은 아마다블람을 볼 수 있었다. 남체 바자르에서 멀리 아마다블람의 머리(정상 부근)를 처음으로 본 뒤 팡보체에선 아마다블람의 정면과 마주한다. 딩보체에선 옆면을 가까이에서 볼 수 있다. EBC 코스에서 아마다블람과 가장 가까워지는 곳이 딩보체이다. 아마다블람이 지척에 있다. 마지막으로 추쿵리(Chhukung Ri)에 가면 아름다운 뒷태를 볼 수 있다.

티벳불교 탑과 눈 덮인 아마다블람

네팔말로 **아마(Ama)**는 '어머니'를 뜻하고 **다블람(Dablam)**은 '뒤에 계신다'는 뜻이란다. 하지만 가이드인 산토스의 설명은 달랐다. 다블람은 **여자쌍둥이**란 뜻이다. 아마다블람은 전체 형태가 뫼산(山) 자처럼 생겼는데 가운데 큰 봉우리는 어머니를 양쪽 낮은 두 개의 봉우리는 **쌍둥이 딸**을 의미하며 어머니가 쌍둥이 딸을 양쪽에 안고 있는 모습을 뜻한다고 했다. 어느 것이 맞는지는 모르지만 내겐 히말라야 독수리가 날개를 펴고 하늘을 날고 있는 모습처럼 보였다.

하늘을 나는 히말라야 독수리

아마다블람은 네팔 화가들이 가장 많이 그리는 산이며, 에베레스트보다 오르기가 더 어렵다는 말도 했다.

아마다블람을 보기 전까지 난 파라마운트사의 로고인, 스위스 체르마트에 있는 마터호른이 가장 멋진 산이라고 생각하며 살았었다. 난 마터호른을 2011년 5월에 만났었다. 마터호른에겐 미안하지만 내 마음속 마터호른 자리를 아마다블람이 차지했다.

¡Lo sinento pero, Adios 미안해. 하지만 안녕!

12월8일. 팡보체(Pangboche, 3,870m)를 향해 아침 일찍 출발한다. 아침 일찍 롯지를 출발하면 해는 아직 산 뒤에 숨어 있을 때가 많았다. 7,000m급 산이 수없이 많은 **히말라야에서는 해가 뜨는 것이 아니라 해가 산허리를 돌아 나온다.** 수줍은 시골 소녀가 빼꼼히 문 뒤에서 고개를 내밀 듯, 해는 언제나 하늘을 향해 장대하게 솟아 있는 검고 높은 산 중턱의 왼쪽 사변(斜邊)에서 살며시 고개를 내민다. 처음엔 눈부신 하얀빛들이 댐이 무너져 물이 쏟아지듯 쏟아져나온 뒤 해가 그 뒤로 고개를 내민다. 마치 광채를 띤 신의 얼굴과 같은 모습이다.

산을 오르다 또 아이들을 만났다. 학교에서 돌아오는 형제였다. 트레킹 기간 동안 길에서 자주 아이들과 마주쳤다.

문득, 이전에 얻은 깨달음을 다시 기억한다. 내가 걷는 길은 지리산, 혹은 한라산, 설악산에 오르기 위한 탐방로 같은, 산속에 난 길이 아니란 사실이다. 이 길은 처음부터 히말라야에 기대어 사는 사람들의 〈삶의 길〉이다. 트레커들은 그 길을 빌려 산을 오르내리는 것이다. 그래서 더 특별했다. 트레킹을 시작한 루크라에서부터 차가 들어갈 수 없는 소로를 따라 히말라야 사람들이 사는 마을들이 계속해서 나타나는 트레킹 길이 너무 좋았다. 사실 우리 일행은 처음 여정과 달리 여러 번 잠자리를 변경했었다. 그럴 수 있었던 건 우리 속도에 맞춰 그때마다 마을이 나타났기 때문이다. 마을들이 이어지니 자연히 아이들을 많이 만난다. 난 한국에서 학용품들을 가져갔고 길에서 만나는 아이들에게 선물했다.

남체 바자르에서 출발해 5시간을 걸어 팡보체에 도착했다. 남체

까지는 인터넷 사용과 등산 중 마시는 따뜻한 물을 숙소에서 무료로 얻을 수 있었는데 여기서부터는 따뜻한 물도 돈을 주고 사야 한다. 또한 밧데리를 충전하는 것도 비용을 지불해야 한다. 인터넷을 사용하려면 와이파이 카드를 구입해서 사용한다.

12월9일은 딩보체(Dingboche, 4,360m)를 향해 출발한다. 하루 동안 고도를 500m나 높여야 하는 코스다. 그런데 트레킹은 줄곧 오르기만 하지 않는다.

산을 오르다 보면 손해 보는 느낌이 들 때가 있다. 기껏 땀 흘려 올랐는데 다시 내려가는 코스가 나타날 때다. 텡보체(3,860m)에서 데보체(3,710m)까지는 내리막길이다. 힘들게 올라왔는데 다시 내려가는 길이 반갑지 않았지만 도리가 없다. 다시 올라야 하는 길을 완만한 계곡을 따라 점심때까지 내려간다.

본격적으로 오르막을 오르기 전 우린 롯지에 들러 점심을 먹었다. 난 습관처럼 라면을 주문한다. 트레킹 중 점심은 대부분 라면을 먹었는데 매번 맛이 달랐다. 라면은 같은 라면인데 끓이는 방법이 롯지마다 다르기 때문이다. 히말라야에서 먹었던 라면 맛은 그때까지 먹은 라면 중 손가락 안에 드는 맛으로 기억될 것이다. 롯지 아주머니들은 어찌 그렇게 한국라면을 맛있게 끓이는지 신기했다.

트레킹 중에는 먹을 수 있는 음식이 제한적이다. 가이드인 산토스의 조언에 따라 술과 고기는 일절 입에 대지 않았다. 술은 고산증에 치명적이란 이유였고 고기는 자칫 설사를 일으킬 염려가 있다는 이유로 피했다. 그러니 쌀과 밀가루로 만든 음식이 먹을거리의 다였다. 라면, 피자, 토스트, 볶음밥이 주메뉴였다. 단백질을 보충하기 위해서 달걀 프라이를 많이 먹었다. 잘 마시지 않던 콜라도 점심엔 즐겨 마셨다. 마음 같아서는 시원한 맥주를 마시고 싶었지만 술을 마시지 못하니 시원한 콜라로 대신했다. 시원한 목넘김이 무척 좋았다.

라면을 먹고 출발하자마자 가파른 오르막길이 시작되고 방한복을 벗고 가벼운 차림인데도 온몸이 땀에 젖는다. 밤엔 기온이 영하 15도까지 내려갔다가 낮엔 강렬한 햇빛이 대기를 달궈 기온은 영상 10도까지 오른다. 기온차가 무려 25도나 된다. 극심한 일교차에 감기에 걸리지 않아야 한다. 그러기 위해서 추워도 샤워는 꼭 한다. 남체 바자르까지는 롯지마다 순간온수기가 있어 돈을 내면 좁은 샤워실이지만 샤워가 가능했다. 물론 만약을 대비해 물에 적셔 몸을 닦을 수 있는 둥그렇게 말린 500원 동전 크기의 종이타올을 준비해 갔다.

2시간쯤 걷자 탁 트인 평지가 나타났다. 그곳에 커다란 사원이 있다. 히말라야 깊은 산속에 자리 잡은 탱보체 사원(Tengboche Monastery)이다. 이 사원은 에베레스트 지역에서 가장 크고 유명한 사원으로 티베트불교 사원이다.

딩보체에 도착하니 해는 아직 하늘 중간에 있었다. 순간온수기가 있는 샤워실이 없었다. 돈을 주고 물을 데워달라고 부탁했다. 뜨거운 물 두 양동이를 벽돌로 지어진 작은 건물 안에 가져다준다. 난 거기서 몸을 씻고 빨래도 했다. 빨래가 가능했던 이유는, 다음날 5,000m 적응 산행을 하기 때문에 그 롯지에서 하루를 더 묵을 예정이었다.

Khumbu, Nepal

산을 오르는 8일 동안 난 걷는 시간을 최대 6시간을 넘기지 않았다. 고도가 높아지며 고산증이 올 수도 있어 천천히 적응하며 걷는 것이 가장 큰 이유였지만 또 하나의 이유는 해가 있을 때 숙소에 도착해 샤워하고 빨래도 하고 여유 있게 커피도 마시며 저녁을 기다리기 위해서였다. 어두운 밤에 도착해 추운 곳에서 저녁을 맞지 않는게 좋은 컨디션을 유지하며 오래 걸을 수 있는 좋은 방법이라고 생각했다.

딩보체는 아마다블람을 가장 잘 볼 수 있는 곳이며 지금 생각하니 트레킹 전 여정 중 내가 가장 좋아하는 곳이다. 저녁을 먹고 카메라를 들고 밖으로 나갔다. 별을 보기 위해서였다. 하늘은 온통 별천지였다. 숨이 멎을 만큼 아름다웠다. 거대한 거인처럼 하늘로 솟아 있는 아마다블람을 배경으로 북두칠성을 중심으로 별들이 은하수를 이루고 있었다. 그날 밤 내가 본 밤하늘은 영원히 잊지 못할 추억이 될 것이다.

12월 10일은 나가르상 힐(Nangkartshang Hill, 5,200m)에 오르는 걸로 5,000m 적응산행을 했다. 등산로는 미끄러웠다. 그만큼 경사도가 크다는 말이다. 딩보체 롯지에서 나가르상 힐까지 고도 840m를 3시간 만에 오르는 길이다. 한 걸음 한 걸음이 힘들었다. 힘겹게 목표한 지점에 오르니 발아래에 산들이 어깨동무를 하고 있었다. 태어나서 처음으로 5,000m를 밟는 순간이기도 했다. 최종 목표지점인 EBC보다 겨우 164m 낮은 곳에 도착한 것이다.

가슴이 벅찼다. 내 그런 기분을 잘 안다는 듯이 티카가 들고 온 커피를 따라 내게 내밀었다. 5,000m에서 발아래 늘어선 산들을 바라

보며 마시는 커피 한 잔은 내가 그때까지 마신 어떤 커피보다 맛있었다. 또한 영원히 기억될 커피 한 잔이었다.

　12월11일은 당초 추쿵(Chhukung, 4,730m)을 지나 추쿵리(Chhukung Ri, 5,546m)에 다녀올 계획이었다. 하지만 겨울철이라 위험할 수 있고

왕복 11시간이 소요되는 난코스라는 가이드의 말에 아쉽지만 포기했다. 목적지인 EBC에 도착하는 게 이 산행의 목적이었다. 그러니 무리하면 안 된다. 안전한 산행이 최우선이라고 위안했다.

나가르상 힐에서 본 아마다블람

추쿵리에서 본 아마다블람

글을 쓰고 있는 지금 추쿵리에 다녀온 사람들이 찍은 사진을 보니 아름다운 아마다블람의 뒷면을 볼 수 있는 곳이 바로 추쿵리였다.

기회가 된다면 아마다블람의 뒷면을 보기 위해 추쿵리에 가고 싶다. 또한 호수를 배경으로 한 아마다블람을 보기 위해 고쿄리에도 갈 것이다. 지금도 내 머리와 가슴속엔 아마다블람이 떠나질 않는다. 이제 내게 히말라야는 가장 높은 산인 에베레스트가 아닌, 아마다블람을 간직한 곳이다.

우리는 아침 일찍 출발해 Lobuche(4,940m)로 향했다. 점심을 먹기 위해 투클라(Thukla)에 있는 롯지에 들렀는데 거기서 또 다른 아마다블람을 만났다. 벽에 걸려 있는 사진을 봤는데 너무도 아름다웠다. 난 가까이 가서 그 산이 어떤 산인지 확인했다. 벽에 걸린 사진은 호수를 배경으로 찍은 아마다블람이었다. 고쿄리(Gokyo Ri, 5,483m)에서 찍은 사진이었다. 고쿄리에 가면 해발 5,000m 이상에 위치한 3개의 호수(Gokyo Lake, Fourth & Fifth Lake)를 볼 수 있다. 고쿄리로 가는 길은 남체 바자라에서 가는 길과 투클라에서 가는 두 개의 등산로가 있다. 남체 바자르에서 가는 길에 비해 투클라에서 가는 길은 좀 더 위험한 코스란다. 언젠가 다시 가서 그 풍경을 꼭 보고 싶다.

고쿄리에서 본 호수와 아마다블람

점심식사를 마치고 다시 걷는다. 길은 끝도 없이 오르막이다. 그렇게 2시간을 걸어 오르니 포터인 티카가 먼저 와 쉬고 있다. 그곳엔 많은 돌무덤들이 여기저기 흩어져 있었다. 히말라야에 있는 산들을 오르다 사망한 사람들의 무덤들이다. 산토스의 설명에 따르면 대부분이 서양에서 온 산악인들의 무덤이란다. 이해할 수 있었다. 서양인들은 죽은 곳에 무덤을 만든다. 그래서 가족들은 망자가 있는 곳으로 찾아온다. 하지만 한국인인 우린 다르게 생각한다. 우리는 영혼은 자유롭게, 또한 등거리 운동(오르막이든 내리막이든 같은 속도로 이동하는 걸 말한다. 일테면 땅이 아닌 공중을 걷는 것과 비슷한 원리이다)을 하며 원하는 어디든 갈 수 있다고 믿는다. 그게 무덤을 어디에 만드는지를 결정했다.

긴 오르막길이 끝나자 이젠 깎아지른 절벽길이 눈앞에 길게 이

어졌다. 깎아지른 절벽길을 걷는다. 걸음이 위태롭다. 자칫 한 걸음
이라도 헛디디면 천 길 낭떠러지로 떨어진다. 등에서 식은땀이 흐른
다. 그 위태로운 길을 티카는 무거운 짐을 지고 잘도 앞서간다.

　　EBC 코스엔 여러 위험이 도사리고 있다. 눈이 내리는 시기엔 눈
사태를 만날 수도 있다. 추락사고도 일어난다. 깎아지른 절벽에 소로
를 만들고 그 길을 사람과 동물이 함께 이용하다 보니 하루에도 몇 번

씩 짐을 운반하는 동물무리와 마주친다. 올라가는 무리와 내려가는 무리가 교차할 때도 있다. 그땐 즉시 낭떠러지 쪽과 반대쪽, 즉 산등성이 쪽으로 길을 비켜 피해야 한다. 자칫 낭떠러지 쪽에 서 있다가 동물에게 부딪히면 낭떠러지로 떨어지기 때문이다. 짐은 산에 있는 마을에서 사용할 조리용 LPG 가스통, 음식 재료, 때론 집을 수리하거나 새로 짓기 위한 목재, 심지어 냉장고나 소형 가전제품들도 있었다. 짐을 나르는 동물들은 당나귀, 야크, 조랑말 등이다. 키가 큰 말은 부상자나 탈진한 사람을 실어 나르는 일을 하고 있었다.

용기를 내 발아래를 바라보니 500m도 넘는 절벽 아래로 물길이 있고 그 물길을 따라 물이 흐른다. EBC 가까이에 있는 쿰부빙하가 녹은 물이 모여서 흐른다고 가이드가 설명해 준다. 깊디깊은 협곡 사이로 물이 흐르는 모습을 보면서 두려움과 경외심을 느낀다.

앞서 말했던 것처럼 난 세계 여러 높은 산들을 올랐었다. 키나발루산은 높이가 4,000m급이다. 난 그런 산들에 가서 경외심을 가진 적이 없었다. 국내에서도 겨울철에 상고대를 보기 위해 영하 20도가 넘는 곳에서 비박을 하기도 했다. 그때 산은 친한 친구처럼 느껴졌었다. 친근한 존재, 언제나 장난칠 수 있는 존재였다. 하지만 히말라야는 그런 존재가 아니었다. 한마디로 두려웠다. 모든 걸 파괴할 수도 있는 존재. 모든 걸 파괴할 수 있는 존재는 바로 신이다. 히말라야는 내게 그런 존재로 느껴졌다.

히말라야를 걸으며 내가 느낀 두려움의 대상은 추락할 수도 있는 절벽길이 아닌 그 절벽을 만든 〈물〉의 엄청난 '힘'이었다. 사람들은 물을 의인화할 때 노자의 〈상선약수(上善若水, 으뜸가는 선은 물과 같다)〉를 말한다. 노자는 말한다.

"물은 만물을 이롭게 하면서도 다투지 않고, 뭇사람들이 싫어하는 곳에 처하니 도에 가깝다."

다투지 않는 물? 노자의 말들을 좋아하지만 적어도 물에 대한 일반적인 해석은 이곳, 히말라야에서는 맞지 않는다. 히말라야를 오르며 만나는 물은, 인간이 생각하듯 '다투지 않는 존재'가 아니다. 세상에서 가장 높은 산들이 모여 있는 곳에 물길을 만들기 위해 무시무시한 힘으로, 엄청난 속도로, 모든 걸 파괴하는 존재가 바로 히말라야의 물이다. 500m의 협곡을 만드는 힘을 가진 존재. 믿을 수 없는 힘을 가진 존재다. 그래서 모든 걸 파괴하거나 혹은 창조하는 존재라고 느끼게 된다. 그 존재는 신이다. 물(자연)이 곧 신이다.

깎아지른 절벽을 따라 난 길은 한 시간을 걸어서야 끝이 났다. 그리고 나타난 마을이 로보체였다. 당초 계획대로였다면 우린 로보체에 있는 롯지에 머물 예정이었다. 하지만 산체스가 어딘가로 전화를 한 뒤 우리의 일정이 바뀌었다. 우린 로보체를 지나 조금 더 걸었다. 그리고 5,050m에 위치한 〈8000 INN〉에 들었다. 이곳은 이제까지 머물렀던 롯지가 아니었다. 전기장판이 깔린 침대에 뜨거운 물이 콸콸 나오는 샤워 시설까지 갖추고 있었다. 그야말로 히말라야에서는 5성급 특급호텔인 셈이다. 당시에 들은 기억이 맞다면 그 호텔을 건설한 사람은 외국인이었다. 하지만 지금 기억나는 건 별로 없다. 힘들게 올라온 뒤라 가이드가 설명한 것도, 그곳을 지키는 사람의 설명도 전혀 기억나질 않는다. 다만 그곳을 관리하는 사람을 따라 히말라야 생태계를 보여주는 전시실을 방문한 건 기억한다. 난 샤워 후 몽땅 옷을 벗고 곧장 잠에 빠졌다. 다음날은 드디어 EBC를 밟는 날이었다.

12월 12일. 드디어 고락셉(Gorak Shep, 5,165m)를 지나 꿈에 그리던 EBC에 도착했다.

길게 이어진 쿰부 빙하 옆 돌길을 따라 고도 200m의 높이를 2시간에 걸쳐 오를 때 그때까지 한 번도 경험하지 못했던 고산증이 찾아왔다. 고락셉을 지나서 쿰부빙하를 바라보며 돌길을 걸을 때 갑자기 머리가 아프고 속이 울렁거렸다. 고산증이 나타났다는 걸 느꼈다. 다행히 증상은 가벼웠다. 그래서 참고 목적지까지 갔다. 가슴이 벅찼다. 하지만 감정보다 몸의 증상이 언제나 더 직설적인 법이다. 성공했다는 기쁨과 그 자리에 섰다는 기쁨이 머릿속에 가득했지만 고산증은 그 감정보다 훨씬 강했다. 그래서 안타깝지만 난 충분히 그 순간을 즐기지 못했다.

세상은 늘 그렇다. 가장 중요한 순간에 갑자기 무슨 일이 일어난다. 경고일 수도 있고 시샘일 수도 있다. 그러니 겸손해야 한다. 고락셉에 내려오니 증상은 사라졌다. 하지만 일정에 있던 칼라파타르 (Kala Patthar, 5,545m)에 오르는 건 포기했다. 5,364m에서 경험한 고산증이 그보다 200m 이상 높은 곳에서 다시 찾아올 것이 거의 확실했기 때문이다.

12월 13일. 아침 일찍 고락셉을 출발해 페리체(Pheriche, 4,200m)로 향했다. 8시간을 걸어야 하는 긴 하산길이다. 나는 늘 내가 운이 좋은 사람이라 생각한다. 실제로 그렇다. 그걸 실증하는 순간을 하산길에 만났다. 로보체를 지날 때쯤 하늘엔 놀라운 현상이 일어났다. 히말라야에 들어선 후 거의 보이지 않던 구름 한 무리가 하늘로 몰려왔고 그 구름 사이로 햇빛이 투과되며 마치 오로라처럼 오묘한 빛을 퍼트렸다. 그렇게 한 시간쯤 지나자 구름의 모양이 서서히 고래의 모습으로 변했다. 완전한 고래의 모습이 하늘에 나타났다. 하늘을 나는 고래. 난 그걸 축복으로 이해했다. 산토스도 말했다. 가이드 20년 차에 이런 현상은 처음 본다고.

삶이 아름답다고 느꼈다. 살아있음에 감사했다. 건강을 유지하고 튼튼한 두 다리로 히말라야를 걷는 인생에 감사드렸다. 그건 정말 감사한 일이다. 히말라야를 걸어 올라 EBC에서 인생사진을 찍고 다시 하산하는 일은 아무나 할 수 있는 일이 아니다. 하고 싶어도 고산증이란 복병을 만나 포기하는 사람들도 많다. 그래서 풍경은 더욱 아름답게 느껴졌다.

올라갈 때는 남체 바자르에서 팡보체, 딩보체, 로보체를 경유하는 산등성이를 걷는 코스였다면 하산길은 계곡을 따라 걷는 코스였다. 올라갈 때 본 히말라야와는 다른 모습을 감상할 수 있다. 계곡을 따라 온갖 풀들과 꽃들이 만발한 모습은 아름다웠다. 그래서 지루한지도 모르고 페리체에 도착했다. 도착하니 벌써 어둠이 내리고 있었다.

페리체 계곡에서 본 아마다블람

12월 14~15일. 14일 밤은 남체 바자르에서 하루를 묵고 15일 루
크라로 돌아왔다. 올라갈 때는 8일 걸리던 길이 단 3일 만에 제자리
로 돌아온 셈이다. 루크라에 도착해 처음 들렸던 롯지에서 가이드인
산토스와 포터인 티카와 맥주로 트레킹 성공을 축하했다.

맥주를 마시며 다음 히말라야 산행을 계획했다. 산토스가 추천한 코스는 안나푸르나를 중심으로 트레킹을 하는 안나푸르나 서킷이다. 난 다시 히말라야를 꿈꾼다. 안나푸르나를 보고 난 뒤엔 내 마음속에 자리 잡은 아마다블람을 다시 보기 위해 추쿵리와 고쿄리에도 가고 싶다. 어떤 존재는 가슴속에 그리움으로 남는다. 연애감정과 비슷하다.

Epilogue — 다리를 자르면 날개가 돋는다 (Seoul, Korea)

내 카카오스토리 프로필엔【다리를 자르면 날개가 돋는다】란 문구가 적혀 있다. 처음 카카오스토리를 시작한 게 2010년이었으니 지금까지 13년 동안 방문자들에게 내 생각을 대변한 상징적인 문구다.

2010년에 내가 다리를 잘라내면서까지 얻고자 했던 **날개의 의미**는 세계 곳곳을 다니며 세계인과 만남이 가능한 **여행**이었다. 내게 **날개**는 미지의 세계에 대한 호기심을 충족시켜줄 이동을 위한 수단이었다. 사실 2010년 당시 난 회사가 마련해준 미국연수를 제외하면 스스로 준비하고 실천한 변변한 해외여행 경험도 없었다. 그래서 날개를 달고 훨훨 세상을 날아다니고 싶은 마음에 적은 문구였다. 하지만 13년 동안 난 약 60여 나라를 여행했고 세계 여러 나라에서 근무하는 행운도 누렸다. 그러니 이제 내게 이동 수단으로써 날개는 더 이상 필요 없다. 내 날개가 아니라도 날개 달린 비행기가 날 어디로든 이동시켜준다.

13년이란 세월이 흐른 지금【다리를 자르면 날개가 돋는다】는 문구의 의미도 달라졌다. 이제 내게 날개의 의미는 〈**외국어 능력**〉이다. 난 자막을 통하지 않고 외국 영화나 시리즈를 보고 싶고 외국인과 그들의 언어로 대화하고 싶다.

내게 외국 여행의 목적은 현지인들과의 만남을 위해서이다. 단순히 관광지를 다녀오는 건 여행이 아니란 게 내 생각이다. 그러므로 그들의 언어로 대화하는 즐거움은 내겐 잊을 수 없는, 아름다운 여행을 위한 필요충분조건이다. 마찬가지로 외국어로 된 영상물을 감상할 때도 그들의 이야기를 그들의 언어로 동시에 듣고 볼 때 감정이입이 일어난다. 말을 알아듣지 못하면 자막을 읽는 데 정신이 팔려 배우들의 미묘한 감정연기 혹은 화면 속 디테일을 놓친다. 자막을 통해 작품을 감상하는 일은 마치 아름다운 풍경을 흑백사진으로 보는 것과 같다. 내게 외국어 능력은 정보와 감정 그리고 이야기를 그들의 언어로 나눌 수 있는, 그리스 신화 속 전령의 신인 헤르메스(신의 뜻을 인간에게 전하는 전령이자 여행자를 보호하는 신. 저승세계를 마음대로 오갈 수 있는 유일한 신)이며 실시간 소통을 가능하게 하는 아주 똑똑한 AI인 셈이다.

　오랫동안 변함없이 사용하는 카카오 프로필 사진은 해 질 녘 솟대를 찍은 사진이다. 전통적인 의미에서 솟대에 있는 새가 의미하는

바는 하늘과 땅을 연결하는 존재다. 하지만 내 사진 속 솟대는 그 의미가 다르다. 내게 새는 〈자유〉를 상징하며 동시에 좋은 소식을 전해주는 존재이다. 내가 솟대 사진을 프로필로 사용하는 이유는 자유로운 삶을 살기 위해 노력하고 그 삶을 통해 얻은 지혜를 방문자들에게 전달하고 싶기 때문이다.

좋은 소식이나 행운을 가져다주는 새는 당연히 텃새가 아닌 철새다. 흥부에게 박씨를 물어다 주는 제비는 멀리 강남에서 날아온다. 솟대에 있는 새는 대개 오리 모양을 하고 있다. 집오리가 아니라 먼 비행을 하고 오는 철새다.

사람도 두 부류로 분류할 수 있다.

ⅰ. 자기 자리를 잘 지키는 사람 - 텃새

ⅱ. 남의 자리로 쉽게 이동하는 사람 - 철새

편안함만을 추구한다면 텃새의 삶이 낫다. 하지만 왜 철새의 삶을 살까? 힘든 비행을 해야만 하는 먼 길을 떠났다 돌아오는 삶에 대한 보상은 새로운 세상을 만날 수 있다는 것이다.

시간이란 무소불위의 힘 앞에선 모든 것이 변한다. 철새의 기질을 타고난 사람들도 나이가 들수록 텃새의 삶을 살게 된다. 그건 시간이 지나면서 발생하는 육체적인 제약 때문이다. 그러니 조금이라도 젊었을 때 많이 돌아다녀야 한다. 그래서 어려운 결정이지만 난 더 늦기 전에 실행하고 싶었고 결국 휴직을 결정하게 됐다. 텃새가 아닌 철새의 삶을 살기 위한 휴직이었다.

난 영어 사용에 불편함이 없다. 어렸을 때부터 영어 공부를 게을리하지 않았고 고맙게도 회사 생활 중 여러 번의 해외 근무 경험으로 영어를 자주 사용하면서 얻은 능력이다. 또한 인도네시아 근무 기간 3

년 3개월은 인도네시아와 말레이시아, 브루나이 그리고 오래전 싱가포르가 말레이시아 영토였기에 일부 싱가포르에서도 통용되는 인도-말레이어(약 3억 명이 사용한다)도 익혔다. 그리고 스페인어를 배우고 싶었다. 남미 거의 모든 국가에서 사용되는 언어. 말할 때 운율이 멋진 언어가 스페인어라고 느꼈다. 스페인어는 영어에 비해 아주 경제적인 언어이기도 하다. 같은 의미를 전달하는데 스페인어는 영어에 비해 최소 30%, 최대 70%의 단어로 뜻을 전달한다. 긴 세월 동안 익힌 영어와 달리 난 스페인어는 더 나이가 들기 전에 압축해서 공부하고 싶었고 동시에 스쳐 지나가는 여행자가 아닌 유럽에 일정 기간 머물고 싶었다.

휴직 기간 8개월은 직장생활을 하면서는 불가능했던 일들을 실행하기 위한 시간이었다. 휴직 후 미뤄오던 버킷리스트를 하나씩 지웠다. 세상에서 가장 아름다운 산들이 모여 있는 히말라야에 올랐고, 세상에서 가장 아름다운 파푸아(Papua) 바다에 몸을 담그고 신비한 바닷속을 구경했다.

인도네시아령 파푸아 바다

　세상에서 가장 아름다운 밤하늘과 오로라를 히말라야와 노르웨이에서 봤다. 아름다운 유럽의 도시에 살면서 유럽 각지에서 온 멋진 젊은이들과 함께 스페인어를 공부하며 행복한 시간을 보냈다. 마지막으로 새로운 날개(스페인어 능력)를 장착한 난 어학연수를 마치고 꼭 가보고 싶었던 쿠바에서 내가 배운 스페인어로 사람들과 대화하며 여행을 즐겼다.

　휴직 기간 동안 난 많은 사람을 만났다. 히말라야 산속에서, 파푸아에서, 네팔 카트만두에서, 유럽에서, 그리고 쿠바와 멕시코에서 정말 많은 사람을 만나 함께 시간을 보내고 그들의 얘기를 듣고 또 내 얘기를 들려줬다. 바로 내가 꿈꾸던 날개를 단 셈이다. 그 많은 만남 중에서 지금 특히 기억되는 고마운 사람이 있다.

　이름은 모우나(Mouna Ben Salem)이며 한니발의 나라 튀니지태생의 여자다. 그녀는 내가 스페인어에 자신감을 가질 수 있게 도와준 사람이다. 바르셀로나에 사는 그녀는 제약회사에서 컨설턴트로 일하고 있고 스페인 남자와 결혼했다. 당연히 스페인어를 원어민 수준으로 구사한다. 그녀는 나의 개인강사처럼 내가 궁금한 것들을 언제나, 그리고 친절하게 알려줬다. 수업 시간에 배우는 교과서적인 스페인어는 물론이고 실생활에서 사용되는 실용어도 많이 알려줬다. 그녀의 도움 덕에 난 스페인어에 자신감을 가질 수 있었고 당연히 조금 더 잘 할 수 있게 됐다. 그건 큰 도움이었다. 그녀의 소개로 알게 된 이란 출신 여자 다이엘라도 내 스페인어 대화상대가 돼줬다.

　가끔은 스페인어를 모국어로 사용하는 사람들보다 스페인어를 잘하는 외국인이 더 도움이 된다는 걸 두 외국인 여자를 통해 알게 됐다. 그들은 같은 외국인으로서 자신들이 스페인어를 배울 때 느꼈던 고충을 잘 알고 있다. 내가 느끼는 문제들을 이미 경험했기 때문이다. 그래서 내 문제를 잘 알고 내게 적절한 답을 줬고 내가 교실에서 배운 것들을 실제로 사용할 수 있게 도와줬다.

어학연수 과정에서 자주 나오는 질문은 "왜 스페인어를 공부하는가?"이다. 학생들의 대답은 나라별로 공통점이 있다. 밑에 열거하는 나라들은 내가 속한 반에서 그 나라 출신 학생들이 차지하는 비중이 높은 순서대로 스페인어를 배우는 이유다.

> i. 독일(약 35%) : 현재 근무하거나 대학 졸업 후 근무하고자 하는 회사가 스페인과 남미에 있는 국가에 수출하거나 생산기지를 가지고 있는데 스페인어를 할 수 있으면 도움이 된다. 또한 직접 남미에서 일자리를 찾기 위해 스페인어를 배운다. 놀랍게도 **'독일에서 일자리들이 사라지고 있다'**는 반증이다. 제조업이 주축인 나라에서 제조업 기반이 임금이 싼 나라로 아웃소싱됐기 때문이다. 멕시코를 여행할 때도 남미에서 일하는 여러 명의 독일 출신 젊은이들을 만났다.
>
> ii. 네덜란드(약 25%) : 스페인에서 대학을 다닐 계획이 있거나 네덜란드에서 호텔이나 관광업에 종사하기 위해 스페인어가 필요하다. 그만큼 네덜란드에 스페인어권 관광객이 많다는 말이다.
>
> iii. 미국(약 10%) : 친구(동성친구 혹은 이성친구)들과 잘 어울리기 위해 스페인어를 하고 싶다. 그만큼 히스패닉계가 미국에 많다는 뜻이다. 남자친구 혹은 여자친구가 남미 출신이

라서 스페인어를 배운다는 미국인이 많았다.

iv. 벨기에(약 5%) : 스페인에서 직업을 구하기 위해서 스페인어를 배운다. 이 대답에 많이 놀랐다. 실제로 벨기에에 젊은이들을 위한 일이 없다는 걸 여러 벨기에 출신들에게 들었다.

v. 기타 유럽 국가들(노르웨이, 스웨덴, 덴마크, 프랑스, 스위스 : 약 20%) : 스페인어가 좋아서 배운다. 특히 스페인어로 된 노래가 좋아서 배운다. 콜롬비아 출신 여가수 Shakira는 선풍적인 인기를 누린다. 그녀의 노래가 나오면 모든 여학생들이 동시에 일어나 춤을 춘다.

vi. 아시아 국가(한국, 일본, 중국 : 약 5%) : 대학에서 스페인어를 전공해서 심화과정으로 배운다.

그들이 내게 "왜 스페인어를 배우냐?"고 물을 때마다 내 대답은 늘 같았다. "스페인어를 사용하는 사람들과 그들의 언어로 말하고 싶다. 그리고 자막 없이 스페인어로 된 영화나 시리즈를 보고 싶어서"였다. 내 답은 위 경우에 다섯 번째 **〈기타 유럽 국가〉**들 학생들의 답과 같다. 일을 위해 배우는 게 아니라 즐거움을 위해 배운다는 의미였다. 난 일을 위해 스페인어를 공부하는 친구에 비해 훨씬 행복했다. 이 질문과 대답을 통해 유럽의 현 상황을 조금은 아는 계기도 됐다. 어느 나라를 불문하고 이 시대의 젊은이들은 모두 힘들다는 사실도 알았다. 기성세대로서 미안했다. 가서 경험하지 못했다면 절대 알 수 없는 것들이었다.

일상으로 돌아온 뒤에도 내가 새롭게 장착한 날개가 제 역할을 할 수 있도록 노력한다. 어렵게 배운 스페인어를 잊지 않기 위해 스페인어 Podcast를 매일 듣고 Youtube도 매일 본다. 매일 무엇인가를 꾸준히 하면 머지않아 좋은 결과가 나타난다는 사실도 실감하고 있다. 다시 스페인어를 사용하는 국가를 여행하기 위한 준비도 한다.

끝으로 난 외국어 능력에 관한 또 하나의 계획도 가지고 있다. 날개는 짝수가 되어야 한다. 영어와 스페인어, 인도-말레이어(바하사 인도네시아)까지 총 3개의 날개를 장착했으니 짝을 맞추기 위해서라도 하나의 날개를 더 얻어야 한다. 바로 일본어이다. 오래전에 일본 근무에 지원하기 위해 일본어를 6개월 배운 적이 있었다. 멀지 않은 시기에 일본어를 다시 시작할 생각이다. 네 개의 튼튼한 날개로 세상을 붕붕 날아다닐 생각에 벌써 행복해진다.

인생 2막을 위한 나의 쉼터,
바르셀로나

김상종 지음

발행처   도서출판 청어
발행인   이영철
영업   이동호
홍보   천성래
기획   남기환
편집   이설빈
디자인   이수빈 | 김영은
제작이사 공병한
인쇄   두리터

등록   1999년 5월 3일
          (제321-3210000251001999000063호)

1판 1쇄 발행 2024년 1월 31일

주소   서울특별시 서초구 남부순환로 364길 8-15 동일빌딩 2층
대표전화 02-586-0477
팩시밀리 0303-0942-0478
홈페이지 www.chungeobook.com
E-mail   ppi20@hanmail.net

ISBN   979-11-6855-223-4(03810)